U0727551

江苏省政协文史委员会 编著

我見青山多嫵媚

人与自然主题历代诗词选

莫砺锋◎主编

凤凰出版传媒集团
江苏人民出版社

图书在版编目(CIP)数据

我见青山多妩媚——人与自然主题历代诗词选 / 江苏省政协文史委员会编著. —南京:江苏人民出版社,2009.10

ISBN 978-7-214-05881-2

Ⅰ. 我… Ⅱ. 江… Ⅲ. 诗歌—作品集—中国 Ⅳ. I22

中国版本图书馆CIP数据核字(2009)第099728号

书 名 我见青山多妩媚——人与自然主题历代诗词选
编 著 江苏省政协文史委员会
主 编 莫砺锋
责任编辑 许尔兵
出版发行 江苏人民出版社(南京市湖南路1号A楼 邮编:210009)
网 址 http://www.book-wind.com
集团地址 凤凰出版传媒集团(南京市湖南路1号A楼 邮编:210009)
集团网址 凤凰出版传媒网 http://www.ppm.cn
印 刷 者 南京精艺印刷有限公司
开 本 787×1092毫米 1/16
印 张 30
字 数 370千字
版 次 2009年12月第1版 2009年12月第1次印刷
标准书号 ISBN 978-7-214-05881-2
定 价 88.00元

序

◎ 张连珍

和谐是自然界的最高秩序，是人类追求的至上境界。“和谐”文化既是中华民族的优秀文化传统，更是我们今天贯彻落实科学发展观、构建和谐社会、建设生态文明的重要精神支撑。

“和谐”理念不但源远流长，而且包含着极其丰富的内涵。中华民族的先哲们不但在处理社会问题时非常关注“和谐”，把它视为政治学、伦理学的重要原则；而且在处理人与自然的关系时也非常关注“和谐”，把它视为尊重自然、保护环境的长远之计。他们认识到只有保持人与自然的和谐关系，才能长久维护“鱼鳖不可胜食”、“林木不可胜用”的优良自然环境。在长达五千年的中华文明史中，这种人与自然互相和谐的理念不断得到充实、提升、发展。“天人合一”、“道法自然”、“仁民爱物”

等理念都鲜明体现了人与自然的和谐统一。作为中华民族人生理想和审美精神重要载体的历代诗词,更以十分优美的形式深刻地阐释了这种理念。

中国诗歌名家灿若繁星,在古典诗歌史中,以人与自然为主题的名篇不胜枚举。在历代诗人的笔下,无论是“星垂平野阔、月涌大江流”的自然风光,还是“采菊东篱下,悠然见南山”的田园情趣,无不展现出“天地之间被润泽而大丰美”的景象。这些优美而隽永的诗句,不仅愉悦我们的身心,让我们领悟到了“民胞物与”的融融之乐,更给我们带来了深刻的人生启迪和春风化雨般的人格熏陶,启发我们对人与自然的关系进行更为深入的思索。

生态环境是人类生存和发展的基础,随着人类对自然认识的不断深入,构建人与自然和谐共处的生态文明已成共识。生态文明不仅是国家和地区发展水平及文明程度的具体反映,更是其环境承载力乃至经济社会全面、协调、可持续发展的重要因素。“日出江花红胜火,春来江水绿如蓝”,吟咏着先贤的名句,感受着时代的脉搏,我萌生了一个想法:如果能读到一本像《唐诗三百首》那样

家喻户晓、专门吟唱人与自然和谐关系的历代诗词选集，该有多好啊！由省委到省政协工作后，这种愿望越发强烈，因为我认为省政协独特的人才优势可以帮我实现这个愿望，省政协主席会议成员也深有同感。经过认真准备，我便委托江苏省政协文史委员会的同志着手编纂此书。经过一年的努力，这本以“人与自然”为主题的历代诗词选本已经完稿，即将出版。在此，我谨向参与选编工作的专家学者和为此书编纂出版做出贡献的同志们表示衷心的感谢！

书稿完成后，文史委员会的同志们请我为本书起个书名。经过再三思考，并听取有关专家教授的意见，辛弃疾的《贺新郎》中有“我见青山多妩媚，料青山见我应如是”的词句，相当形象地表达了人与自然的亲切关系，于是建议本书取名为《我见青山多妩媚——人与自然主题历代诗词选》。我以为，编选出版这本内容独特的历代诗词选，旨在汇集历代先贤的智慧，汲取中华传统“和谐”理念的丰富养料，并让广大读者在阅读诗词的审美愉悦中获得春风化雨般的人格熏陶。本书不但选录了历代关于人与自然主题的诗词名篇，而且附以

简明扼要的注释和浅近易懂的解析，图文并茂，通俗易懂，既可作为一般文学爱好者的普及性读物，又可作为党政工作者理解人与自然关系的辅助教材。

在人民政协六十华诞之际，《我见青山多妩媚——人与自然主题历代诗词选》的编选出版，是江苏省政协在组织委员履行职能、建言献策方面所作出的有益尝试。希望该书的出版发行能为我们进一步认识自然、尊重自然、热爱自然、利用自然、保护自然，实现人类社会的可持续发展发挥积极作用。

（作者系江苏省政协主席）

天

目录

【第二辑 鸡犬桑麻】

天

【第三辑 乐山乐水】

天

天

天

【第四辑　天人合一】

插图：

天

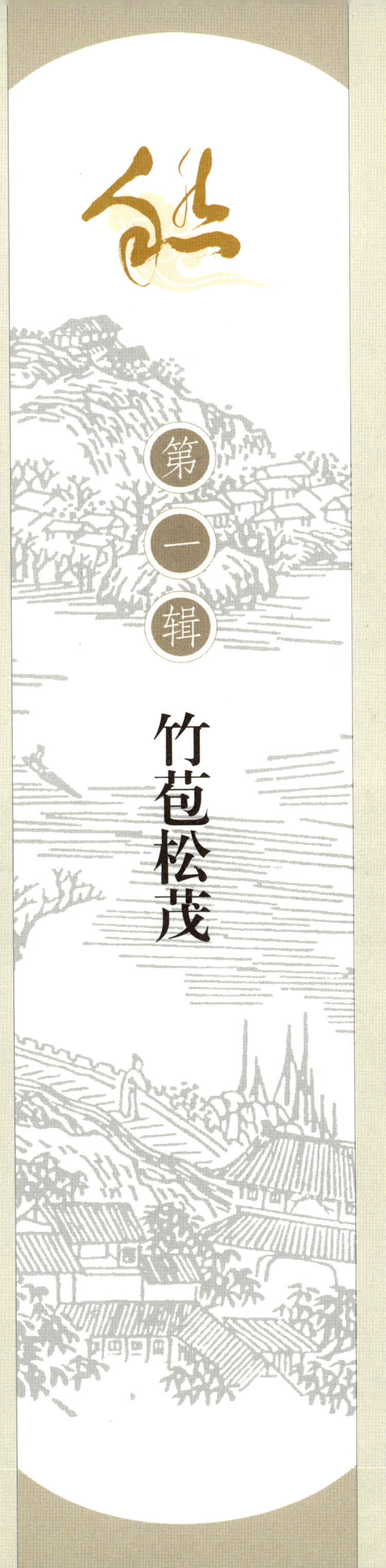
第一辑
竹苞松茂

大自然既是人类的家园,也是其他一切生命的家园。无论飞禽走兽,还是树木草卉,都与我们生活在同一个蓝色星球上。千姿百态的动植物不但是人类获取生活资料的源泉,而且是我们最亲密的邻居和朋友。中华的先民对这种关系有深刻的认识,他们尽可能地善待其他生命。相传在大禹的时代,就明文禁止在春季砍伐树木。到了周代,还明文规定鱼网的网眼不能太密。孟子把上述规定的原因说得非常透彻:"数罟不入洿池,鱼鳖不可胜食也。斧斤以时入山林,材木不可胜用也。"(《孟子·梁惠王上》)可见古人早就认识到只有保护好自然环境,才能实现经济可持续发展的道理。这是何等的远见卓识!然而中华先民关于自然的认识并没有停留在功利的层面,他们还对人与自然的关系进行了更加深刻的思考。《礼记·中庸》篇中就提出了"可以赞天地之化育,则可以与天地参矣"的观念,到了西汉元光元年(公元前134),董仲舒在对策中使这种思想更加系统化:"是以阴阳调而风雨时,群生和而万民殖,五谷熟而草木茂,天地之间被润泽而大丰美,四海之内闻盛德而皆徕臣,诸福之物,可致之祥,莫不毕至,而王道终矣。"(《汉书·董仲舒传》)在董仲舒所描绘的政治蓝图中,美好的自然环境,以及人与自然的和谐关系,都是必不可少的基本条件。随着传统文化的继续发展,这种观念中的政治色彩逐渐消退而人文色彩更加浓厚,于是北宋的张载提出了"民胞物与"的思想。张载不但主张人与人之间应该保持亲切和善的关系,就像《论语·颜渊》中所说的"四海之内,皆兄弟也",而且应该把万物都看做亲密的同伴。这种观念在古代诗歌中有生动形象的体现,《诗·小雅·斯干》说:"如竹苞矣,如松茂矣。"孔颖达解释说:"以竹笋丛生而本概,松叶隆冬而不凋,故以为喻。"正因如此,中国人一向把松、竹、梅视为岁寒三友。本辑所选的吟咏草木虫鱼的诗词,就是"民胞物与"思想的韵语表述。

明　陈洪绶
荷花双蝶图

天

江　南

◉ 汉乐府

江南可采莲，莲叶何田田。
鱼戏莲叶间。
鱼戏莲叶东，鱼戏莲叶西，
鱼戏莲叶南，鱼戏莲叶北。

注释

田田：荷叶旺盛茂密的样子。

赏析

《江南》一诗属于汉乐府的“相和歌辞”类。“相和”，顾名思义，就是一人唱多人和。因此有学者认为“鱼戏莲叶东”以下四句是和声。从诗歌的内容和结构来看，这种说法的可能性很大。

人们普遍相信，古代诗歌往往是在劳作中产生的。《江南》就是这样一首劳动者之歌。首句所说的“采莲”，在江南水乡是一种常见的生产劳动，因为不需要太大的体力，习惯上总是由年轻女子来完成。三五成群的采莲女子，在亭亭如盖长满陂塘的荷叶丛中，一边轻松劳作，

一边嬉戏吟唱。身边那散发着清香的荷叶，首先触动了她们的情思：“江南可采莲，莲叶何田田。”优雅清丽的环境、呼朋引伴的快乐，使她们陶醉其中，以至于忘记了自身的存在。她们歌唱的主体既不是荷叶，也不是她们自己，而是那些穿梭游动在荷叶下清波中的鱼儿：“鱼戏莲叶间。”歌喉一起，应和声便此起彼伏：“鱼戏莲叶东”、“鱼戏莲叶西”、“鱼戏莲叶南”、“鱼戏莲叶北”。婉转曼妙的歌声，唱出了鱼儿倏忽往来、沉潜游动的鲜活模样，它们似乎也想加入采莲人的嬉闹中，一起逗乐。

简单而完整的旋律，在一唱四和中，逼真地再现了转瞬即逝的生活情景，流泻出活泼欢快的情绪。更重要的是，本诗表现出人与自然和谐相融、浑然一体，“鱼儿”和“采莲人”已经很难区分。诗歌没有刻意使用比喻和象征，而是通过简单的唱和触发天机，达到了更好的艺术效果。

本诗虽然看上去单纯、幼稚，却不易模仿。后代的《采莲曲》、《江南弄》等乐府诗，题目虽然相同，但表现手法和艺术效果都难以与之比肩，只能算另辟蹊径的流变。

这首诗歌高超的艺术水准与极难模仿的艺术风格，反映出艺术创作的一个真理：自然是“天地之大美”，人必须与自然和谐相融，才能真正发现美、表现美。从另外一个角度看，在工具理性占据主导地位的现代社会，我们要想享受无忧无虑的愉快生活，就必须归真返朴，亲近自然！

天

咏柳

◉ 贺知章

碧玉妆成一树高，
万条垂下绿丝绦。
不知细叶谁裁出，
二月春风似剪刀。

注释

丝绦（tāo）：丝编的带子。

赏析

《咏柳》是一首脍炙人口的咏物诗。早春二月，万物复苏，姿态婀娜风情万种的杨柳，深深触动了贺知章的情思，诗人通过咏柳表达出对春光的无限喜爱，以及对大自然的由衷赞叹。

首二句用拟人手法，把柳树暗喻为一个身姿婀娜的美女，着力渲染柳叶的翠绿和柳条的柔美。春风袅袅，杨柳依依。高高的柳树就像一个亭亭玉立的少女，满树的翠绿嫩叶就是她身上妆饰的碧玉饰物，柔软低垂的柳枝就是她身上披挂的绿色丝带。

如果说前面二句的比喻已经非常生动,那么后二句的构思就堪称巧夺天工,令人拍案叫绝了。面对着布满枝头的形状细巧的嫩叶,诗人在惊叹之余,不禁天真地发问:如此美丽的叶子是哪位能工巧匠裁剪出来的呢?答案其实是现成的:经过一个冬天的柳树,枝桠上早已空无一物,然而春风一吹,千万片嫩叶便突然萌生。于是诗人毫不迟疑地回答说:“二月春风似剪刀!”诗人突发奇想,把春风比作巧匠裁剪衣服的剪刀,化无形为有形,以见春风神奇的力量足以把大地装扮得绚丽多姿。诗人独特的艺术构思得到了完美的表现,而《咏柳》也就成为咏物诗的典范。

自然是神奇的,也是无私而博大的,她随时敞开自己的怀抱,欢迎人们去解读她的奥妙。我们从贺知章的诗歌中获得了愉悦的审美体验,而大自然中还有更多的神奇之美等待我们去发现、去领悟。人类的灵感来自于自然,我们在与大自然和谐相处中获取生活的智慧,大自然就是我们一切创造活动的不竭源泉和无穷动力。

明
《唐诗画谱》

天

春晓

◉ 孟浩然

春眠不觉晓，
处处闻啼鸟。
夜来风雨声，
花落知多少。

赏析

这是千古传颂的一首小诗，篇幅短小，语言浅近，却韵味无穷。

诗人首先从春眠写起，在一个清爽宜人的春天的早晨，天光方亮，诗人依然沉浸在甜甜的美梦之中，此时从窗外传来阵阵清脆的鸟鸣声，把诗人从梦乡中唤醒。就在诗人半睡半醒之际，猛然间想起昨夜风雨交加，一种莫名的惆怅顿时涌上心头：风雨之中，该有多少落花坠地啊！

这首诗充分体现了人与自然的高度融合。自然是有声有色的，是生机盎然的，春风春雨，春花春鸟，和谐地交织在一起，虽有雨打花落，却仍然蕴含着生命的力量。

人是闲淡自然的，尽情地享受甜美的春眠，悠然地聆听清脆的鸟鸣，爱惜落花的生命体验更是诗人热爱自然的情怀的集中表现。在这里，人的活动和精神都与自然达到了高度和谐的境界，这是多么令人神往啊！

天

春夜喜雨

◉杜　甫

好雨知时节，当春乃发生。
随风潜入夜，润物细无声。
野径云俱黑，江船火独明。
晓看红湿处，花重锦官城。

野径：乡间小路，这里泛指四方郊野。

锦官城：即成都。

赏析

这首诗作于唐上元二年（761）春天，此时杜甫已经在成都草堂居住了两年。从上年的冬天到这年的二月间，成都一带发生了旱灾。经历过旱灾的人，最懂得雨的可贵。所以当春雨来临之际，杜甫欣喜异常，以久旱逢甘霖的心情，描绘了春夜雨景，讴歌了春雨滋润万物之功。

多好的雨水啊，它似乎知道季节，当春天万物萌生之际便应时而发生。它随着微风悄悄地在夜间飘落，滋润万物，细微得听不到一点响声。“随风潜入夜，润物细

无声”这两句成功地运用拟人手法，成为千古传诵的名句。喜悦之余，诗人索性走出门外看看夜景，只见那四方郊野黑云密布，只有江中船上的渔火闪烁着一点光明。面对着一场如此绵密丰沛的好雨，诗人不由得浮想联翩：天亮之后，无数的花枝上堆满了沾着雨水的鲜花，整个锦官城里将变成一片沉甸甸的花海！

这首诗以细致入微的感受、丰富独特的想象，描写了一场善解人意的春雨潜入人间，滋润万物的情景，充分体现了诗人对大自然慷慨施舍的感恩之心。

天

绝 句

◉杜 甫

两个黄鹂鸣翠柳，
一行白鹭上青天。
窗含西岭千秋雪，
门泊东吴万里船。

赏析

这首诗是唐广德二年(764)杜甫旅居成都草堂时写的。诗人以轻松愉快的心情表现了草堂周围生机勃勃的自然景象。

两只黄鹂在碧绿的柳枝间鸣唱，一行白鹭列队飞向青天。黄鹂、翠柳显出活泼欢快的气氛，白鹭、青天给人以平静、安适的感觉。黄、翠、白、青，色泽交错，展示了春天的明媚景色，也传达出诗人欢快自在的心情。诗人从窗口望去，西岭上千年不化的积雪，似乎近在眼前；门外江上停泊着行程万里、从东吴归来的航船。诗人身在草堂，思接千载，视通万里，胸襟何等开阔！

这首绝句一句一景，两两对仗，写法精致考究，但

读起来十分自然流畅，一点儿也不觉得有雕琢之感。因为一以贯之的是诗人的内在情感：枝头的黄鹂，云间的白鹭，窗外的雪山，江上的航船，这些各自独立、毫无内在联系的景物都由诗人的视线和内心感情串联起来，组成了一幅人与自然和谐共处的美丽安详的山水画卷，表现了诗人在自然环境中的愉快心情。

清　张崟
疏影横斜

天

山园小梅

◉林　逋

众芳摇落独暄妍，
占尽风情向小园。
疏影横斜水清浅，
暗香浮动月黄昏。
霜禽欲下先偷眼，
粉蝶如知合断魂。
幸有微吟可相狎，
不须檀板共金樽。

注释

暄妍：天气暖和，景色明媚。
霜禽：霜天的鸟。
相狎：彼此亲昵。
檀(tán)板：檀木制成的拍板。

赏析

在各色花卉中，梅花直到宋代才开始受到广泛的礼遇，从此成为诗歌作品中永恒的审美意象与创作主题。在宋代诗坛上，林逋是较早以咏梅而著称的诗人。林逋隐于孤山，终身不仕不娶，种梅养鹤，世称“梅妻鹤子”。

这首《山园小梅》是林逋的代表作，诗中“疏影横斜水清浅，暗香浮动月黄昏”二句被称为咏梅绝唱，欧阳修

说:“前世咏梅者多矣,未有此句也。”诗句中的“疏影”、“暗香”成了梅花的代名词,姜夔的自度咏梅词也以“疏影”、“暗香”为词牌名,可见林逋的这首咏梅诗影响之大。

首联赞叹梅花与众不同的品质:在众芳凋零的严寒时节,惟有梅花傲然绽放,鲜妍明丽,在小园中独领风骚。梅花以其凌寒独开的天然秉性深得文人雅士赏爱,并被视为孤傲高洁的人格象征。那么,梅花之美究竟在何处?且看颔联的特写:“疏影横斜水清浅,暗香浮动月黄昏。”上句写水边梅花之姿态,下句写月下梅花之风韵:“疏影”状其神清骨秀,“横斜”写其偃蹇蟠曲,“水清浅”则为梅之背景,衬托其高洁、温润;“暗香”写尽梅花的清幽淡雅,“浮动”言香气悠然而至,飘然而逝,“月黄昏”则以朦胧静谧的环境烘托出梅之遗世独立。林逋与梅花相伴一生,相互依存,这样的生活经历使他对梅花的认识与众不同,才能言人之所不能言。

梅花的开放给单调沉寂的寒冬增添了一抹亮色,它不仅令诗人欣喜万分,连禽鸟也被吸引过来。它们翩翩飞来,未曾落下就迫切地偷眼先看。禽鸟尚且如此,倘若那些爱花如命的粉蝶们看了,真不知如何销魂?可惜粉蝶要到春天才有,无缘得见梅花。上句实写冬鸟,下句虚写粉蝶,极力渲染天地众生对梅花的喜爱。当然,最爱梅花的还是诗人自己。尾联自抒情志:赏梅之时,流连花下,赋诗吟诵,以此与梅相亲,哪里还需要丝竹演奏和金樽美酒来助兴?在林逋看来,能在山园里与梅花相对,远胜过官场上那歌乐宴饮的喧嚣浮华。可以说,梅花已经渗透到诗人的生命体验中,成为他生活的一部分,又是其幽独清高、自甘淡泊的人格精神之化身。

在西湖孤山的人间仙境中,林逋与梅、鹤建立了亲人般的和谐关系,摹写出如此一幅超凡出尘的“小园梅花图”。林逋一生都在大自然的怀抱里守护着自己的精神家园,返归人性的本真,其人生境界令后人心向往之。苏轼就对林逋推崇不已,他在《书林逋诗后》中说:“先生可是绝俗人,神清骨冷无由俗!”

天

破阵子

◉ 晏　殊

燕子来时新社，梨花落后清明。
池上碧苔三四点，叶底黄鹂一两声，
日长飞絮轻。

巧笑东邻女伴，采桑径里逢迎。
疑怪昨宵春梦好，原是今朝斗草赢，
笑从双脸生。

注释

新社：春社，在立春后，清明前。

日长(cháng)：春天开始昼长夜短。

巧笑：美好的笑。《诗经·卫风·硕人》："巧笑倩兮，美目盼兮，素以为绚兮。"

疑怪：诧异，奇怪，这里是"怪不得"的意思。

斗草：一种游戏，也叫"斗百草"。

赏析

春天是一个气候宜人、处处充满生机的季节，人与自然的关系也最为密切，优美的春光激发着诗人们的创作灵感，产生了许多优秀的作品。晏殊的这首《破阵子》也不例外，它展现了闺中少女在美好的春光中的一个生

活片段。

词的上片写景，下片写人。上片开头便以燕子、梨花点明节令：燕子飞来的时候正赶上春社，梨花飘飞的时候就到了清明节。从春社到清明，恰好是春光最美的时节，而深深的庭院里是那样幽静，池塘边疏疏落落地点缀着几点青苔，茂密的枝叶深处，时时有黄鹂叫上几声，反倒显得周围更加寂静。柳絮轻飞，白昼变得那样悠长。在这美好的春天里，一位女孩子去邻居家找女伴，她一边走一边随手采摘路边的花草，恰好对面走来了东邻家那位姑娘，两位姑娘便玩起了斗草。女孩子斗草赢了邻居，她忽然想起来：怪不得昨天晚上做了个好梦，原来是今天斗草要赢的吉兆啊！她越想越高兴，忍不住笑起来，快乐激动的笑容浮现在少女的脸颊上。

春社、清明是中国古代的传统节日，男女老幼纷纷走出家门，祭祀之余，尽情感受春天的无限生机，虽然诗人们留下了许多与此有关的篇章，但是像这首词这样写节日少女形象的并不多见。春光是那么鲜明，人物又是那么生动，人景合一，烂漫春色与少女那活泼可爱的形象是多么和谐，全篇洋溢着青春的欢乐气息，这既是一曲春天的颂歌，也是青春的赞歌。

清　王翚
放翁诗意图

天

东　溪

梅尧臣

行到东溪看水时，
坐临孤屿发船迟。
野凫眠岸有闲意，
老树着花无丑枝。
短短蒲茸齐似剪，
平平沙石净于筛。
情虽不厌住不得，
薄暮归来车马疲。

注释

东溪：一名宛溪，在梅尧臣的故乡宣城。

野凫（fú）：野鸭。

蒲茸：初生的菖蒲。

赏析

梅尧臣的家乡宣城自古以来就是骚人墨客驻足咏叹的地方，范晔、谢朓等人先后出守于此，李白、韩愈、白居易、杜牧等相继来此寓居，使此地享有“宣城自古诗人地”的美誉。城外有句溪和宛溪，即李白诗中所谓“两水夹明镜”者。梅尧臣这首诗里的“东溪”就是宛溪，诗人爱此溪水，时常泛舟溪上流连忘返。东溪的一花一鸟、一草一木都给失意潦倒的诗人带来温暖的抚慰。

首联平平写来，道出诗人的闲情逸致：诗人泛舟溪上，顺水乘流直到水中孤渚，把小船静静地泊在那里，迟迟不肯回舟。究竟是什么美景使诗人流连忘返呢？答案便是颔联所写的溪畔景色：一群野鸭惬意地依偎在溪岸边，岸边的老树上花朵缀满枝头，展示出不竭的生命力。“野凫眠岸有闲意，老树着花无丑枝”一联被世人推为名句，不仅写景工绝，而且意存言外：借野鸭眠岸写出闲意，以老树着花画出春色，表面看去在写春景，实际上却是诗人心象的折射，反映出诗人从容自适、老而弥坚的心态。

颈联写水边的菖蒲和沙石：菖蒲初生的绿茸整齐如剪，岸边沙石仿佛经过一番筛洗般平坦洁净。诗人欣赏水边的菖蒲与沙石，实际上是喜欢那份恬淡与幽静的感觉。尾联写黄昏归来时的怅然情怀：东溪虽好，不能长住，这份遗憾令他黯然伤怀。诗人欲长住东溪，然而人的生活选择往往是不自由的，归来时车马迟迟，那份倦意中隐含着诗人不愿离去却又不得不离去的惆怅，愈发显示出他对东溪的眷恋。

古代诗人莫不对自然景物有着敏锐的审美体验，经梅尧臣细细体味过的故乡风景似乎已经渗透到他的生命中，成为他人生倦旅中止泊灵魂的港湾。这位“一生憔悴为诗忙”的诗人在故乡山水的怀抱里得到了人生的慰藉，消解着人生的苦涩，而那些曾经安顿过诗人的亭山曲渚、寒沙素鸥等风物就永远留在了他的诗里！

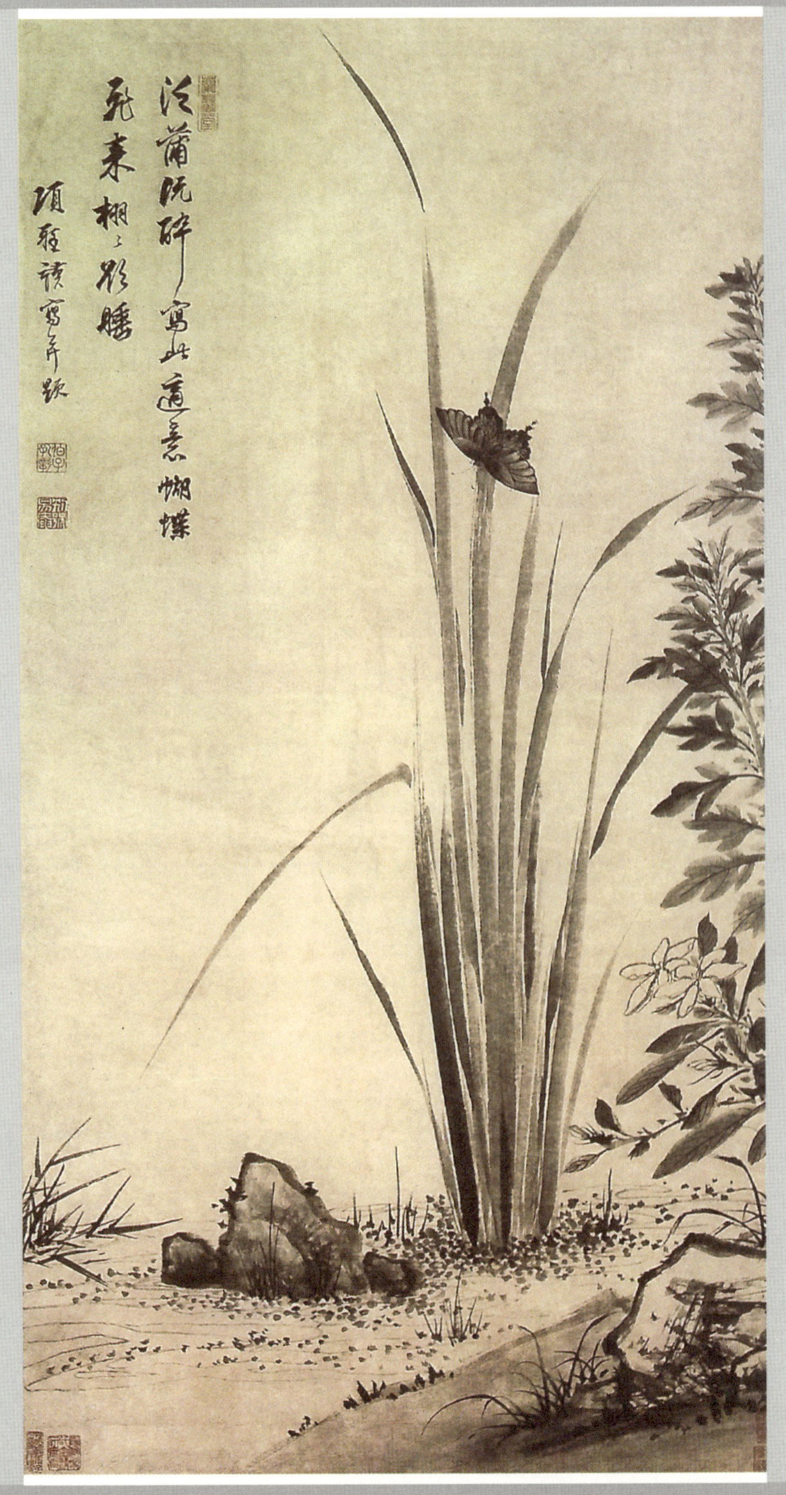

明　项圣谟
蒲蝶图

天

北斋雨后

◉ 文　同

小庭幽圃绝清佳，
爱此常教放吏衙。
雨后双禽来占竹，
秋深一蝶下寻花。
唤人扫壁开吴画，
留客临轩试越茶。
野兴渐多公事少，
宛如当日在山家。

注释

圃(pǔ)：种植果木瓜菜的园地。

放吏衙：属吏早晚参谒主司听候差遣谓之“衙参”，简称“衙”，退衙谓之放衙。

吴画：原指唐代画圣吴道子画的佛像，这里泛指名画。

越茶：越地(今江苏南部和浙江一带)出产的茶。

赏析

文同是北宋著名的画家，他的诗也具有独特的造诣，他最擅长在诗中描写山水景物，并且跟绘画联系起来，钱钟书曾说他“为中国的写景文学添了一种手法”。这首《北斋雨后》作于熙宁七年(1074)任兴元府知府

时，正是以画家的审美眼光取景构图，以诗人的手段遣词命意，寄托淡泊自适、清虚高雅的情怀。

首联写诗人对清幽绝俗的北斋园圃颇为喜爱，因此常常主动免去官府中的虚套礼节，以便省下更多时间在小园里游玩。诗人对官场的繁文缛节一向比较厌烦，衙中无事常常放假，因为田园生活才是文同天性所爱。那么，北斋小圃里究竟有何等景致令这位诗人如此喜爱？请看颔联的描写：天刚放晴，一对鸟雀急匆匆地飞进修竹里，想必是喜爱那丛苍翠欲滴的竹子，怕被别的鸟儿占了去吧！入秋已深，竟然还有一只蝴蝶翩翩飞来，一定是来寻找残花的吧！“雨后双禽来占竹，秋深一蝶下寻花”二句诗恰如一幅工笔花卉，充分展示了文同画家兼诗人的写景特点。

颈联写道：庭院幽雅，唤起诗人雅兴，他叫人清扫墙壁，把名贵的画卷挂到书斋的墙上，慢慢放下卷轴，与好友一起细细品鉴。窗前的茶炉上正煮着越地所产的名茶，诗人便挽留好友一起品尝。尾联不无感慨，自己为官一方，久而久之公务便打理得有条不紊，公事渐少，野兴渐多，勾起了诗人对从前山居生活的回忆。

此时文同为官已有二十五年，对仕宦生涯不免厌倦。往日的山居生活一直在召唤着诗人归来，人在宦途，久已疲惫的身心只有在自己的精神家园里才能得到真正的休憩，而那个家园正是美丽的自然。

天

客中初夏

司马光

四月清和雨乍晴，
南山当户转分明。
更无柳絮因风起，
惟有葵花向日倾。

注释

当户：对着门户。

赏析

这是一首平白如话的小诗，既无险字也无丽词，描写的气候景物亦十分寻常，写的是四月的某一天，一场大雨刚刚停歇，天气清新和暖，诗人住宅对面的南山经过雨水的冲刷，显得更加青翠亮丽。最可喜的是，漫天飞扬的柳絮不见了，天空干净明朗，向日葵正对着太阳傲然开放。此诗的独特之处正在三四句："更无柳絮因风起，惟有葵花向日倾。"二句表面看去是在写景，然而，一虚（柳絮已无）、一实（葵花正开）的对比，恰恰是另有深意，别有寄托。

柳絮也叫“柳花”、“杨花”，柳絮飘飞是在暮春时节，象征着春天的离去，所以，在中国古典诗词中，柳絮的意象往往是凄美的，表达惜春的愁绪与漂泊异乡的哀怨。当然也有从反面着笔的作品，比如杜甫的“颠狂柳絮随风去”，便使人联想到那些得志便猖狂的小人。司马光这首诗写于退居洛阳时期，诗中的“柳絮”意象也是用来比拟小人的。在北宋新旧党争中，借党争渔利的投机者可谓多矣，趋炎附势、阿谀奉承地猎取富贵者比比皆是，司马光诗里的贬斥之意当与此政治背景不无关系。司马光非常清醒地看到，势利小人借势青云直上、遮天蔽日的情形不能长久，正如柳絮一般，经不住初夏时一场雨的考验，而永远追随太阳的向日葵，尽管历尽风吹雨打，最终都能在阳光的照耀下焕发勃勃生机。向日葵无疑是诗人自我形象的寄托，诗人的心迹借此委婉含蓄地传达出来。所以说，这首诗的精妙之处并不在于写景状物，而是借自然风物来喻示爱国忠君之志与清明安定的政治理想。由此可见，自然界中生生不息的四时风物，不仅带给人们心灵的超脱与宁静，而且还是诗人们高洁情怀的最好寄托。

天

夜直

◉ 王安石

金炉香烬漏声残，
翦翦轻风阵阵寒。
春色恼人眠不得，
月移花影上栏杆。

注释

夜直：即今人所说的“值夜班”。宋代制度，翰林学士每夜一人在翰林院里值班。

金炉：金属铸的香炉。

烬（jìn）：化为灰烬。

翦翦：形容风轻微而带寒意。

赏析

北宋熙宁元年（1068）四月，王安石奉宋神宗之召入京，实行新法。王安石早就有改革朝政之志，曾经向宋仁宗上《万言书》提倡革新，如今君臣际遇，机会到来，他正准备着大刀阔斧地变法立制，富国强兵，以改变国家积贫积弱的现状。这首诗便是作于初到京师值夜班时。

夜已经深了，香炉里的香早已经燃尽，漏壶里的水也快漏完了。诗人久久不能入睡，得遇贤明君主托付国家大事，那是何等的任重道远，他正思索权衡着改革变法之事。周围是那么寂静，清风轻拂，使人感觉到寒意微侵，在香薰氤氲的拂晓时分，诗人闻到春的气息，循香望去，只见皎洁的月光抚弄柔媚的花枝，把花木的影子悄悄挪上栏杆。这撩人的花月之夜，实在赏心悦目，诗人内心更加激动起来。

把这首诗解读成直书所见，别无寄托，当然未尝不可。一个花好月圆的良夜，已足引起诗人的高昂诗兴。但联系到王安石写作此诗的具体背景，我们不妨展开一点联想。在古代，“春色”二字是富含政治意义的，国泰民安，百姓安家乐业，这便是一派“春色满人间”的气象。作此诗时，王安石踌躇满志，正准备大展宏图施展抱负，他政治上的际遇正与这花好月圆的自然美景融为一体，于是借大自然的春色来抒写革除旧弊、创造新政的政治理想，感情含蓄，意义深刻。有时候，一棵毫不引人注目的小草，或是一朵其貌不扬的花儿，也能引发人们对生命理想的无限憧憬及礼赞，何况在这春色满园的院子里，诗人在尽情领略花香月影的同时，怎能不讴歌自己的理想呢？

天

梅花

◉ 王安石

墙角数枝梅，
凌寒独自开。
遥知不是雪，
为有暗香来。

注释

凌：冒着。

暗香：淡淡的花香。

赏析

惠洪《冷斋夜话》中记载了王安石写作本诗的原由：王安石去拜访一位高士不遇，于是题诗于墙壁。这个故事是否真实，我们无从得知，不可否认的是，自然的产物——梅花，与品行高尚的“高士”有着不可分割的联系，梅花让人想到高士，高士具有梅花般的品质。作为“花中四君子”、“岁寒三友”之一的梅花，在中国文人的笔下，往往是高尚人格的象征，是高雅意趣的指向。

梅花究竟具有什么品质呢？“墙角数枝梅，凌寒独自

开。”梅花的生长环境并不优越，此诗中的梅花便处于人迹罕至的墙角。然而，艰难困苦不能使她退缩，在冰雪尚未融化，百卉皆未萌芽的严寒时节，它便傲然挺立，独自开放，向人们传达春的消息，这种顽强的生命力和倔强高贵的品德历来被传颂不衰。

“遥知不是雪，为有暗香来。”为什么远远看去就知道洁白无瑕的梅花不是树头积雪呢？那是因为隐隐飘来淡淡的清香。梅花具有洁白似雪和凌寒开放的特性，文人咏梅时总联想到雪，如卢梅坡的“梅须逊雪三分白，雪却输梅一段香”，张谓的“不知近水花先发，疑是经春雪未销”，都与本诗一样以雪来形容或反衬出梅花的香与色，既巧妙又含蓄。把梅花的香气称为“暗香”，来自北宋诗人林逋的咏梅名句：“疏影横斜水清浅，暗香浮动月黄昏。”与招来狂蜂浪蝶的浓郁扑鼻之香绝然不同，梅花的清幽淡雅符合中国文人素朴含蓄的审美意趣，故而寄托了文人的人格理想和道德追求。

自然界创造了万物，并赋予万物不同的特性来启迪、鼓励我们，梅花便象征着清华其外、澹泊其中的君子品格。我们若能对无所不包的大自然抱有虚心学习的态度，便能从中获取无尽的智慧！

北陂杏花

◉ 王安石

一陂春水绕花身，
花影妖娆各占春。
纵被东风吹作雪，
绝胜南陌碾成尘。

注释

陂(bēi):池塘,这里指池边或池中小洲。
占春:占领春光,指包含浓郁春意。
碾成尘:意即备受践踏。
陌(mò):道路。

赏析

王安石推行新法失败后,晚年被迫退隐江宁,眼看着自己亲手制定的新法被一一推翻,他外表虽显平静,内心却未能忘情,由于他不愿卷入朝廷里的明争暗斗和尔虞我诈,就在钟山之麓结庐而居,在隐居生涯中坚持自己的政治理想和高尚的道德情操。这首诗便是王安石晚年心态的真实写照,闲淡中寄寓着悲壮,平静里蕴

含着倔强。

水哺育滋养万物，是生命的源泉，风景中有了水便多了一份灵动清婉的柔美，而一池碧水边的杏花更是招来诗人赞赏的眼光。王安石居所附近有一条小溪，他在晚年的诗歌中多次提及，而且喜欢用“绕”字来描写它的姿态，如《书湖阴先生壁》写道：“一水护田将绿绕，两山排闼送青来。”又在《钟山即事》中说“涧水无声绕竹流”。此诗“绕”字的运用，不仅写出春水的清婉柔媚，还写出春水爱花、护花、恋花的情景，赋予春水和杏花相依相亲的感情色彩，侧面烘托出诗人对杏花的衷心喜爱。“花影妖娆各占春”，树头的花枝与水中的倒影相映生辉，春意盎然。花影倒映在明净清澈的春水中，妖娆之中增添了几分渊默虚静，艳而不俗。宋人许顗《彦周诗话》说：“荆公爱看水中影，此亦性所好。”王安石晚年怡然自得，淡泊无为，追求虚静恬淡的人生境界，故而对“水中影”这种自然现象情有独钟。

一阵风吹来，落英缤纷，晶莹洁白的杏花随风纷飞，好似白雪漫天飘舞，最终落在清澈的春水上随波逐流。这本来是多么凄美的情景，诗人却毫不伤感，斩钉截铁地说：“纵然北陂的杏花被吹得像雪片般纷飞，也绝对胜过南边道路上的杏花凋零路面，任人践踏，辗成尘土！”“北陂”清幽静谧，远离浮世喧嚣，正如诗人的隐逸之所；“南陌”熙熙攘攘，是喧嚣嘈杂的名利场，正如当时的朝廷。宁为玉碎，不为瓦全，诗人宁愿做北陂雪花纷飞般的落花，也不肯置身南陌碾成尘土。这一“纵”，一“绝”，激浊扬清，掷地有声，语气何等坚定，誓死固守高尚情操的精神可钦可敬！

从熙宁三年到九年，王安石在短短几年里两次拜相，又两次罢相，经历了人生的大起大落。大自然的山水花草，给予他精神的抚慰和灵魂的陶冶，北陂的杏花向我们呈现了一位伟人的高尚灵魂与坚定操守！

午 枕

◉ 王安石

午枕花前簟欲流，
日催红影上帘钩。
窥人鸟唤悠扬梦，
隔水山供宛转愁。

午枕：午睡的枕头，这里指午睡。

簟（diàn）：竹席；簟欲流，意即竹席的纹理细密，光滑晶莹，如同流动的水。

红影：花影。

帘钩：卷帘用的钩子。

赏析

这首诗以《午枕》为题，描写午梦初醒的瞬间情景。比王安石时代略早的苏舜钦有一首《夏意》：“别院深深夏席清，石榴开遍透帘明。树阴满地日当午，梦觉流莺时一声。”它的意境与王安石《午枕》何其相似，同样写到午后梦觉时分、清凉的簟席、门帘上晃动的花影，还有那格

外清脆的一声声鸟鸣。两首诗都格外美丽，但我们细心阅读便能感受到，《夏意》表现的是一种清畅、惬意的心境，而《午枕》抒写的则是美丽中夹杂忧愁的诗情。

在春末夏初的一个午后，诗人闲来无事靠枕而憩，不知不觉进入梦乡，突然被一阵鸟鸣声唤醒，醒来恍恍惚惚，只见自己躺在花阴旁，花香沁人心脾，身下的竹席清凉舒适。抬头望望太阳，偏西的阳光把枝叶扶疏的花影投射到帘钩上，花影随着帘子的晃动轻轻摇曳，好一幅惬意清幽的鸟鸣午枕图。午后的气氛是这样安静，诗人尝试回味刚才悠扬深远的梦，却记不清梦境里的人世悲欢。放眼望去，庭前隔着清溪的青山，静立在午后的阳光中。它那么遥远，却仅隔盈盈一水；那么虚渺，却又那么熟悉。那是梦幻的情境吗？还是现实的美景？这秀丽动人的山水，让诗人体验到一种淡淡的忧愁，它宛转盘旋，挥甩不去。大自然的美景有时候让诗人产生“审美的晕眩”，美与忧愁并非总是相对立的，忧愁有时候也是美好的，美景有时也会附带着一丝淡淡的愁绪。所以当诗人完全沉醉在大自然的怀抱中，在山和水、花和鸟的世界里忘却自我时，只剩下一种情绪在流动，那就是“宛转愁”。亲爱的读者朋友，您是否也曾在良辰美景之前产生过“宛转愁”？如果没有，不妨尝试着去品味一番！

半山春晚即事

◉ 王安石

春风取花去，酬我以清阴。
翳翳陂路静，交交园屋深。
床敷每小息，杖屦或幽寻。
惟有北山鸟，经过遗好音。

注释

翳翳（yì）：树阴浓暗的样子。
陂（bēi）：山坡。
交交：树枝交接覆盖的样子。
床敷（fū）：床铺。

赏析

王安石早年力行新法，晚年退居江宁，在钟山半山腰建造"半山园"，自号"半山"。这首诗描绘春夏之交半山清幽安宁的环境，表现他晚年闲适自得的生活。

常人写春去花谢、绿肥红瘦，难免生伤春之感，使诗歌染上一层淡淡的哀愁。此诗却不然，大自然虽然播洒东风把鲜花吹去，同时也送来了清凉的树阴作为回赠，

“取”、“酬”两个动词把大自然拟人化，自然界成为人类有情有义的老朋友。既然春风慷慨地“酬清阴”，诗人又怎能辜负自然的厚意不去欣赏呢？在茂密的树林中有一亩方塘，池塘边的小路沿着山坡蜿蜒曲折地伸向远方。岸上的树木和水中的倒影交相辉映，更添几分韵味。在葱茏树木的深处，园屋隐约可见。唐代常建的“竹径通幽处，禅房花木深”，与此联有相通之处，只是常建是写佛教的空灵之境，而王安石展示的境界更有人情味，更加温馨。

深深的园屋究竟何人居住呀？原来是恬淡安宁的王安石。他或居家休憩，或杖履寻幽，没有烦人的政务，没有俗人的打扰，有的只是内心的那份宁静，他仿佛要和钟山融为一体，达到物我合一的境界。就在这宁静的氛围中，突然传来清脆悦耳的声音，原来是北山的飞鸟翩然而过，遗下一曲“好音”。诗人独步寻幽于杳无人迹的钟山，难免心生岑寂之感。这曲“好音”让读者知道，懂得他的心思、陪他度过孤独岁月的，只有那北山的飞鸟。

结尾两句极富韵味，引人深思。没有这两句，全诗就是单纯地表现闲适自在的生活，体现不了诗人那份举世无人相知的孤往之志。王安石作为一代名相，积极推行新法，无奈壮志未酬，被迫隐退江宁，他外表平静，内心毕竟有着深深的失望。然而他累了，倦了，也不想再次卷入政治的漩涡。结庐钟山，坚持自己高尚的道德情操是他的唯一选择。官场和尘世已经把王安石抛弃了，大自然却永远不会抛弃他，偶尔经过的飞鸟为他送来了悦耳的啭鸣！

天

清平乐

◉ 黄庭坚

春归何处？寂寞无行路。
若有人知春去处，唤取归来同住。

春无踪迹谁知？除非问取黄鹂。
百啭无人能解，因风飞过蔷薇。

注释

问取：问着。
因风：趁着风势。

赏析

随着四季气候的变化，自然界呈现出不同的风貌，它带给人的心灵感触也随之发生变化。作家在不同的季节里创作的作品往往表现出不同的情绪或主题，而人与自然的关系也变得更加丰富、微妙。四季之中，春天无疑是最美好的季节，风和日丽，万物复苏，天地间洋溢着欣欣向荣的生机，自然界的一切景物都让人亲近依恋，诗人们写下了大量歌咏春天的作品。正因为对春天爱之深，故而嫌其短。诗人面对落红成阵、飞絮满天

的暮春景象，写下了大量的惜春、伤春之作，抒发对春天的怜惜之心，此类作品最能见出人类对大自然的精神依恋。黄庭坚的这首《清平乐》亦是惜春词中的佳作，它以极朴素的语言委婉地表达了词人对春天的无限痴情。

整首词都在说寻觅春天。上片先写词人如痴如狂地追寻春的踪迹，甚至突发奇想：如果有谁知道春天的去处，就请把她唤回同住，从此长相厮守。这样痴情的话语读来真切感人，词人已经把春天完全拟人化了，不是痴情的诗人又怎能说出这样的“傻”话？北宋词人王观也有类似的天真幻想：“才始送春归，又送君归去。若到江南赶上春，千万和春住。”明代的沈际飞因而说王观与黄庭坚是“千古一对情痴”。的确，恐怕只有情痴情种才会对春天如此缠绵留恋。

下片写词人寻春不得的伤感情怀，比上片更加痴狂，上片是向人询问，下片却要问鸟。黄鹂常在春夏之交啭鸣，它应该知道春归何处。可惜黄鹂虽然巧啭不已，却无人能懂，它只好乘风飞过蔷薇花丛。蕴藏在黄鹂鸣声中的关于春之行踪的秘密，也就无人得知了！词人在一番问人问鸟的寻觅之后，才发现春天已经唤不回来了，词人的情绪也从希望，到失望，再到绝望，此番痴情便有了更加震撼人心的悲剧性。整首词如同一部天真虚幻的春之狂想曲，拟人化笔法拉近了人与春天的距离，让人充分感受到人与自然亲密无间的依赖关系。

黄庭坚写诗多用典故，少有自然流畅的作品。其词风却与诗风大异其趣，此词便是显例。全词既无典故，也无奇字，明白晓畅，真切感人。这首词写于被贬之时，显然有所寄托，对春天的痴情中既包含着他对美好事物的执着追求，也暗示着生命易逝的感伤，而人生的磨难会让人加倍地珍惜、留恋那一去不返的韶光华年，当词人将这种深沉的情愫诉诸春天的时候，便产生了不同寻常的感人力量。

天

行香子

◉秦　观

树绕村庄，水满陂塘。
倚东风、豪兴徜徉。
小园几许，收尽春光。
有桃花红，李花白，菜花黄。

远远围墙，隐隐茅堂。
飏青旗、流水桥旁。
偶然乘兴，步过东冈。
正莺儿啼，燕儿舞，蝶儿忙。

注释

茅堂：茅草房。

飏（yáng）：飘扬。

青旗：酒店门外悬挂的旗子，是古时酒家的招牌。

赏析

一次兴致盎然的游春之后，秦观为我们描绘了一幅百花争艳、莺歌燕舞的田园风光画，写出了春天生机勃勃的景象。这既是一首春游词，又是一篇热情洋溢的春之礼赞。这首词在秦观词中比较独特，它一反词人惯常的哀怨情调，变得轻快活泼，那么，究竟是何等春光令词人的风格发生了变化呢？

上片写道：一排排绿树围绕着村庄，春水涨满池塘，

处处洋溢着春的生机，词人心情舒畅，游兴高涨，迎着柔和的春风信步游赏。一个小园子吸引了词人的目光，只见繁花斗艳，色彩缤纷：妖娆的红色是桃花，素净的白色是李花，绚烂的黄色是油菜花。词人用绚丽的色彩渲染出春意之浓，比宋祁的"红杏枝头春意闹"更为热烈：青枝绿叶永远是春天的底色，桃花红、李花白、菜花黄点缀其间，互相映照。小园汇集了春天最美的颜色，正所谓"收尽春光"！

下片写词人村外游览的所见所闻：站在东冈上放眼远望，只见几处茅草房隐隐约约露出了围墙，小桥流水的旁边，一面酒旗正随风飘扬。词人索性步过东冈，一路上又是一番热闹景象：黄莺恰恰娇啼，燕子翩翩飞舞，蝴蝶则在花丛中忙碌着。一幅有声有色的动态画面呈现在读者面前，万物自由自在，各得其所，好一派田园风光！这秾丽热烈的春景中洋溢着怡然自得的安详与喜悦，再多愁善感的人也会轻松起来，尽情享受大自然所赐予的美好春光。秦观以其特有的艺术敏感，捕捉和讴歌了春天里大自然的生命律动。

秦观后来被贬处州，有一次"醉卧古藤阴下"，做了这样一个梦："春路雨添花，花动一山春色。行到小溪深处，有黄鹂千百。"(《好事近·梦中作》)梦里的景色与这首《行香子》多么接近！如果说人的梦境总有来由，那么秦观那次印象鲜明的春游经历也许就是此梦的一个来源吧！美好的景色连同欢快的情绪一起积淀在词人的记忆里，作为一种潜意识，闯入词人的梦里。这两首词是秦观坎坷愁苦的一生中为数不多的欢愉之辞，它们验证了春天的魔力，那是大自然最珍贵的赐予！

明
《诗余画谱》

天

如梦令

◉ 李清照

昨夜雨疏风骤。浓睡不消残酒。

试问卷帘人，却道“海棠依旧”。

知否，知否？应是绿肥红瘦！

注释

绿肥红瘦：枝叶繁茂，花朵凋零。

赏析

古代歌咏春天的作品几乎离不开对花的描写，伤春主题也多以“惜花”的情愫为核心，这类作品最能见出人们对大自然的关爱和悯恤之心。

暮春时节，一场风雨过后，落红无数，令人万分伤感，孟浩然的“夜来风雨声，花落知多少”之句已广为人知。李清照的这首《如梦令》却以女性特有的细腻与敏感，将惜花的柔情表现得更加婉转动人，更富有生活气息。小令体制虽短，却蕴藏着曲折有味的故事情节：昨夜的风雨，一阵儿疏一阵儿密，庭院里那娇嫩的海棠花

不知怎么样了？女词人清晨醒来，虽然醉意犹存，仍惦念花事，便与卷帘人展开了一番饶有趣味的对话。词人对大自然真诚体贴的爱心尽显无遗。

风雨无情人有情，对于多情的惜花人来说，夜来风雨声如同打在她的心上，让她无法入眠。“浓睡不消残酒”将夜里借酒浇愁的故事悄悄掩过，而词人关心花事、坐卧不宁的焦虑心态已流露无余。及至清晨醒来，词人情知海棠不堪一夜风雨的揉损，窗外定是残红狼藉，她不忍亲见其惨状，便试着向卷帘人问个究竟。“试问”二字将词人不忍亲见落花却又想知道究竟的矛盾心理，表达得贴切入微，曲折有致。卷帘人却漫不经心地回答说：“海棠依旧。”对于卷帘人的回答，女词人反应强烈：“知否，知否？应是绿肥红瘦！”将她蓄积了一夜的惜花思虑一语道尽。“绿肥红瘦”四字精妙地概括出海棠落花时的情形，可谓别开生面，脍炙人口，令年轻的李清照名闻词坛。

前人诗词中写海棠者极多，与此词意境最近者如唐代诗人韩偓的《懒起》诗：“昨夜三更雨，今朝一阵寒。海棠花在否，侧卧卷帘看。”相对而言，虽主旨相似，然而毕竟惜花伤春的感情浓度不同，李清照对海棠花牵肠挂肚的关心更令人感动，而且还为我们展示了一位女性热爱大自然的情怀。从李清照的作品中可以看出，她真的是从骨子里爱好大自然，否则的话，她惜花的柔情何以如此细腻，胸襟何以如此博大而仁慈？

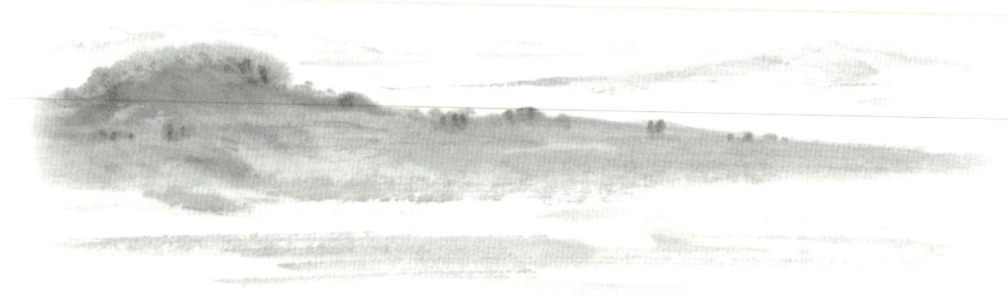

三衢道中

◉曾　几

梅子黄时日日晴，
小溪泛尽却山行。
绿阴不减来时路，
添得黄鹂四五声。

注释

三衢：衢州，今浙江省衢县，因境内有三衢山而得名。

赏析

梅子黄熟时，正是江南的春夏之交。这段时期，江淮流域通常是持续很多天的阴雨天气，因此有“梅雨”之称。连绵不断的梅雨，与愁绪萦绕的特性有几分相似，所以历代诗人多借“梅雨”咏愁，如贺铸的“一川烟草，满城风絮，梅子黄时雨”，便是千古传诵的名句。幸运的是，曾几在这样的时节，却遇上连日晴朗的好天气，这怎能不引起诗人外出郊游的欲望？于是诗人兴致勃勃地出发了。衢州在浙江上游，境内山重水复，外出郊游通常要水

陆兼程。所以他乘轻舟泛溪而行，溪尽兴不尽，便舍舟登岸，步行于山间小路。“小溪泛尽却山行”，一个“却”字，传达出高涨的游兴，也淋漓尽致地写出了诗人由水登陆的新鲜喜悦之感。

几天前，诗人曾循着相反的方向游览过一次，但他更喜欢这次返程的景致：山路上绿阴夹道，似乎和以前没有两样。仔细一听，绿阴丛中不知何时新添了许多黄鹂鸟，不时地传出啭鸣的清音。原来短短几天间绿阴已更加浓密，识趣的鸟儿把巢安在茂密的树丛里。“不减”和“添得”对比，突出了季节的变化及诗人新鲜愉悦的感受。

季节的转换是悄无声息的，善于观察花草树木、聆听鸟语虫鸣的人，总能从大自然中发现生命的律动。曾几将一次平常的行程写得错落有致，平中见奇，让我们体验到季节变换的新鲜，领略平凡生活中的意趣。其实，只要有细腻、从容的心思，普普通通的郊游也能带来美好的享受！

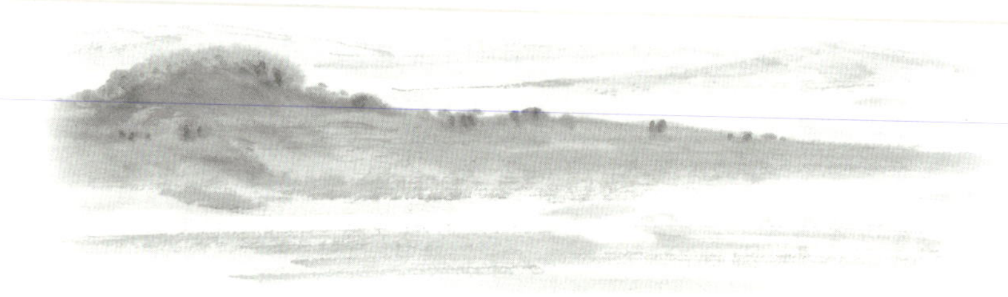

天

小池

◉ 杨万里

泉眼无声惜细流，
树阴照水爱晴柔。
小荷才露尖尖角，
早有蜻蜓立上头。

赏析

在诗人的笔下，任何事物都是有生命、有感情的。就说这首小诗里的景物吧，蜻蜓，泉眼，小荷，连树阴也一样，各有各的行为，各有各的心思。作者运用丰富新颖的想象和拟人的手法，细腻地描写了自然景物的特征和变化，形象地描绘了初夏宁静而又充满生机的景象，表现了诗人对自然景物的由衷热爱。一二句把读者带入了一个小巧精致、柔和宜人的画面中：离这池塘不远，有一孔小小的泉眼，那便是小池的水源了。泉水静静地从泉眼冒出来，形成一股涓涓细流注入小池，流得这样缓慢，怕是泉眼太珍爱它，不愿放它离去吧。池边有几株杨柳，长条细叶，翩翩起舞，它们袅娜的身影映

照在池水里，似乎在自我欣赏、自我陶醉。像这样把自然景物设想成人，赋予它们生命和感情的写法，生动传神，令人感到亲切。三四句更是有趣：一片碧绿的荷叶上方，突然冒出一朵尖尖的、尚未坼苞的荷花，有一只性急的蜻蜓捷足先登，高高地立在花苞顶端振翅戏耍，多么活泼可爱，妙趣横生！诗人好像一位高明的摄影师，顷刻之间便按下快门抓拍了这个转瞬即逝的镜头，留下了这个永恒的瞬间。

诗题为“小池”，全篇都在“小”字上做文章。作者所选景物都很细小，如泉眼、小荷、蜻蜓等，皆小巧天真，别致有趣。由此可见，诗词有不同的题材，有的题材甚为细小，仅是生活中的一个细节，却也能写出幽情逸趣。此诗便是一首清新的小品，它自然朴实，又真切感人。诗人将初夏小池中生机盎然的景象描绘得清新可人，表现了大自然中万物之间亲密和谐的关系。只有热爱大自然的人才能写出此等佳作，也只有热爱大自然的人才能深深体会其中的美。

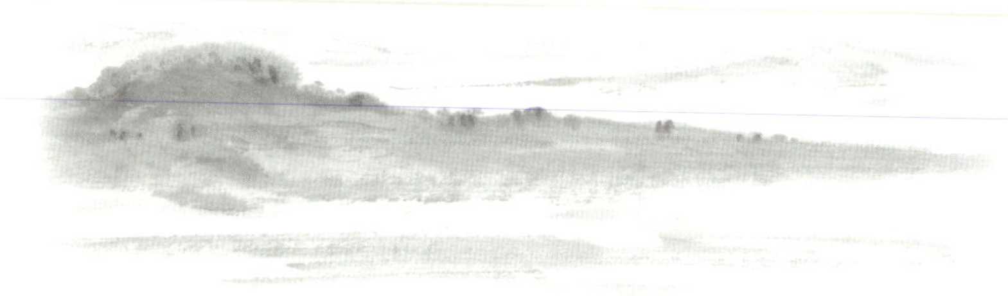

鹧鸪天

代人赋

◉ 辛弃疾

陌上柔桑破嫩芽，东邻蚕种已生些。
平岗细草鸣黄犊，斜日寒林点暮鸦。

山远近，路横斜，青旗沽酒有人家。
城中桃李愁风雨，春在溪头荠菜花。

注释

代人赋：代替别人或拟他人口吻而作。

蚕种：蚕卵。

赏析

上饶一带的山水胜景给辛弃疾的闲居生活带来许多慰藉，随着时间的推移，他那郁结愤激的心灵渐趋平静，词人开始将审美的眼光投向农村的自然风物，创作了不少田园牧歌般的农村词。这首《鹧鸪天》写的就是农村早春的景色，表达了对农村生活的喜爱之情和由此产生的人生感悟。

上片写农村早春的景象：田间小路上桑树柔软的枝条开始冒出嫩芽，而东邻蚕农家已经开始孵化蚕卵了。

山坡上长出了细细的嫩草，牛栏里关了一冬的小牛犊终于被放出来了，悠闲地吃着草，不时“哞哞”地叫上两声。夕阳西下，寒林上空飞着几点归巢的乌鸦。这一切都在宣告着：春天来了。辛弃疾把农村最常见的自然事物纳入词中，将平淡无奇的景物点化得生机盎然，暗示着一年农事的开始。安静的乡村被词人写活了，一幅乡村早春图跃然纸上。

词人的目光由近及远，转入下片：远远近近的山峦之间，蜿蜒盘旋着通向别处的小路，青旗招展的地方肯定有人家在卖酒，词人感慨道：城中的桃花李花总担心为风雨所摧残，哪里还有什么春意？请看生长在溪边的荠菜花，它们迎着风雨绽放，生命力是那样顽强，春天是属于它们的。的确，最美好的春光都在郊野乡村。

“城中桃李愁风雨，春在溪头荠菜花”是本词的画龙点睛之笔，看似随意写来，却意蕴丰厚。词人将农村普普通通的“荠菜花”视作春天的象征，正是看到了荠菜花不惧风雨、春意盎然的生命力，寄寓着顽强的人格精神，成为词人自我形象的写照，他在大自然的一草一木中获得了审美感悟与人生启迪。

这正是辛弃疾从城市退居乡村之后的人生体验，他厌倦了繁华而又充满纷扰的城市，喜欢上了农村生机无限的田园生活。今天，尽管城市里有不少公园，种植着各色美丽的花木，然而，周围林立的高楼大厦、嘈杂拥挤的人群、被污染的空气，在这样的环境里，纵然鲜花娇美，哪里比得上那郊野溪头普普通通的荠菜花？亲爱的朋友，若想寻找春的生机，还是到郊野乡间去吧！——“春在溪头荠菜花”！

水调歌头

盟鸥

◉ 辛弃疾

带湖吾甚爱,千丈翠奁开。
先生杖屦无事,一日走千回。
凡我同盟鸥鹭,今日既盟之后,
来往莫相猜。
白鹤在何处?尝试与偕来。

破青萍,排翠藻,立苍苔。
窥鱼笑汝痴计,不解举吾杯。
废沼荒丘畴昔,明月清风此夜,
人世几欢哀?
东岸绿阴少,杨柳更须栽。

注释

翠奁(lián):奁,镜匣,这里代指镜子。翠奁就是绿色的镜子。

杖屦:手杖和鞋子,意思是拄杖漫步。

畴昔:往昔。

赏析

辛弃疾自二十三岁投奔南宋以后,辗转于地方官吏和闲职约二十年,不仅壮志难酬,还因"归正人"的身份遭受猜忌和排挤。宋孝宗淳熙八年(1181)冬,再次被弹劾落职,正值壮年的辛弃疾退居信州(今江西上饶)带

湖，自号“稼轩居士”。带湖是信州城北的一个带状的小湖泊，辛弃疾在湖畔修建了自己的隐居之所，在此度过了漫长的闲居生涯。此词作于淳熙九年（1182），真实地反映了词人初归带湖时的生活和感受。“甚爱”二字统摄全篇，奠定了整首词的感情基调。

上片抒发了词人对带湖环境的热爱：明净的湖面平滑如镜，就像打开了千丈翠绿色的镜匣一样，悦人眼目，荡涤身心。词人闲居无事，经常拄着拐杖漫步湖畔，带湖之美引发了词人对大自然的热爱。他又把爱悦的目光投向湖边的水鸟，竟突发奇想，要与鸥鸟结盟，在此水乡一起栖隐。词人郑重盟誓，约定相与忘机江湖，自由自在地和谐共处。词人还叮嘱鸥鸟把白鹤也一同邀来，共享带湖风月。这里隐约流露出词人闲居无事的寂寞与孤独，昔日戎马倥偬的英雄闲散度日，当然不胜怅惘。虽然带湖的秀丽山水默默安抚着词人孤寂的心灵，面对着大自然，词人的天真性情被唤醒了，但“莫相猜”的誓语里却隐含着词人对充满猜忌与排挤的官场依旧心有余悸。

词人以赤子之心面对鸥鸟，那么鸥鸟如何呢？下片说：它们站在水边的苍苔上，一会儿拨动浮萍，一会儿拨动绿藻，对词人的一番美意毫不理会。原来，它们正窥视着水中的游鱼，意在得食，又怎知词人正举杯浇愁？可见鸥鸟并非知音，难为盟友。词人的思绪回到现实，对带湖的今昔变化做了一番思索：从前这里是一片荒地野水，而今屋舍俨然，风景怡人，时世变迁，人生几度悲欢？自己还是投入眼前的生活，在绿阴较少的东岸多栽些杨柳。既然没有盟友抚慰自己的孤独，还是寄情于带湖风月吧！尽管词人情怀落寞，但对生活的热爱使他对带湖一往情深，终篇与开头互相呼应。

这首词作于闲居之初，带湖之美尚未完全平息词人心头的抑郁。此后，随着时间的推移，词人开始融入江南的自然风光与风土人情，心灵渐渐安顿下来，写出了不少充满田园情趣的作品，洋溢着对美好安定生活的热爱。辛弃疾终生向往军营生活，渴望收复失地，他不是不喜欢宁静的闲居生活，恰恰相反，正是因为珍爱这份安宁，才希望沦陷区的人民也过上安定的生活，这正是辛弃疾为之奋斗终生的力量源泉。就这样，对大自然与和平生活的挚爱与爱国豪情如此和谐地统一在这位抗金英雄的身上。

明
《诗余画谱》

天

双双燕

咏燕

◉ 史达祖

过春社了，度帘幕中间，去年尘冷。
差池欲住，试入旧巢相并。
还相雕梁藻井，又软语商量不定。
飘然快拂花梢，翠尾分开红影。

芳径，芹泥雨润。
爱贴地争飞，竞夸轻俊。
红楼归晚，看足柳昏花暝。
应自栖香正稳，便忘了、天涯芳信。
愁损翠黛双蛾，日日画栏独凭。

注释

差（cī）池：形容燕子上下翻飞时羽翼不齐的样子。《诗经·邶风·燕燕》："燕燕于飞，差池其羽。"

藻井：天花板上的装饰，一般做成凹面，饰有雕刻或图案。

芹泥：水边长芹草的泥地，这里指燕子衔芹泥筑巢。杜甫《徐步》诗："芹泥随燕嘴，花蕊上蜂须。"

翠黛：古代女子用青绿色画眉。

双蛾：双眉。

赏析

自古以来,人们的生活就与大自然密不可分,不仅从中获取赖以生存的物质基础,还从中汲取丰富的心智启迪。在古典诗词中,燕子是寄寓人类情感最丰富的动物之一。它是与人类生活距离最近的候鸟,在春天的社日北来,秋天的社日南归,被称为"社燕"。春来秋去的习性不仅使其成为春天到来的象征,还带给人们思念远方亲人的遐想。燕子总是雌雄颉颃,双宿双飞,从而成为爱情的象征。在宋词中,史达祖的这首《双双燕》被誉为咏燕之绝唱,燕的诸种象征意蕴在此词中都有所体现。

上片写燕侣初归的情形:春社刚过,燕子便从南方飞回旧巢。时隔半载,旧家依然雕梁画栋,但空巢尘封,令双燕倍感凄冷。它们在深深庭院的帘幕间穿飞来去,仔细辨认着旧日熟悉的红楼华屋,拿不定主意是否在此居住。燕语呢喃,似乎商量不定。这对燕子犹豫不定的矛盾心理被词人摹写得惟妙惟肖,别有一番情趣。究竟要不要住下来呢?它们飞快地拂过花丛,剪刀似的翠尾将一片片红色的花影分开,燕子们开始了忙碌而又幸福的生活,看来是打算定居旧巢了。这两只燕子简直就是一对充满柔情蜜意的情侣,它们相依相伴,在这大好的春光里自由来去。但是,双燕的心事词人何以知之?又是谁的目光如此亲切地追随着燕子?

下片继续摹写双燕的幸福生活,并由此引出红楼思妇的哀怨:春雨过后,落花铺满小径,芹泥滋润,正可衔去筑巢。双燕贴着地面疾飞,你追我赶,似乎在炫耀自己飞得多么轻盈。天色已晚,红花绿柳在暮色中模糊不清了,双燕才归巢,想必是看足了春光吧!忙碌一天的鸟儿归巢后便悄无声息地睡着了。燕子啊,你们双飞双宿,只管自己睡得香甜安稳,怎么就忘了捎回远方游子的家信?语气里分明有点不满,隐约还有些妒意。是谁在关注着双燕呢?原来正是红楼的女主人。这家男主人远行不归,杳无音信,红楼思妇在深深庭院里倍觉凄冷。她唯有独上高楼,凭栏远眺,却不见夫君归来,于是终日愁眉不展。人与燕,居住在同一屋檐下,但却如同晏几道词里所说:"落花人独立,微雨燕双飞。"虽然此词以写燕为主,写人为宾,然而词人刻意将双燕放在冷冷清清的红楼背景中,极力渲染它们在春光里自由来去的快乐,

从而烘托出红楼思妇的无限歆羡。

大自然的生命，哪怕细至草木虫鱼，人们与之朝夕相处，往往会产生亲友般的关爱与依恋之情。从这首词对燕子活动的细腻摹写中，可以窥见人们对自然万物与生俱来的温情。

天

泛舟明湖

◉ 申涵光

女墙倒影下寒空，
树杪飞桥渡远虹。
历下人家十万户，
秋来俱在雁声中。

注释

明湖：大明湖，在山东济南市。
女墙：城上短墙。
杪（miǎo）：树梢。
历下：济南的旧称。

赏析

大明湖，在今山东济南市，由百泉汇流而成。湖中绿荷千亩，四周垂柳成阴，风光秀美，历来多有名家赞咏。此诗是作者《泛舟明湖》六首中的第二首。开头两句说，深秋时节，诗人泛舟游览大明湖。城头女墙的倒影映在水中，在水底蓝天的衬托下，纤毫毕现。杨柳依依的岸边，石拱桥高出树顶，宛如飞过天边的一道长虹。

起句气势突兀，给人一种沉重和威严的感觉。第二句将视线从湖中移到岸上，“飞”字和“渡”字写活了桥的气势，为诗的画面增添了动感，也为下两句视角的转换起到了巧妙的过渡作用。“历下人家十万户，秋来俱在雁声中”，这两句将写景与抒情融为一体，诗人感叹道：最使人动情的，是那南征的秋雁，它们结队成群地从北方飞来，一声声呼唤着，应答着，飞过大明湖的上空。济南城里的十万多户居民，入秋以来全都处在雁鸣声中了！

综观全诗，似乎只是一首优美的写景佳作。大明湖上，风光多么优美，济南城上空的雁声又多么富有诗情！但是，亲爱的读者，请好好领略诗中三昧吧！《诗经·小雅·鸿雁》中说：“鸿雁于飞，哀鸣嗷嗷”，是流浪难民用来自比的，“哀鸿遍野”这个成语便从此而来。雁声不仅有流离之悲，且多时节流逝之感，此所谓秋声也，故欧阳修有《秋声赋》闻名于世。此诗以美景写哀情，愈见其哀，表现出深切的同情和忧愤。这样回头重读第一句那个“寒”字，也就不限于湖上天空和它的水中倒影，而是寒到诗人心底去了。全诗写景即是抒情，物境、心境融合在一起，虽然是通篇写景，感情色彩却十分强烈，真挚动人。

梅

◉ 沈钦圻

冰霜磨炼后，忽放几枝新。
独立江山暮，能开天地春。
自然空色相，谁与斗精神。
野客闲相对，如逢世外人。

注释

色相：佛教用语，指物质的特征。

赏析

以植物作为人格象征，前人早已有之，宋人周敦颐的《爱莲说》便是其中的名篇。至于不染纤尘的梅，早已成为出世高士的形象，宋人王琪的《梅》便是非常有名的一首："不受尘埃半点侵，竹篱茅舍自甘心。只因误识林和靖，惹得诗人说到今。"

那么，沈钦圻的这首五律，是否与王琪所写的梅花一脉相承呢？不是。因为沈氏这首诗，着重表现梅的刚劲、清高，却又与世无忤的形象。这与王琪诗可谓大异其趣。

梅在冬末春初开放。此时天气严寒，寒冰、霜雪封住整个大地。在这种情况下，一般植物必定熬不过寒冷的打击而凋零殆尽。不过，对于梅来说，这种打击反而是一种磨炼。因为这种磨炼，不是终点，而是过程。这个过程终究会过去的。梅花经过一番磨炼后，迸发出潜藏已久的生命力，忽然绽出几枝花朵。这便是首联的主旨：梅具有坚毅不屈的精神。梅不但卓然独立，而且能引领自然。人们纵目远望整个江山，便会发现只有梅在日暮中傲然独立。梅也因而具有引领作用，是她为天地之间带来一片春色。梅花以白色和淡红色为主，就外在相貌而言，梅是不假外求、毫无修饰的，梅所呈现的美，并不在于外在的“色相”，而是内在的“精神”。这种坚毅不屈、孤高自傲的精神，确非其他一般植物可以比拟，所以诗人说“谁与斗精神”。

人与自然的关系是很微妙的。孤高脱俗的人，遇到孤高脱俗的梅，心中便会产生微妙的认同感和移情作用，从而把梅引为同调。梅的特点与“野客”的禀性是相通的，因此当“野客”以悠闲的心情与梅花相对时，便会觉得梅有如超凡脱俗的世外之人。饶富意趣的是：“世外人”一词，除了把梅拟人化之外，也衬托出“野客”自己同样是“世外人”。

诗人咏物有一个传统，便是借物咏怀。此诗中“磨炼”、“独立”、“空色相”等词，莫不具有主观意志的色彩。循着这条思路，我们有理由认为沈钦圻的《梅》实为一首“咏怀诗”：梅是坚毅不屈、卓然自立、清高脱俗的人格象征。诗人对梅花倾倒如此，正见他取法自然，从自然中汲取人格的启迪。

山行

◉ 姚 范

百道飞泉喷雨珠，
春风窈窕绿蘼芜。
山田水满秧针出，
一路斜阳听鹧鸪。

注释

蘼芜(mí wú)：一种香草。

赏析

这是一首描写晚春雨后山行所见景色的小诗，风格清新活泼，生动自然，表现了诗人欣喜的心情。首句气势不凡，形象地写出水石相击、水花飞溅的情景，让人感受到百道飞泉的气势。一个"喷"字，突出表现了雨后山景最能体现自然伟力、最具动感的一面。第二句写春天山间的植物，生机盎然。"窈窕"一词采用了通感的艺术手法。轻柔的春风拂面吹过，蘼芜的绿叶青枝在微风中轻轻摇摆，一如婀娜的舞姿。窈窕一般是指女子姿态的美好，而在这里，是形容轻柔的春风还是婀娜的蘼芜呢？

可意会而不可言传，读者自可仁者见仁，智者见智。“绿”字是使动用法，与王安石的名句“春风又绿江南岸”有异曲同工之妙，更增添了诗的意趣。三四句转写山田之景，颇具生活气息。在春雨的滋润下，山田里的秧苗齐刷刷地钻出水面。夕阳西下，余晖满山，诗人在山路上轻快地走着，耳边满是鹧鸪欢快的叫声。诗人的悠闲与欣喜之情洋溢于字里行间。

此诗既写了自然之景，又写了农家之乐，二者相互映衬，相得益彰。整体风格轻快活泼，动人心弦。相信有过山中经历的朋友在阅读此诗时，会勾起许多美好的回忆；还没去山间游玩过的朋友，也会心向往之。这种富有感染力的美，是无法抗拒的。大自然是我们赖以生存的居所，也是我们心灵的家园。当人与自然和谐共处时，当人类成为自然的亲密朋友时，自然慷慨地赋予了我们多少愉悦！

天

台湾竹枝词

◉ 丘逢甲

唐山流寓话巢痕，
潮惠漳泉齿最繁。
两百年来蕃衍后，
寄生小草已深根。

注释

唐山：海外华侨对祖国的习称。

潮惠漳泉：广东的潮州、惠州和福建的漳州、泉州，是客家人聚居的地方，是移居台湾人口较多的地方。

齿：人口。

赏析

丘逢甲是清末台湾著名的爱国诗人。清光绪二十一年(1896)，清政府向日本割让台湾。丘逢甲组织义军奋起抗日，兵败后内渡大陆。次年作《春愁》诗，中有“四百万人同一哭，去年今日割台湾”的名句，广为传诵。相传丘逢甲少时应童子试，到台主试的福建巡抚丁日昌让他在一日之内写出一百首《台湾竹枝词》，丘逢甲如期交

卷，此诗就是其中之一。

竹枝词原是古代流行于巴渝一带的民歌，历代文人多有拟作，内容大多是咏某地的风土人情。丘逢甲是客家人，曾祖父从广东镇平（今广东蕉岭）移居台湾，本人出生于苗栗县。客家人原是从中原流寓到南方的，所以此诗就从先祖的流寓说起。此时诗人身在台湾，故称大陆为“唐山”。诗人慨叹自己的祖先像候鸟一样流寓不定，四处筑巢，在许多地方留下了故巢的痕迹。其中又以潮州、惠州、漳州、泉州等地留下的人口最为繁多。然而上述地区山岭多而耕地少，不足以养活日益繁盛的人口，于是客家人又渡海赴台，拓荒垦殖。经过二百多年的辛勤劳作和滋生繁衍，终于在台湾这片土地上安居乐业，就像是寄生的小草一样深深地扎下了根！

顾名思义，“台湾竹枝词”应该以台湾的风土人情为主要内容。丘逢甲的这组《台湾竹枝词》也不例外（相传原作共一百首，今存四十首）。由于台湾的民众绝大多数是从大陆迁移过去的，本诗作为组诗的第一首，就开章明义地从移民的源流和过程说起。诗中巧妙地运用了两个比喻，一是南来北往的候鸟，二是随风飘荡的小草。大自然是一切生物的母亲，大地是全体人类的居所，正像宋代的苏轼所说：“有生何处不安生？”候鸟随着季节而迁徙，北去南来，凡有水草处都是它们的家。小草的种籽随风飘荡，不管飘到何处，都能落地生根，获得新的滋生之土。辽阔的中华大地是全体中国人民共有的生存空间，无论是南下迁徙，还是东渡垦殖，都能像候鸟与小草一样随处安生，开辟新的家园。候鸟处处安巢，却难忘故巢。小草处处生根，却难忘故土。移居台湾的人民虽然早已在这个美丽的岛屿上安家立业，但又怎能忘却“唐山”的故土？这就是丘逢甲这位生于台湾的“外省人”从自然中获得的深刻启示，也是全体台湾人民的共同心声。

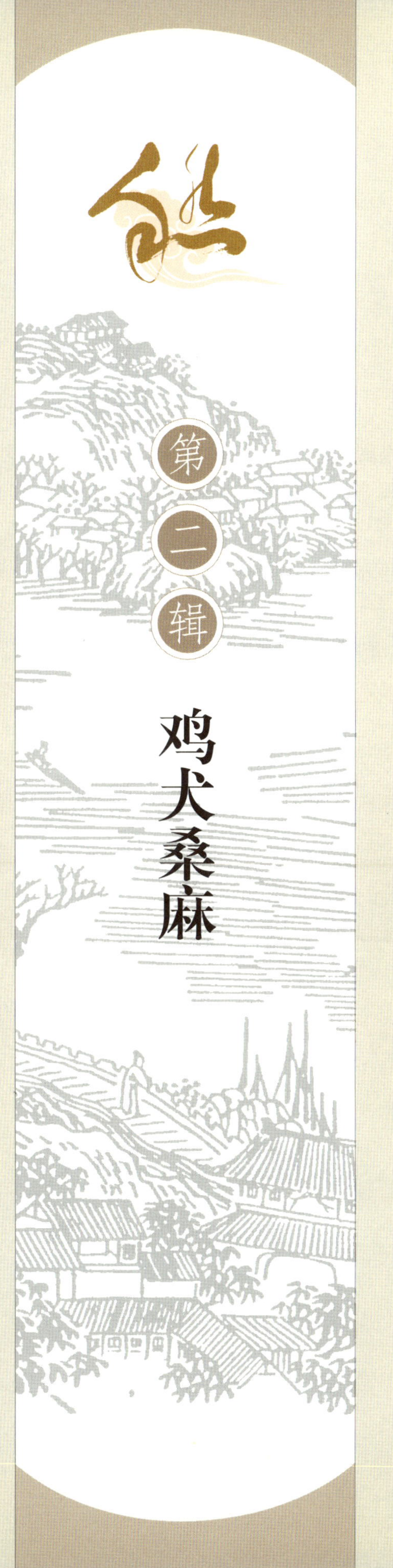

第二辑

鸡犬桑麻

巍巍五岳，浩浩三江，是中华民族休养生息的美好家园；960万平方公里的锦绣河山，是孕育5000年光辉灿烂的中华文化的理想环境。然而，对于每一个个体来说，我们的家园都是一个有限的空间。那么，中华的先民们是如何在有限的空间里与大自然和谐相处的呢？他们的办法就是生活在田园之中。与那些高墙之内堆着假山、凿出池沼的豪门园林不同，田园是开放性的，竹篱茅舍坐落在青山绿水之中，鸡犬桑麻沐浴着晨曦夕霞。于是田园就被古代诗人选为最佳的栖息场所。当陶渊明厌恶官场的污浊而回归林下，纯朴美好的大自然便给他带来最亲切的抚慰。东篱下傲霜怒放的菊花，夏日北窗下的一缕凉风，都使诗人感到可爱可亲。那悠然进入视野的南山，更是让他领悟到不可言传的"真意"，也即人生的真谛。即使是胸怀天下的志士仁人，也同样能从自然中找到精神的归宿。杜甫一生颠沛流离，但是当他经过长途飘泊到达成都后，浣花溪畔的简陋草堂便如同一个安静的港湾，抚平了诗人心灵上的累累伤痕。辛弃疾是中国古代最杰出的军旅诗人，他本是一位龙腾虎跃的战士，曾亲历斩将搴旗、铁骑渡江的战斗生涯。当他进入壮志难酬的英雄末路时，若不是带湖之畔的田园给他提供了吟赏烟霞的环境，他还能到何处去安顿那颗跳荡的心灵？至于隐居在岘山襄水之畔的孟浩然，半隐于辋川别墅中的王维，他们完全是在田园生活中实现了生命的意义，就更是题中应有之义了。本辑所选的都是古代诗人描写田园生活的作品，久居水泥森林而远离自然的读者朋友，当你读到陶渊明"久在樊笼里，复得返自然"的诗句，一定会领悟到这个简单的真理：人类真正的家园是与鸡犬桑麻相伴的田园。

明　唐寅
步溪图(局部)

天

招隐

◉左　思

杖策招隐士，荒涂横古今。
岩穴无结构，丘中有鸣琴。
白云停阴冈，丹葩曜阳林。
石泉漱琼瑶，纤鳞或浮沉。
非必丝与竹，山水有清音。
何事待啸歌？灌木自悲吟。
秋菊兼糇粮，幽兰间重襟。
踌躇足力烦，聊欲投吾簪。

注释

杖策：拄杖。

结构：连结构架，这里指屋舍。

漱：冲刷；冲荡。

琼瑶：美玉。

丝竹：弦乐器与管乐器之总称。亦泛指音乐。

啸歌：长啸歌吟。

糇（hóu）粮：食粮；干粮。

赏析

此诗意在召唤、寻觅隐居者，以便与其同隐山泽。诗篇洋溢着诗人对大自然的由衷热爱，以及对人世纷扰、俗务繁杂的厌恶。

首句用简笔勾勒出主人公拄杖山行的形象，次句点明隐士居所的偏僻，因为人迹罕至，道路模糊难辨。“岩穴无结构，丘中有鸣琴”，对仗工整，一“无”一“有”，使诗歌充满艺术张力。眼前的山洞杂草丛生、幽深难测，没有人工修整的痕迹，然而草丛中隐约传出悦耳的琴声，好似天籁一般沁人心脾。荒山野岭、巨石深穴，因为有了琴声，顿时变得可亲可爱。招隐者停下脚步，抬头四望，发现山冈背阴的一面，白云萦绕；朝阳处则绿树蓊郁，山花火红烂漫。石壑中山泉潺湲，溪流清澈，游鱼或自在浮游，或沉潜水底。总之，这里没有喧嚣烦扰，没有尊卑等级，也没有勾心斗角，只是一个宁静、自由而又充满生机和活力的自然世界。息心静观，侧耳倾听，云卷云舒，泉水漱石，游鱼戏水，风过丛林，似乎都在演奏着动听的音乐，这种山水“清音”，远远胜过达官贵人通宵达旦佐酒侑欢的急管繁弦！在这样惬意的世界里，也用不着长啸歌吟，微风吹过灌木丛，那低沉的悲吟便最能倾泻诗人胸中的烦恼与苦闷。

在如此美好的青山中，隐居的高士自然不需要锦衣玉食，他可以秋菊为食，以幽兰为佩。早在屈原的《离骚》中，就说过“朝饮木兰之坠露兮，夕餐秋菊之落英”，“扈江离与辟芷兮，纫秋兰以为佩”。秋菊、兰花因其芳香、贞洁的品性，一直是隐士高洁人格的象征，这与官宦贵族的豪华奢靡生活形成鲜明的对比。

招隐者对隐居环境和衣食问题都进行了细致入微的观察之后，便不再徘徊犹疑，他要抽掉簪子，丢弃冠履，追随隐者而去。“投簪”之举非同寻常。中国是礼仪之邦，古代做官之人往往峨冠博带，如果弃簪散发就是违反礼教的不当表现。招隐者却如此大胆放旷，打算抛却礼俗，可见其归隐的决心。

这首《招隐》诗带给我们普通读者的重要启迪是，在工具理性主义日益占据主导地位的现代社会，不论身居何地，身处何位，我们都不能沉沦于纸醉金迷的奢华生活，不能纵情于声色犬马的感官享受，只有摆脱这些东西之后，我们在面对自然山水时，才能够静下心来，才能够聆听到那怡情养性的“山水清音”！

天

归园田居(其一)

陶渊明

少无适俗韵,性本爱丘山。
误落尘网中,一去十三年。
羁鸟恋旧林,池鱼思故渊。
开荒南野际,守拙归园田。
方宅十余亩,草屋八九间。
榆柳荫后檐,桃李罗堂前。
暧暧远人村,依依墟里烟。
狗吠深巷中,鸡鸣桑树颠。
户庭无尘杂,虚室有余闲。
久在樊笼里,复得返自然。

注释

尘网:谓人在世间受到种种俗事的束缚,如鱼在网,故称尘网。

十三年:原作“三十年”,误。陶渊明二十九岁初仕江州祭酒,四十一岁辞去彭泽令,前后共计十三年。

羁(jī):捆绑,束缚。

守拙:保持自身纯朴之本性,拒绝机巧之心。

暧暧(ài):迷蒙隐约貌。

虚室:空虚安静的居室,也指排除了杂念的心境。

樊(fán)**笼**:关鸟兽的笼子。比喻不自由的处境。

赏析

《归园田居》组诗创作于东晋安帝义熙元年(405)陶渊明自彭泽辞官归家后,主要描写田园风光和农村生活,抒发归隐后的闲适心情。组诗共五首,此为第一首。

起首六句说明归隐原因。开篇直言自己对山川自然的由衷喜爱。“韵”指性情,本来含有褒义,在这里与“适俗”相联,显然是一种反讽。那么,什么是“适俗”之“韵”,又反讽什么呢?下一句“性本爱丘山”,直言自己对山川自然的无限热爱。显然,诗人意在突出自己那崇尚淡泊宁静、不随世俯仰的个性。然而,为生活所迫,诗人不得不数度出仕为官,误落红尘,转眼就是十多个年头。虚伪庸俗的官场生活就像是一张束缚人性的尘网。诗人感觉自己就像是被网住的鱼鸟,不得自由。只能日复一日、年复一年地思念着那个自由的天地。

经过多年的煎熬和数次的挣扎,诗人终于毅然决然地选择了辞官归隐这条通向“旧林”、“故渊”的路。“开荒”以下十句,转入对家居生活和田园风光的描写,也从侧面表现出诗人如愿以偿后的舒心快意。“开荒南野际,守拙归田园”中的“守拙”一词,与“适俗韵”三字遥相呼应,进一步刻画诗人耿直纯真的形象。“方宅十余亩”以下四句,用简笔描绘家居环境,虽然只是草屋,却也宽敞舒适,在榆柳绿阴的掩映与桃李芳华的辉映下,更显得清新雅洁。“暧暧远人村”四句,目光转移到屋宅之外,隐约可见的村落、袅袅不断的炊烟,似一幅水墨画,清幽而疏朗。“狗吠”二句,又由实入虚,由写形到绘声,给清幽闲适的画面增添了浓郁的生活气息。

诗人隐居郊野,摆脱了许多不必要的应酬交际,虽然家徒四壁,但是终于回归自然,有了可供自己随意支配的空闲。这让他如释重负,无拘无束,于是,他无比欣慰地长叹一声:我曾经被长久地关闭在牢笼里,如今终于得以回归自然!是啊,对于一个“性本爱丘山”的诗人来说,还有什么比回归自然更为欣喜的事呢?陶渊明义无反顾地冲破了牢笼,从而获得了心灵的自由。亲爱的读者朋友,您又会作出怎样的人生选择呢?

归园田居（其三）

◉ 陶渊明

种豆南山下，草盛豆苗稀。
晨兴理荒秽，带月荷锄归。
道狭草木长，夕露沾我衣。
衣沾不足惜，但使愿无违。

注释

晨兴：早起。

赏析

汉代杨恽得罪免官后，写了一首歌发泄牢骚："田彼南山，芜秽不治。种一顷豆，落而为萁。人生行乐尔，须富贵何时！"陶渊明的这首诗问世之后，有人认为它受到了杨恽的影响，也有牢骚不平之意。此说是否能够成立，仁智互见。不过可以肯定的是，陶渊明在诗中表达了对隐居躬耕生活的热爱和坚持自食其力的决心。

诗人回归田园后，经常在诗歌中记述具体的劳动情形，表达劳动带来的充实之感和愉悦之情。有时，诗人也会通过生活的某一个侧面，来折射出对自然、社会和

人生的深沉思考。此诗即是如此，虽然只是日常劳动生活的剪影，但字里行间却充盈着丰富的情感思绪。“种豆南山下，草盛豆苗稀”二句，真实地记录了诗人自己并不擅长的农耕生活的艰辛；“晨兴理荒秽，带月荷锄归”以下，则是诗人辛勤劳作的正面写照。陶渊明出身官宦之家，不熟悉农务，虽是隐居归田，他的田也并非全由自己耕作，而他能够坚持参加劳动，这在轻视体力劳动的古代封建士大夫群体中，实属难能可贵。苗稀而草盛，诗人不得不早早下地锄草松土，一直劳动到夜幕降临，才荷锄而归。小路两边杂草丛生，树木茂密，诗人晚归经过，被浓浓的露水打湿了衣裳。豆稀、草盛、整日劳作、夜露湿衣，这一切并没有让隐居的诗人沮丧厌倦。在他看来，只要能回归自然，只要能过上纯朴、真实而又快意的生活，身体劳累、夜露沾衣又算得了什么呢！此诗既表现了陶渊明为实现自己的人生理想，从容面对艰苦生活的乐观精神；也反衬出他对官场生活、庸俗尘网的极度厌倦和反感！

这首诗文字浅显易懂，语调平缓舒畅，与作者的隐居生活一样，简约而素淡，但在平实的诗歌语言和简单的诗歌结构中，却蕴含着相当复杂的思想情感。首先是幸福感，诗人以他独特的经历昭示后人，只有亲近自然，过上平凡的生活，才能享受到真正的快乐。其次是美感，诗人从平凡朴实的乡村景象中发现了真正的美，那个披着月色荷锄而归的诗人剪影，堪称古今田园诗中最美的一个形象！

天

和郭主簿

◉ 陶渊明

蔼蔼堂前林，中夏贮清阴。
凯风因时来，回飙开我襟。
息交游闲业，卧起弄书琴。
园蔬有余滋，旧谷犹储今。
营己良有极，过足非所钦。
舂秫作美酒，酒熟吾自斟。
弱子戏我侧，学语未成音。
此事真复乐，聊用忘华簪。
遥遥望白云，怀古一何深。

注释

蔼蔼：茂盛的样子。

凯风：和暖的风，特指南风。

回飙：旋转的狂风。

闲业：指弹琴读书等事。

华簪：华贵的冠簪。古人用簪把冠连缀在头发上。华簪为贵官所用，故常用以指显贵的官职。

赏析

苏东坡曾这样评价陶渊明："欲仕则仕，不以求之为嫌；欲隐则隐，不以去之为高。饥则扣门而乞食，饱则鸡黍以迎客。古今贤之，贵其真也。"人贵真，诗亦贵真，诗真乃由人真而来，前贤认为这就是陶诗历久弥新的主要

原因。本诗即写诗人闲居家中的愉快生活和悠闲恬适的精神状态，平淡冲和，意境浑成，富有浓郁的生活气息。

此诗作于陶渊明四十四岁时。陶渊明从二十九岁起，因"亲老家贫"，曾几度出仕，最后一次是四十一岁时出任彭泽令，在职八十余日，遂归隐浔阳，开始了躬耕田园的生活。《和郭主簿》就是他归家两年后所作。

首四句写家居环境。堂前树木茂盛，正可让诗人一家避暑纳凉。纳凉树下，阵阵南风吹开诗人的衣襟，溽暑酷热似乎被一扫而空，无比惬意。第二句中的"贮"字，既新奇生动又自然妥帖，仿佛清阴是可以贮藏之物，能随时取来享用。这充分体现出诗人对大自然的亲切态度和感恩之心。

接下去写诗人回归自然的素愿得偿。诗人摆脱了一切繁文缛节和社会应酬，全身心地投入到自己喜欢的事情中。睡足醒来，恣意读书，随意把玩那张无弦琴。只一个"弄"字，便刻画出诗人读书、抚琴时随心所欲的自得神态。

诗人的家境虽不够充裕，但他以知足常乐的心态对待之，也就觉得衣食无忧。园圃里的菜蔬足够一家人享用，去年的余粮还有积蓄，诗人感到非常满足。诗人自己种秫，自己酿酒，自斟自饮，乐在其中。"营己良有极，过足非所钦"，这体现了陶渊明一贯的生活主张和行事标准，就是在物质上只求温饱便感满足，决不向大自然作过分的索取。

正是在安宁闲逸的生活环境中，天伦之情便得以凸显。幼子承欢膝下，游戏玩耍，甚至一句毫无意义的牙牙学语，也让诗人体会到天伦之乐的幸福与甜蜜。

景是平常景，事是家常事，身体虽在红尘之中，心境却在世俗之外。什么名利富贵，哪里比得上此间的自由快乐啊。诗人遥望着天边飘荡的白云，怀古之思涌上心头，刹那间，天人合一，古今交融。相传上古时代的人民，也就是陶渊明十分仰慕的"无怀氏之民"、"葛天氏之民"，都与大自然保持着十分和谐的关系，从而无思无虑，其乐陶陶。所以陶渊明的"怀古"之思的实际指向就是回归自然，这真是一个最具诗意的人生选择！

清　王翚
仿惠崇江南春图

读《山海经》

陶渊明

孟夏草木长，绕屋树扶疏。
众鸟欣有托，吾亦爱吾庐。
既耕亦已种，时还读我书。
穷巷隔深辙，颇回故人车。
欢然酌春酒，摘我园中蔬。
微雨从东来，好风与之俱。
泛览周王传，流观山海图。
俯仰终宇宙，不乐复何如。

注释

《山海经》：我国古代地理名著。内容包括山川、部族、物产、风俗等，保存了不少古代神话传说和史地资料。

孟夏：夏季的第一个月，即农历四月。

赏析

与前面所选的陶诗一样，这首诗也是对朴素自然和归隐生活的描绘，反映了诗人归隐之后的恬淡与适意。首四句描写初夏风景，树木扶疏，房前屋后绿意盎然。树枝上，成群结队的鸟儿终日叽叽喳喳，快乐地嬉闹，把诗人的草庐衬托得更加静谧。七八间茅屋窗明几净，耕种过后，闲暇无事，诗人终日独坐，随意翻看一些

喜欢的书，一切都是如此的惬意与安适。

诗人喜爱自己简陋的茅屋，是因为在这里可以亲近自然，享受自然。在这里诗人自食其力，不必为五斗米而折腰，读书、交友也任凭兴趣之所至，远离世俗社会的逢场作戏与尔虞我诈。农忙时节，诗人将主要精力放在庄稼地里，辛勤地劳作，由此可见诗人坚守精神家园的执着。农闲之时，随意读书，表明诗人在隐居避世的同时，仍然坚持传统知识分子的操守与追求。诗人居住在偏僻的小巷子里，与车水马龙、辙迹深深的大路离得较远，车马难以到达，所以门庭冷落，很少有客人来访。但诗人甘于寂寞，而且在简朴的生活中自得其乐。他从菜园里摘来一把菜蔬，心情愉快地喝着自家酿造的春酒。清风从东边吹来，时不时裹挟着几丝细雨，一扫夏日的闷热。诗人闲坐书斋，随意翻阅《山海经》，浏览《穆天子传》，既不为名利而读书，也不必穷究底蕴、劳心苦志。于是他的心灵出入古今，周游四方，自由自在地探寻深层次的精神世界，实现了精神上的超越与自由。

此诗语言平淡自然，而意味深永。究其原因，除了高超的艺术造诣外，主要在于诗人对自然的一往情深与深刻体味。陶渊明怀着对自然的真挚情感来表现自然，因而创作出如此精妙的艺术作品；我们如果能以同样的态度来感悟自然，或许也能像诗人那样，体会到自然的纯真与美妙，从而把我们的人生变成诗意的栖居。

天

杂体诗

陶征君潜田居

◉ 江 淹

种苗在东皋，苗生满阡陌。
虽有荷锄倦，浊酒聊自适。
日暮巾柴车，路暗光已夕。
归人望烟火，稚子候檐隙。
问君亦何为，百年会有役。
但愿桑麻成，蚕月得纺绩。
素心正如此，开径望三益。

【注释】

征君：不受朝廷官职的人。

东皋：水边向阳的高地。泛指田野。

浊酒：古人以清酒为美，浊酒指普通的酒。

巾：给车子装上帷幕。

素心：素愿。

三益：谓直、谅、多闻。语本《论语·季氏》："孔子曰：益者三友，损者三友。友直，友谅，友多闻，益矣。"此处借指良友。

【赏析】

据《冷斋夜话》记载，苏轼曾说"渊明诗初看若散缓，熟看有奇句"，接着就举这首诗中的"日暮巾柴车，路暗

光已夕”等四句作为印证。苏轼写和陶诗时，也将此首当作陶渊明的诗歌，进行唱和。江淹所作的这首拟陶诗之所以能够长期羼入陶渊明集，并骗过像苏轼这样的文学大家，原因就在于无论语言风格还是思想内涵，它都与陶诗形神毕肖。

“种苗在东皋，苗生满阡陌”，语言风格和句式都与陶诗中的“种豆南山下，草盛豆苗稀”极其相似。开篇叙事，说自己在东皋种苗，长势喜人。一个“满”字，宛然可见诗歌主人公快乐自足的心情。虽然劳作很辛苦，常常疲惫不堪，但是傍晚回到家中，喝几口自家酿制的浊酒，即可消除疲乏，此时的心情非常愉快。

“日暮巾柴车，路暗光已夕”以下几句非常传神地描摹了农村黄昏之景：天色已晚，主人公整顿柴车，在昏黄的夜色中缓缓归去。他望着村庄上空的袅袅炊烟，想到家中可爱的孩子，他们肯定和往常一样，正站在屋檐下等候父亲的归来呢。字面上虽然是纯粹的写景叙事，但语淡而情浓，字里行间充满了质朴淳厚的情感。

最后六句表明自己甘心老于田亩的朴素想法。诗人认为，人的一生总是充满劳役。是挥洒汗水躬耕田园，还是曲意奉承甘受他人驱使？那就要看自己的志向了。主人公选择了前者，祈望桑麻丰收，蚕事顺利。如果真能天遂人愿，自己也乐得其所。因为隐居生活正是自己一向的心愿，主人公不求功名利禄，只愿通过辛苦劳作换得衣食无虞，安享天伦之乐，同时，也希望有志同道合者，大家往来存问，分享快乐。

此诗为我们展现了一种平静素朴的乡村生活方式，虽然远离世俗繁华，时有劳役，但人的精神是饱满充实的。生活在当下都市里的人们如果在闲暇之时能放下一切俗务到城郊野外去，走一走那崎岖而又温润的乡间小路，嗅一嗅田野中散发出来的清新的泥土气息，或者弯腰扶犁亲自体会一下农耕生活，也许会更加深刻地领悟到生命的价值和人生的意义。

天

寻周处士弘让

◉ 庾肩吾

试逐赤松游，披林对一丘。
梨红大谷晚，桂白小山秋。
石镜菱花发，桐门琴曲遒。
泉飞疑度雨，云积似重楼。
王孙若不去，山中定可留。

注释

处士：本指有才德而隐居不仕的人，后亦泛指未做过官的士人。

石镜：平滑如镜的山石。

遒（qiú）：劲健；强劲。

赏析

庾肩吾的朋友周弘让隐居在句容茅山，庾肩吾经常进山去拜访老友，此诗就是一首入山访友诗。

诗人无意隐居，这次上茅山拜访处士也与寻常一样，只是探访旧友而已，故首句用一“试”字。“赤松”即赤松子，是汉代的一位隐士，此处指周处士。诗人为了探访旧友，来到这荒野丘林之中。穿过一片茂密的树林，眼前

出现了一座小丘，这就是处士隐居之所了。

紧接着转入对眼前景物的描述。山谷中枝叶纷披，梨树上挂满了熟透的梨子。小山上桂花开得正艳，白色的花蕊把整个山间点染得秋意浓郁。潘岳《闲居赋》中有“张公大谷之梨”之说，可见大谷梨是世间不易多得的佳品。“桂白”一句中的桂树意象，含有甘于幽谷寂寞而独自散发清香的意蕴，古人常用它来比喻君子隐士高洁的品格。淮南小山的《招隐士》中即有“桂树丛生兮山之幽”、“攀援桂枝兮聊淹留”这样的诗句。可见，诗中的梨桂意象，意在烘托隐士超凡脱俗的高洁情操。

诗人的视线转移到了处士居所。住所旁屹立着一块多角的石块，光可鉴人，颇似一面精美的铜镜。门口梧桐掩映，使人联想到桐木琴遒劲的琴声。瀑布飞流而下，水珠迸溅飘散，就像阵阵细雨。天上浓云堆积，变幻不居，恰似重楼危阁。

远景近物，一切都赏心悦目，情韵悠远。周处士其人尚未得见，但这眼前情景已经让诗人相信，自从分别以后，老友在这里的生活一定非常惬意。“王孙若不去，山中定可留”，假如我要是不回去的话，这里肯定是一个可以修身养性的地方！庾肩吾其人，为官多年，仕途畅达。但他偶尔入山访友，便感受到自然山水的巨大魅力，身心俱泰。亲爱的读者朋友，如果您是一个公务员的话，也不妨学学庾肩吾，暂时放下手头的公务，到山野中去亲近自然！

天

野望

◉ 王 绩

东皋薄暮望，徙倚欲何依？
树树皆秋色，山山唯落晖。
牧人驱犊返，猎马带禽归。
相顾无相识，长歌怀采薇。

注释

薄暮：傍晚，太阳快落山的时候。

徙倚：犹徘徊。

采薇：《史记·伯夷列传》载，周武王灭殷之后，"伯夷、叔齐耻之，义不食周粟，隐于首阳山，采薇而食之"。后因以"采薇"指隐遁生活。此处代指隐者。

赏析

一个傍晚，隐居在故乡绛州龙门东皋村的诗人在暮色中孤独地徘徊，时而伫立远望，时而低头沉思，作者在问自己："我有什么可以依靠的呢？"诗人虽隐居田园之中，但他的心却还没有真正地安顿下来，故而有"徙倚欲何依"的困惑与苦恼。

接下来两联写“野望”之所见。时令已经到了秋天，举目四望，树叶或黄或红，呈现出斑斓的秋色。落日的余晖则为远近山岭涂上一层苍凉的色彩。好一幅秋日山村夕照图！下面一联转入对动态景物的摹写：牛犊在牧人的驱赶下，向村口缓缓走来。猎马也满载着猎物悠然归来，可以想见此时猎人的表情应是带着满足和自得。这种没有羁绊、简单朴素的生活是多么令诗人羡慕啊！

然而面对此情此景，诗人却因为他的理想与追求无人能够理解，于是只能舍近求远，追怀起像伯夷、叔齐那样的隐士来。王绩原是前隋旧臣，入唐后虽曾出仕，但总觉得持节隐居才是自己最终的选择。可是这种心志，在这古朴自然的山村中又有谁能理解呢？无奈之下，诗人只能追慕古代高士的遗风了。

此诗虽有淡淡的黍离之悲，但其主旨则是向往归隐。毫无疑问，正是山村秋暮的美丽景色和村民们安宁悠闲的生活增强了诗人的归隐之念。面对着纯朴美丽的大自然，谁不想回归她的怀抱呢？

天

秋夜喜遇王处士

◉ 王　绩

北场芸藿罢，
东皋刈黍归。
相逢秋月满，
更值夜萤飞。

注释

芸：通“耘”，除草。

刈（yì）：割取。

赏析

诗题说“喜遇王处士”，诗中却不见一个“喜”字，但是字里行间到处洋溢着偶遇故知的喜悦之情，真可谓“一切景语，皆情语也”。

首联用互文手法描绘诗人白天劳动的情景。北场、东皋，显然是虚指，意在说明劳作地点的变化，以及耕耘的劳苦。无论是给豆子锄草还是收割谷子，都需要付出辛勤的汗水。然而收获劳动果实的喜悦也是不言而喻的，所以诗人从田间归来时，身虽疲而心则喜，这就为

“喜遇王处士”作好了心理准备。

“相逢秋月满”，此句写与王处士的偶遇。诗歌一直写到第三句，才提及相逢，仿佛并没有多少惊喜可言。实际上，这正是王绩的匠心独运之处。“王处士”显然也是个亲事稼穑的农人，他与诗人各自从田间归来，在村口偶然相逢，此时正是皓月当空，清辉遍地，更有星星萤火点缀四野，此情此景，充满了诗情画意。两位知心朋友相遇后会有什么行为？是站在村口说说今年的庄稼收成？还是邀请对方一起回家喝上几杯浊酒？诗人没有再说，也不需要再多说，因为一切都已定格在那个美好的秋夜了。大自然所展现的每一个瞬间，都会成为我们心中最温馨的记忆，只要我们热爱自然！

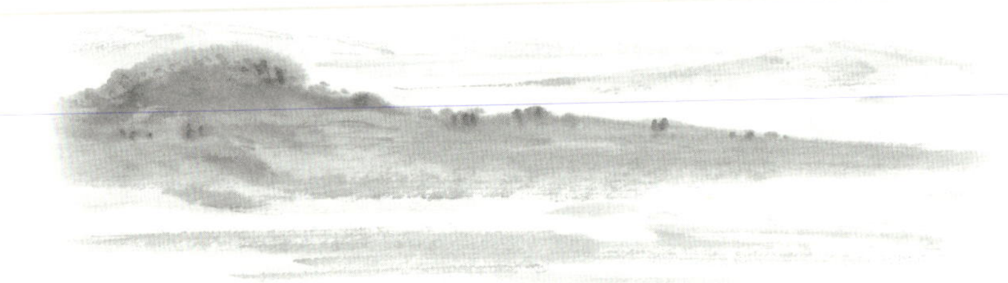

夏日南亭怀辛大

◉ 孟浩然

山光忽西落，池月渐东上。
散发乘夕凉，开轩卧闲敞。
荷风送香气，竹露滴清响。
欲取鸣琴弹，恨无知音赏。
感此怀故人，中宵劳梦想。

注释　　轩(xuān)：窗。

赏析　　孟浩然是一位隐者，他对自然的热爱发自肺腑，当他沉浸在青山绿水的美好环境中时，便想起远方的知心好友，希望与他们共享其中的美妙与快乐。《夏日南亭怀辛大》即是在这种情境下写成的一首好诗。

傍晚时分，炎炎烈日终于收敛了光芒，倏忽之间便从西山落下。一轮明月从东池那边缓缓升起。诗人独坐南亭，看着日落月出，闲适而惬意。他慢慢推开南亭的轩窗，随意披散着头发，躺卧在窗下的竹榻上，萧散而又自适。南亭在池塘中央，池中荷花盛开，晚风吹过，淡淡的

荷香沁人心脾。亭子周围有绿竹数竿，晚露渐生，从竹叶上滴下，发出清脆的响声。诗人对自然的观察和描写细腻而真切：首联的“山光”、“池月”是视觉描写，“荷风送香气”属嗅觉描写，“竹露滴清响”则为听觉描写。诗人动用各种感官，来欣赏夏日黄昏南亭周围幽美的自然环境，表现了诗人闲卧纳凉时身心完全融入自然的舒适与惬意，读来亲切动人。

南亭环境的清幽绝俗，尤其是竹露清响的天籁之音，让诗人有了弹琴操曲的雅念，但是念及知音不在身边，心头不免掠过一丝惆怅。于是又引出末联“感此怀故人，中宵劳梦想”，表现了对知音老友辛大的无限怀念。

本诗语言简淡素朴，诗境清幽淡雅。诗人置身幽美怡人的自然环境中，虽然没有知音共度良宵，仍能将这种遗憾化作优美的情韵留与后人叹赏。美好的自然是诗人最佳的心灵栖所，无论是喜悦还是忧愁都源于诗人内心对自然与人生最真挚的热爱。我们如果能静下心来聆听自然的清音，也会从中获得感动与抚慰。

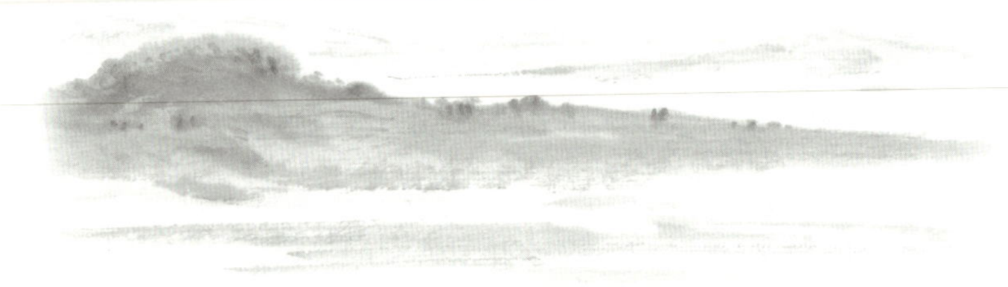

天

夜归鹿门歌

◉ 孟浩然

山寺钟鸣昼已昏，渔梁渡头争渡喧。
人随沙岸向江村，余亦乘舟归鹿门。
鹿门月照开烟树，忽到庞公栖隐处。
岩扉松径长寂寥，唯有幽人自来去。

注释

鹿门：山名，在湖北襄阳。后汉庞德公隐于此山，后指隐士所居之地。

庞公：指庞德公，东汉襄阳人，隐居鹿门山，采药以终。

幽人：幽隐之人，隐士。

赏析

孟浩然家住襄阳城郊，因追慕乡里先贤庞德公的遗风，故寻其旧迹，在鹿门山建造别业。此诗即写于某一次夜归鹿门别业之时。

黄昏时分，山上的寺庙里传出悠长的钟声。渔梁渡头，急于归家的人们争相渡河，人声嘈杂。首二句即写出了两个截然不同的世界，对比鲜明而强烈。诗人默默地

观察眼前的一切，他的心里早已有了和世俗之人完全不同的归途。所以人们争相摆渡，在沙岸上四散开来，赶回各自的村庄，诗人却背道而行，独自驾船向隐居的鹿门山划去。

小船在江上缓缓前行，诗人也渐渐融入了四周的自然山水之中。鹿门山已经沐浴在月色的清辉中，山岚雾霭随着微风渐渐散开，林木也渐渐明晰起来，不经意间，船已经行驶到了庞公的隐居之处。松林茂密幽深，林间小径蜿蜒曲折，人迹罕至。诗人想象着千百年前的高士，就像此刻的自己一样，独自行走在这寂寥的山林间，心中充满了异代相知的欣喜之情。在这里，诗人就是庞公，庞公就是诗人，他们融为一体，也融进了清幽迷人的大自然。

对尘世纷扰的厌倦、对自然山水的由衷喜爱、对山中高士的无限景仰，让诗人把这次夜归变成了真正走向归隐的心灵旅程。诗人用自己宁静淡泊的心灵来观察世俗，体味山水，最终有所感悟。生活在现代社会中的我们，又该如何寻觅自己的心路历程呢？

过故人庄

◉ 孟浩然

故人具鸡黍，邀我至田家。
绿树村边合，青山郭外斜。
开轩面场圃，把酒话桑麻。
待到重阳日，还来就菊花。

注释

过：拜访。

具：准备。

场圃：打谷场和菜圃。

赏析

此诗描写诗人农村访友的过程。首联开宗明义，点出此次作客的缘由。老朋友准备了一桌农家风味的饭菜，邀请诗人来农家做客。对普通的农民家庭来说，杀鸡炊黍已是倾其所有。老朋友如此招待诗人，足见其待客之热忱，也可见两人之间的深情厚谊。

诗人欣然前往。一进村庄，便陶醉在优美的自然环境之中。这是一处普通的农家村落，青翠茂密的树木环

绕着村庄，在村口处自然合拢。远处，隐隐青山斜亘在城郭之外。步入朋友的茅舍，没有繁文缛节的寒暄客套。打开窗户，映入眼帘的是打谷子用的场地和种着菜蔬的园圃。

酒菜早已准备停当，客人稍事休息，主宾二人便开怀畅饮，边喝边谈。他们自然不会谈经论道，也不会品评官场纷争，他们所谈的都是关于庄稼收成之类的农家话题。隐居的诗人对此并不陌生，因此聊得津津有味、轻松愉快。临别之际，诗人与老朋友约定，等到重阳日那天，他还要再来这里，与主人一同把酒赏菊。

诗人满怀热情地用极其质朴的语言来描写故人农庄的自然环境和风土人情，成功地渲染了美丽清幽的自然环境和朴实可亲的农家生活。亲爱的读者朋友，读了此诗之后，您是否也有意结交几个淳朴热情的农民朋友？即使偶尔到郊外的农家小屋去盘桓一天，也是人生一乐啊！

天

渭川田家

◉ 王 维

斜光照墟落，穷巷牛羊归。
野老念牧童，倚杖候荆扉。
雉雊麦苗秀，蚕眠桑叶稀。
田夫荷锄至，相见语依依。
即此羡闲逸，怅然吟式微。

注释

墟落：村庄。

穷巷：冷僻的巷子。

雉：野鸡。

雊（gòu）：野鸡鸣叫。

秀：禾类植物开花抽穗。

式微：是《诗经·邶风》的篇名。诗中有句云："式微，式微，胡不归！"此诗取其语义，表示"为何不归来"的意思。

赏析

这是一幅春末夏初的农村风俗画：斜阳西下，一缕夕照映在村庄上，平时非常寂静的僻巷顿时喧闹起来，

原来是放牧在外的牛羊纷纷回家来了。有一个老农民拄着拐杖站在柴门外边，他正惦念着出外放牧未归的儿童。麦苗已经抽穗，求偶的野鸡在麦地里鸣叫。喂肥的蚕儿已进入休眠状态，桑树上的叶片都变得稀少了。农夫肩扛锄头下地来，路上相遇，便立定下来闲话一番，然后依依不舍地各自回家。面对着如此安闲、宁静的乡村景象，厌倦了宦海生涯的诗人不胜向往。他惆怅地长吟起《式微》中的句子，为什么还不回归到这里来呢！

大约在开元二十九年(741)，王维在辋川建造了一所别墅，开始了亦官亦隐的生活。此时的王维对朝廷政治已经失去信心，对自己的仕途也不抱什么希望，所以格外向往纯朴的乡村生活。王维的辋川别墅位于长安东南郊的蓝田县境内，那儿地处终南山的余脉，渭水的一条支流灞水流经那里，所以诗人称之为"渭川"。别墅附近的风光是非常幽美的，王维曾写过许多诗歌来予以赞叹。本诗则是非常独特的一首，它基本上没有写到那里的明山秀水，诗人着眼的不是山川的秀丽宜人，而是农村生活的纯朴安宁，所以题作《渭川田家》。请看，王维笔下的农村生活是多么可爱！首先，农村不像城市那样与自然隔绝，它自身就位于自然之中。牛羊、野鸡等动物，麦子、桑树等植物，它们都是自然之物，它们或动或静，都体现出自然界的蓬勃生机。野老、农夫等都是心地纯良的人物，他们彼此和睦相处，与大自然也相处得十分和谐、安详。斜阳西下，在外放牧了一天的牛羊纷纷回家，这是农耕社会里最动人的一幕。而那位老农倚着柴门等候家中的牧童归来，更是充满了慈爱、温馨的感人情景。暮春时节，野鸡求偶，麦苗秀穗，万物欣欣向荣，各得其所。村里的人际关系极为融洽，人与自然也处于非常和谐的氛围之中。难怪诗人对这个纯朴、可亲的环境心生欣羡，把它看作自己的精神家园。

王维并不是蓝田县人，他在辋川的别墅也只是偶然来住上一阵，但是他在这首诗里反复说到一层"归"的意思，首联虽是说牛羊与牧人归来，但诗人对那种情景分明有感情上的认同。尾句则暗用《诗经》的句意，揭示了"胡不归"的主题。在茫茫的宇宙中，人只是一个匆匆的过客。在纷纷扰扰的红尘中，人更是一个无法主宰自身命运的漂泊者。我们到何处去寻找寄托心灵的归宿之地呢？王维的答案是"渭川田家"。农村的生活所以纯朴可爱，农村的环境所以宁静安详，最根本的原因就是那里的人们与自然和睦相处，与自然融为一体。回归自然吧，这就是渗透在此诗字里行间的动人呼唤！

天

辋川闲居赠裴秀才迪

◉ 王　维

寒山转苍翠，秋水日潺湲。
倚杖柴门外，临风听暮蝉。
渡头余落日，墟里上孤烟。
复值接舆醉，狂歌五柳前。

注释

墟里：村庄。

接舆：春秋楚国的隐士，佯狂不仕。后人亦以代指隐士。

五柳：晋陶渊明别号五柳先生，曾作《五柳先生传》以自况，云："宅边有五柳树，因以为号焉。"

赏析

这是王维隐居辋川别墅时，赠友人裴迪之作，描写辋川景物与隐逸情趣。

辋川的风景异常清秀，此诗所写是一个秋日的傍晚，没有了盛夏的炎热，高大葱茏的山逐渐散发出清寒之气，并且绿得愈发的深沉，而山下的流水依然潺潺地

从门前流过。就在这苍山脚下，清水之滨，有一座简单的茅屋，一位老者手扶藜杖，背依柴门，望着苍翠欲滴的青山，听着那习习晚风飘来的蝉鸣。老者举目远眺，远方村落之上，一缕炊烟徐徐上升，一轮红日则在渡口缓慢地下沉。在这苍山、流水、落日、炊烟里，诗人仿佛回到了淳朴的远古时代，走在路上都会遇到隐士接舆，他喝醉了酒，在五棵柳树前放声狂歌。

这是一首五言律诗，但是诗人为了营造一片淳朴闲淡的世外之境，在艺术上采用了特殊的手法，如颔联以古诗手法入诗而避免对偶，与尾联的流水句式共同增加了全诗的萧散之气。即使是首联和颈联的偶句也毫不雕琢，自然清新，如"渡头余落日，墟里上孤烟"之"余"字、"上"字，自然生动，更是历来为人所称道。以至连《红楼梦》里那个初学作诗的香菱都能以自身经历参透其中的妙处："据我看来，诗的好处，有口里说不出来的意思，想去却是逼真的。""还有'渡头余落日，墟里上孤烟'，这'余'字和'上'字，难为他怎么想来！我们那年上京来，那日下晚便湾住船，岸上又没有人，只有几棵树，远远的几家人家作晚饭，那个烟竟是碧青，连云直上。谁知我昨日晚上读了这两句，倒像我又到了那个地方去了！"

明　戴进
溪堂诗意图

天

山居秋暝

◉ 王　维

空山新雨后，天气晚来秋。
明月松间照，清泉石上流。
竹喧归浣女，莲动下渔舟。
随意春芳歇，王孙自可留。

注释

暝：日暮。

随意：虽然，即使。

王孙：王族子孙。泛指贵族子弟。

赏析

这也是王维表现辋川闲居情景的诗作，却别有一番风味。

巍峨空旷的苍山在日暮时分迎来了一场秋雨，雨后的空气分外澄净、清凉，体现出更加浓郁的秋意。雨过天晴，一轮明月挂上山头，为松林间送来了缕缕清辉，林间的清泉在山石上潺潺地流淌。这种宁静突然被打破了，你听，在青青的竹林间飘来了一阵欢声笑语，这是一群

浣纱归来的女子;你看,密密的莲叶忽然摇动着向两边纷披,那是渔夫的小船在莲塘里穿行。在这个幽静素净、民风淳朴的境界里,虽然少了几分春花的烂漫,却多了一份秋日的宁静,还有多少尘世繁华放不下呢?于是诗人喃喃自语:远道而来的贵客啊,难道这里还不值得留恋吗?这首诗把空山雨后的秋凉,松间明月的清光,石上清泉的声响,浣纱女子在竹林里的笑声,渔船缓缓穿过莲花的动态,和谐完美地融合在一起,如同一首恬静优美的抒情曲,又似一幅清新秀美的山水画。

这里所写虽然也是秋天傍晚的山居景色,但与《辋川闲居赠裴秀才迪》表现了不同时间不同情形下辋川山居的佳境,各具妙趣。此诗在艺术上也更加精致,中间两联动静结合,形象地再现了大自然的勃勃生机。结尾对“王孙”的深情挽留,其实正流露出诗人热爱自然,从而不想返回红尘的意愿。那个美好的自然境界,不正是我们现代人日夜思念的归宿之处吗?

天

积雨辋川庄作

◉王　维

积雨空林烟火迟，蒸藜炊黍饷东菑。
漠漠水田飞白鹭，阴阴夏木啭黄鹂。
山中习静观朝槿，松下清斋折露葵。
野老与人争席罢，海鸥何事更相疑。

注释

藜(lí)：亦称灰藋、灰菜。一年生草本植物，嫩叶可食。

饷：送饮食。

菑(zī)：田地。

习静：习养静寂的心性。亦指过幽静生活。

朝槿：即木槿。夏秋开花，朝开暮落。

清斋：素食。

赏析

此诗所写乃辋川庄雨后恬静宜人的田园风光和诗人优雅清淡的禅寂生活，创造了一个情景交融、物我两忘、人与自然和谐统一的艺术境界。

前两联写农家生活与田园风光。在阴雨连绵的季节

里，久雨后的一个清晨，静寂的山林上空缓缓地飘起了缕缕炊烟，但因为久雨气湿，那炊烟似乎也少了晴日的飘逸与舒展。农家的男子早早地下地干活去了，妇女们则在家蒸藜炊黍，等把饭菜准备好了，再送到田里去。随着农家妇人饷田的足迹，诗人的视野也转移到了田间，为我们描绘了一幅生机盎然、有声有色的田园图景：一片平旷的水田，广阔空濛，泛起粼粼水光，一群白鹭在水田上方翩翩飞翔。田边的树林浓郁茂盛，形成大片绿阴，活泼的黄鹂就在那绿阴之间欢快地歌唱。

三、四两联写诗人在这优美的自然环境中的心情。诗人在远离喧嚣的山林之间，独自享受着大自然的宁静，静观朝槿，折葵作斋，从中习养静寂的心性，领悟人生的真谛。此时的诗人已泯灭了争名逐利之心，随缘任运，逍遥自在，还有谁会猜忌他呢？这里用了两个典故。《庄子·寓言》载，杨朱去从老子学道，路上旅舍主人欢迎他，客人都给他让座。待到学成归来，客人们再也不让座与他，而是与他“争席”，说明杨朱已得自然之道，与人们不再有隔膜了。又《列子·黄帝》载：海边有人与鸥鸟相亲近，后来其父要他将海鸥捉回来，等他再到海边时，海鸥便飞得远远的不再理他。这两个典故分别是关于人际关系和人与自然关系的思考，前者倡导消除名利欲念和骄矜之气，后者则主张崇尚自然、亲近自然的思想倾向。诗人用此二典，表现了自己恬淡自适的心境。

总之，这首诗以优美生动的自然风光，展示了诗人隐居山林、远离尘嚣的淡雅幽寂的情怀，表达了人与自然相融合的人生理想。

清　王原祁
仿赵令穰江村花柳图

田园乐

◉ 王　维

桃红复含宿雨，
柳绿更带朝烟。
花落家童未扫，
莺啼山客犹眠。

注释

宿雨：经夜的雨水。

山客：山居之客，此指隐士。

赏析

《田园乐》描写辋川的自然美景以及诗人与大自然亲近融合的闲情逸致，展示了一幅清新明秀、闲逸自在的山居图景。

一个初春的早晨，下了一夜的细雨停止了，幽静的山林也焕发出勃勃生机：娇艳的桃花瓣上还闪动着几颗水珠，那是夜里春雨滋润留下的痕迹。垂柳在微风中舒展开婀娜的身姿，薄薄的雾气萦绕在柳枝身旁。屋前的庭院落了满地的花瓣，却没人打扫，原来是打扫庭院的

僮仆和主人都在享受他们甜甜的睡梦呢，连那黄莺千回百转的吟唱也唤不醒他们啊！

此诗前半写景，精致柔美，后半写意，闲逸洒脱，描绘了一幅优美的自然图画，表现了诗人萧散闲淡的情致。读了此诗，谁能不对这种诗意的栖居心生欣羡之情！

下终南山过斛斯山人宿置酒

◉ 李　白

暮从碧山下，山月随人归。
却顾所来径，苍苍横翠微。
相携及田家，童稚开荆扉。
绿竹入幽径，青萝拂行衣。
欢言得所憩，美酒聊共挥。
长歌吟松风，曲尽河星稀。
我醉君复乐，陶然共忘机。

注释

终南山：山名，在今西安市南，唐时士子多隐居此山。

斛（hú）斯山人：复姓斛斯的一位隐士。

翠微：指青翠掩映的山腰幽深处。泛指青山。

青萝：松萝。一种攀生在石崖或松柏上的藤类植物。

忘机：消除机巧之心。常指甘于淡泊，与世无争。

赏析

这是李白在长安供奉翰林时所作，叙写傍晚时分，诗人走下终南山，顺路拜访故人斛斯山人，主人置酒款待的经过。

前四句写诗人从终南山下来的情景。暮色苍茫，诗

人告别了苍翠葱郁的终南山，走在树木阴翳的山路上，此时一轮明月升上了夜空，洒下水银般的清辉，照亮了诗人的归途，那月亮似乎对诗人依依不舍，与诗人一路相随，不离不弃。诗人走到了山脚下，回首眺望，那逶迤的山路已昏暗难辨，隐隐出现在山腰上。接下来四句写诗人同斛斯山人一起还家的经过。斛斯山人见天色已晚，便走出很远来迎接诗人，主宾二人相见甚欢，于是手挽着手回家去了。走到家门前，山人的孩子出来打开柴门。他们走在绿竹丛生的庭间小径上，攀生在竹间的青翠茂盛的女萝摇曳晃动，飘拂在路上行人的身上，好像是表示欢迎。最后六句写主客相得的情形。斛斯山人拿出好酒来款待好友，主客二人开怀畅饮，畅所欲言。兴之所至，诗人便放声长歌，那歌声伴随着松涛声一起飘扬，直到群星疏落。此时主客二人已经完全沉浸在酒乡中，怡然自乐，把世间的机巧之心全然忘却了。这是一种远离红尘、亲近自然的快乐，从终南山的苍翠浓郁，到主人居所的清幽淡雅，再到主人的热情淳朴，这一切都让诗人彻底忘却了朝廷里的浮华和争斗，从而全身心地投入自然的怀抱。千载之后来读此诗，仍然会心生向往之情。

清　王翚
深柳读书堂图

天

阙 题

◉ 刘昚虚

道由白云尽，春与青溪长。
时有落花至，远随流水香。
闲门向山路，深柳读书堂。
幽映每白日，清辉照衣裳。

赏析

这首诗的诗题在流传过程中阙失了，所以叫“阙题”。诗写访问友人山居的经过，描绘了沿途的秀美风光。

诗人步行上山，自然从山路写起。沿着崎岖的山间小路向上攀登，往前望去，只见一片白云缭绕，山路似乎已到尽头。路边溪流却潺湲不绝，夹溪花木扶疏，仿佛春天就融化在这悠长的溪流之中。这样，云遮路尽的画面隔断，在溪流的延伸中重新得到铺展，诗人眼前不断呈现新的景象，颇有柳暗花明的感觉。三、四句专写溪流，时时可见缤纷的落花随着溪水漂流而至，隐隐的花香被溪水从上游带过来。这溪流载着春意，吸引着诗人继续

探幽寻胜。就这样诗人一路行走，一路观赏，友人的别墅终于出现在道路的前方，因为人迹罕至，那门也就成了"闲门"。院子里种了很多柳树，在浓密柳阴的深处，有一座读书堂。虽然晴空万里，艳阳高照，但因树深林密，透射下来的却是清幽的光辉，洒落在堂中读书人的身上。诗人本为访友而来，此诗却写到友人身影出现便戛然而止，全诗主要篇幅都用来描写途中清幽宜人的景象，似乎意犹未尽。然而，友人居住在如此与世隔绝的清幽环境里，诗人又不辞跋山涉水之劳远道来访，双方热爱自然的高尚志趣已达成深深的默契，他们相见以后的一切也就尽在不言中了。

清　王原祁
仿赵大年江村花柳图

天

江 村

◉杜 甫

清江一曲抱村流，
长夏江村事事幽。
自去自来堂上燕，
相亲相近水中鸥。
老妻画纸为棋局，
稚子敲针作钓钩。
多病所须惟药物，
微躯此外更何求？

赏析

这首诗写于唐肃宗上元元年（760）夏天。这时杜甫结束了四年的流亡生活，靠亲友故旧的资助，在成都的浣花溪畔建起几间草房，暂时安居下来。浣花溪幽静美丽的环境和难得的安定生活，使饱经离乡背井苦楚的杜甫深感愉快、轻松。时值初夏，浣花溪畔水木清华，一派恬静幽雅的田园景象。此情此景让诗人深受感动，纵笔抒怀，写就此诗。

前四句写自然环境的清幽。清澈明净的江水弯弯曲曲地环绕着村落缓缓流淌，夏季天长，江村的一切都非常安静。燕子在堂上忽来忽去，当是在喂食巢中的乳燕；水面上的鸥鸟相伴相随，非常亲密。在诗人看来，燕

子与鸥鸟都在享受着安宁的环境，衬托出诗人怡然自足的心情。

后四句咏村中人事的和谐。闲来无事，人们便想法消遣：老妻想与人弈棋，便展开素纸，画了一个棋盘；顽皮的小儿子想要去钓鱼，便敲弯铁针，做成钓钩。通过这两幅剪影，老妻的悠闲、幼儿的天真，均跃然纸上，同时我们也可以想象出诗人看到这一切的欣喜与满足。有了如此清幽的景物和如此闲适的生活，诗人感到心满意足。他说除了自己年老多病需要一些药物外，也就别无他求了！

这首诗点染出浣花溪畔幽美宁静的自然风光和村居生活清悠闲适的情趣，把夏日江村的景象描绘得真切生动，自然可爱。自然环境令人赏心悦目，人在自然中感到亲切、融洽，怡然自得，此诗展现了人与自然高度和谐的动人景象。

堂成

◉ 杜　甫

背郭堂成荫白茅，
缘江路熟俯青郊。
桤林碍日吟风叶，
笼竹和烟滴露梢。
暂止飞乌将数子，
频来语燕定新巢。
旁人错比扬雄宅，
懒惰无心作解嘲。

注释

堂：即草堂。

将：率领。

赏析

杜甫于唐肃宗乾元二年(759)年底来到成都，在百花潭北、万里桥边营建草堂。第二年春末，草堂落成了。这诗便是那时所作，写草堂景物和诗人定居草堂的心情。

首联写出了草堂的地理环境。草堂坐落在成都城西南三里，堂用白茅覆盖，背负城郭，从草堂可以俯瞰郊野青葱的原野。

颔联写草堂自然环境之佳。堂旁边的桤林枝繁叶

茂，形成大片的树阴，仿佛是有意妨碍日光下泻。树大招风，风吹枝叶摇摆晃动，发出刷刷的声响，就像在那浅吟低唱。高大茂密的竹林也遮天蔽日，笼罩在蒙蒙的雾气之中，竹梢上不时滴落晶莹的露珠。

颈联写草堂周围之禽鸟。在那茂密的桤林、竹木之间，有乌鸦带领着几只雏鸟来这里暂时居住，又有很多幼小的燕子频频飞来，要想在这里筑个新巢。诗人带着孩子们奔波于关陇之间，后来才流落到这里。草堂初成，一家人才有了个安身之处，不正像那翔集的飞乌、营巢的燕子一样吗？这里写飞乌、燕子的动作，也正是诗人当时喜悦心情的写照。

尾联写自己因草堂落成而生的感慨。扬雄是西汉末年大辞赋家，其故宅在成都少城西南角，一名“草玄堂”。扬雄宦途不达，只知闭门草拟《太玄经》，别人嘲笑他，他便写了一篇《解嘲》。诗人用这个典故，既因为扬雄宅第与草堂的地理位置有联系，同时也表达了诗人安于现状，对当前的草堂生涯颇感满意。所以他虽然也是名高位下，徒有盖世诗才而穷愁潦倒，还无端遭到旁人嘲笑，但他闲静恬淡，无意辩解，更不会像扬雄一样写一篇《解嘲》来回应别人。

这首诗从草堂营成说起，写出了草堂及其周围环境的清幽宜人，人与自然景物和谐相融，人与竹木禽鸟之相依相伴，最后表达了自己心甘情愿终老于斯的心志。的确，对于极其厌恶充满争斗欺诈的官场的诗人来说，还有什么地方比淳朴安宁的自然环境更为可爱呢？这可是杜甫经历宦海风波后才悟得的人生真谛！

客至

◉杜　甫

舍南舍北皆春水，
但见群鸥日日来。
花径不曾缘客扫，
蓬门今始为君开。
盘飧市远无兼味，
樽酒家贫只旧醅。
肯与邻翁相对饮，
隔篱呼取尽余杯。

注释

舍：古人自称其家为舍，这里指成都浣花溪畔的草堂。

飧（sūn）：本指熟食，这里泛指菜肴。

兼味：两种以上的食物。

旧醅：旧时所酿的陈酒。

赏析

这是一首至情至性的纪事诗，表现出诗人淳朴的性格和好客的心情。

首联点明时令、地点和环境。草堂的南北都是春水漫漫，只见鸥鸟天天成群而至。鸥鸟性好猜疑，如人有机心，便不肯亲近，在古人笔下常常是与世无争、没有机

心的隐者的伴侣。因此“群鸥日日来”不仅点出环境的清幽僻静，也写出诗人的真率忘俗。

颔联写客人到来的情景。此联用互文的手法，颇具匠心：花径不曾缘客扫，今始为君扫；蓬门不曾为客开，今始为君开。也就是说花草遍地的庭院小路，今天却因为你的到来打扫得干干净净。用蓬草编成的门，平时“门虽设而常关”，因为你的到来，今天才打开。

颈联写诗人对来客的招待。因为居住在偏僻之地，距街市较远，交通不便，所以买不到更多的菜肴。家境贫寒，只能拿味薄的陈酒来待客。这两句诗就像实在而又亲切的家常话，字里行间充满了坦率融洽的气氛。

尾联写主客与邻翁相对而饮的情景。客人肯不肯与邻家的老翁相对而饮？如果肯的话，我就隔着篱笆，招呼他过来，一起喝尽这最后的几杯酒。此诗原有一条作者自注“喜崔明府相过”。可见来客是一位县令。在古代，一般的士大夫是不愿与农夫平起平坐的。而杜甫的邻居老翁显然是个农民，所以他要先征求一下客人的意见。由此可见杜甫与草堂周围的田夫野老相处得非常和谐，他已经全身心地融入到那个淳朴和谐的环境中去了。

鸥鸟日日前来，人与自然如此和谐。邻翁隔篱相呼，人际关系又如此和睦。一个人能生活在这么美好的环境中，夫复何求？

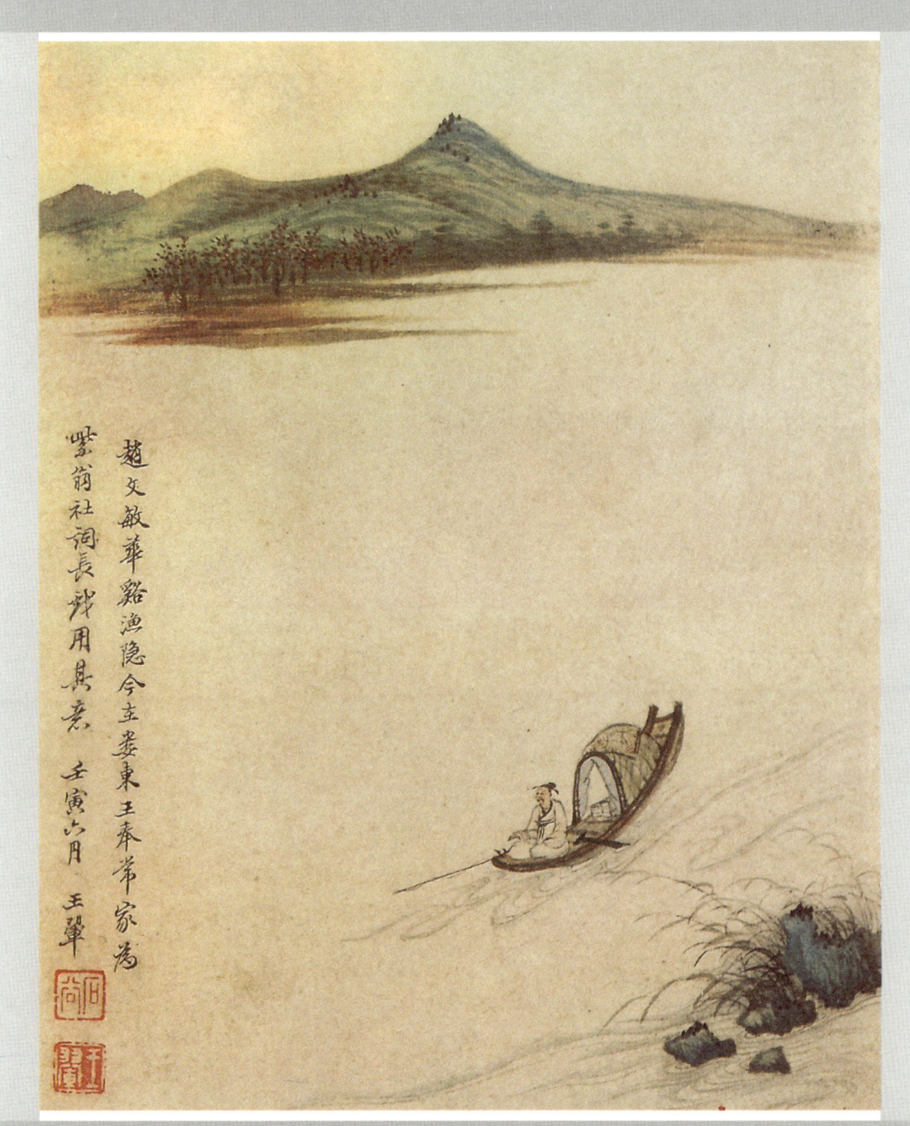

清　王翚
仿宋元各家山水图

天

渔 父

◉ 张志和

西塞山前白鹭飞，
桃花流水鳜鱼肥。
青箬笠，绿蓑衣，
斜风细雨不须归。

注释

西塞山：即道士矶，在湖北大冶县长江边。

鳜（guì）鱼：俗名花鲫鱼，亦称“桂鱼”。多青黄色，杂以暗棕色或黑色斑点，肉质细嫩鲜美。

箬（ruò）笠：竹叶编的笠帽。

蓑衣：用草或棕编制成的雨衣。

赏析

唐代宗大历九年（774），颜真卿任湖州刺史，此时正隐逸江湖的张志和从会稽驾舟赶来拜谒，相与交往。在颜真卿的宴会上，宾客们以《渔父》词唱和，其中的首唱就是张志和的五首《渔父》，参与唱和的还有颜真卿、陆鸿渐等人，但最受欢迎、流传最广的还是张志和的作品。

这组词很快就在朝野间流传开来，产生了广泛的影响，并且还传到了日本，嵯峨天皇也仿作了五首，距张志和创作《渔父》仅隔四十年左右的时间。张志和的五首词中，以这首最为有名。

作者为我们描绘了一幅江南水乡的烟波垂钓图：西塞山前的白鹭自由自在地飞来飞去，桃花汛起，涨满春江，绿波下的鳜鱼已长得十分肥美。斜风细雨中，一位头戴青箬笠、身披绿蓑衣的渔翁静静地坐在小舟上垂钓，他沉醉在这美丽而又宁静的春光里，忘却了归去，也无须归去。这首词正如同一幅水墨画，天地笼罩在烟雨蒙蒙中，画面中的青山绿波都是淡淡的颜色，然而却并不单调。山前的几点白鹭，水中漂流的桃花瓣，还有渔翁那几乎混同于青山绿水的斗笠蓑衣，人与周围的自然环境融成一片，和谐的颜色搭配使这幅画意境高远，真可谓“词中有画，画中有词”。这正是作为画家的张志和在文学创作中的表现，据载，张志和当时还曾依《渔父》词意作五幅山水画，令颜真卿与诸宾客叹服不已。

春江烟雨固然令人向往，然而最令人神往的还是那位纵情于山水间的渔翁形象。斜风细雨将眼前的万物都笼罩在朦朦胧胧的水气中，渔翁的形象凝固在这个清新而又迷蒙的天地之间，传递给我们的是他那自适于江湖天地之间的宁静心态，“斜风细雨不须归” 的句子里分明有一种归宿感，我们似乎看到了他那颗爱自然、爱自由的心，这也正是从宦途退归江湖的张志和的心态。可以说，渔父形象里融汇着张志和这位“烟波钓徒”的生活观察与人生选择，他以画家与诗人的双重审美眼光将这个形象捕捉进这幅江南烟雨图中，成为后世文人抒发隐逸情怀的象征性形象。

宋代的苏东坡被贬黄州期间，曾在《定风波》里写道：“一蓑烟雨任平生”，这不正是张志和为我们描摹的那个“渔父”吗？张志和在美丽的大自然中找到了自己的人生归宿，短短一首小词，竟成了安顿后人灵魂的精神家园。

东郊

◉ 韦应物

吏舍跼终年，出郊旷清曙。
杨柳散和风，青山澹吾虑。
依丛适自憩，缘涧还复去。
微雨霭芳原，春鸠鸣何处。
乐幽心屡止，遵事迹犹遽。
终罢斯结庐，慕陶直可庶。

注释

跼(jú)：束缚。
遵事：遵，奉行；事，王事。
遽：匆忙。
庶：庶几，差不多。

赏析

这首诗写诗人在久居官邸后于春日出游东郊的所见所闻所感。诗意可分为三个层次：第一层是一、二两句，写出游的背景和初到原野的感受：终年闲居在官邸里，一到郊原，便觉得耳目一新，一切都是那么清旷喜人。第二层是三至八句，写郊游的具体情形：春风吹拂，杨柳飘扬，青山淡淡，可以减轻我的愁怀。自己随意地在

树丛中休息，或沿着溪涧来回散步，任意欣赏大自然的风光。春雨如雾，滋润了郊原的芳草，春鸠不知在哪里发出时隐时现的啼声。春游遇雨，常人或感烦恼，诗人却心情舒畅，乐而忘返。第三层是九至十三句，写诗人游览之后的思想活动：在清幽的地方游玩，最使我快乐，常常舍不得离开。但毕竟有官务在身，只得匆匆离去。自己总有一天要罢职归田，在这里结庐隐居，那就接近陶渊明的境界了！

这首诗里杨柳青山、花丛幽涧、春雨鸣鸠的景象，其实都是诗人心境的外化。韦应物久在宦途，心中却无限向往自由自在的自然境界。所以他偶然郊游得见清景，便如逢故人，感到无比的亲切，更坚定了早已潜藏在心底的隐居之志。此诗以真情实感诉说了官场生活的繁忙乏味，抒发了回归自然、融入自然的志趣，肯定会在无数俗务缠身的读者心中引起深切的共鸣。

天

北塘避暑

◉韩　琦

尽室林塘涤暑烦，
旷然如不在尘寰。
谁人敢议清风价，
无乐能过白日闲。
水鸟得鱼长自足，
岭云含雨只空还。
酒阑何物醒魂梦，
万柄莲香一枕山。

注释

尘寰(huán):人世间。
酒阑(lán):酒筵将尽。

赏析

韩琦是北宋名相，为官清廉正直，生活俭朴，不尚奢华，晚年因反对王安石变法而罢相，但仍坚守不屈不挠的晚节和超尘拔俗的情怀，他曾有诗句"虽惭老圃秋容淡，且看黄花晚节香"，正是自我勉励之语。这首《北塘避暑》作于罢相守北京(今河北大名)时，诗题"避暑"，是暗喻红尘浊世如溽暑炎蒸。这位曾阅尽人间繁华的诗人，在大自然的怀抱里尽享清风莲香，远离世俗的尘垢，达到了"心静自然凉"的自由境界。

诗人居住的地方林木深幽，池塘清澈，如此清景，自可洗去暑气袭人的烦恼，使人神清气爽，恍然若置身世外。赋闲在家，“无丝竹之乱耳，无案牍之劳形”，有清风相伴，自可安享夏日清闲。清风明月是大自然无尽的宝藏，韩琦在此斩钉截铁地反诘道：“谁人敢议清风价？”看似荒唐的辩诘，却有着“无理之妙”，诗人对自然清风的喜爱中包含着一种纯真的天性。清风可消减暑热，送来“清凉世界”，是炎炎夏日里大自然最珍贵的赐予，诗人如何能不倍加珍惜呢？

诗人借水鸟、岭云表达内心的满足感，知足者自得其乐！水鸟捕鱼果腹，安闲自足地栖息在林塘。岭上云层看似携雨而来，却不曾降下雨点涤除人间暑气。但是，对于诗人而言，心静自然凉，何况有林塘清风徐徐吹来，足以安慰身心。酌酒自乐，任那岭云卷舒去留无意。醉梦中闻到一阵清香袭来，心神为之清醒，哦！原来是北塘的“万柄莲香”。末二联借自然界的事物阐发人生哲理，表达知足常乐的旷达，寄托了诗人如莲花一样高洁的人格理想。

韩琦的《安阳集》中有不少“北塘”诗，表达了他在大自然的怀抱中自足自得的生命体验，值得一读。

天

安乐窝

◉邵　雍

半记不记梦觉后，
似愁无愁情倦时。
拥衾侧卧未欲起，
帘外落花撩乱飞。

注释

衾(qīn)：被子。

撩乱：纷扰杂乱。

赏析

邵雍晚年隐居在洛阳天津桥南，司马光、富弼、吕公著等人敬佩邵雍的学识品德，慷慨解囊为他造房，利用五代节度使安琦珂的故宅地、洛阳知府郭崇韬旧宅的木料，盖了30余间新屋。屋间有空地，邵雍从此在那里躬耕自给，乐在其中，为居室取名“安乐窝”，自号“安乐居士”。此期的诗歌多表现闲居生活的怡然自得之情，这首七绝便是其中的代表作。

一、二句写的是一番酣睡醒来时物我两忘、恍惚迷

离的心境。他不是被噩梦惊醒，亦非被噪音吵醒，而是身心得到充分休息后的自然醒来。初醒时恍恍惚惚，朦朦胧胧，似乎还在梦中，然而又记不清梦里情景。思绪萦绕，仿佛是愁思，却不曾引发伤感，只是一味地慵懒迷离。这让我们不由得想起庄周的“晓梦迷蝴蝶”。人在酣睡初醒时，总有梦境依稀、恍如隔世之感。此时诗人逐渐清醒，心无忧愁，事无挂碍，仍然依恋着混沌冲和的梦境，于是继续拥衾恋枕，侧身卧榻，无意间瞥见帘外落英缤纷，顿时进入空灵境界，安恬闲逸的心情随花飞舞。

这首诗一题《懒起吟》，固然切题，然而不及“安乐窝”得其意旨。安即安闲，乐即愉悦，这首诗借“懒起”一事表现顺适自然、陶然忘机的内心世界，也展示了人与自然冥然契合的美妙。在当今日益扰攘的社会里，生活节奏越来越快，人们的压力越来越大，尤其在都市里，有多少人能够睡觉睡到自然觉醒？有多少人经常被超负荷的工作挤压得梦中惊醒，或被闹钟铃声叫醒？此诗中所描绘的那种宁静自然的环境，醒来后仍以闲适安然的心情来品味梦境，难道不值得我们向往吗？与大自然在同一个脉搏里跳动，摒弃对名利的无止境的欲望，以冲和的心态去体会、享受大自然的馈赠，便是这首《安乐窝》给我们带来的启示。

天

题春晚

◉ 周敦颐

花落柴门掩夕晖，
昏鸦数点傍林飞。
吟余小立阑干外，
遥见樵渔一路归。

注释

昏鸦：黄昏时的乌鸦。

阑干：栏杆。

赏析

周敦颐是宋代理学的创始人之一，黄庭坚对他推崇备至："人品甚高，胸怀洒落，如光风霁月。好读书，雅意林壑。"周敦颐胸怀洒脱，常和高僧、道人游山玩水，弹琴吟诗。对待自然万物，他有独特的观照思路，善于在山水风景中体悟自然之道，映证个人的胸襟修养，广为传诵的《爱莲说》正体现了这样的高洁情怀。他的诗作不多，《题春晚》最为后人所称道。

诗是有声画，此诗第一、二句恰似一幅山林春晚

图：夕阳的余晖斜照着小院，柴门已经关上，微风过处，花瓣纷纷飘落。远处山林上空那些移动着的黑点儿，是觅食归来的乌鸦正在寻觅归巢。在古典诗词中，“落花”的意象往往带有几分哀怨，“归鸦”的意象则不免仓皇急遽的意味，此诗却完全不同：上句给人的感觉是静谧闲适，下句也相当从容安详，从而生动地表达出了诗人的闲适心境。

诗人醉心书卷，然而天光渐暗，他走出书斋凭栏而立，除了自己宁静可爱的小院，山间小路上的归人也吸引着诗人的目光：樵夫、渔夫，一路谈笑着向村里走来。在农村，人们自给自足，靠着辛勤的劳动换取衣食，他们平和安宁、知足常乐的心态正与诗人淡泊从容的情怀相契合。

这首诗营构了一幅赏心悦目的黄昏村景：花应时而落，鸟倦飞而还，读书人吟余小立，渔樵劳作而归，天地万物，各得其所，多么安宁、和谐的意境，浓浓的生活气息呼之欲出。这正是理学家们所崇尚的和谐社会的一个缩影。在这种桃花源式的村落里，人与人，人与自然，都保持着亲切、和睦的关系。读了此诗，谁都会想起这句古语：虽不能至，然心向往之！

天

书湖阴先生壁

◉ 王安石

茅檐长扫静无苔，
花木成畦手自栽。
一水护田将绿绕，
两山排闼送青来。

注释

湖阴先生：杨德逢的别号。杨德逢是王安石隐居江宁钟山时的好友。

畦（qí）：田园中分成的小区。

排闼（tà）：推开大门。

赏析

宋神宗熙宁九年（1076），王安石第二次罢相，出判江宁府。次年，他又辞去江宁府的职务，隐居钟山，自号“半山老人”，从此退出政坛。此时的王安石，虽然对他亲手发动的新法仍然未能忘情，但是对朝廷里的明争暗斗已感到十分厌倦，爱子王雱的遽然去世更使他心灰意冷。除了诵经礼佛之外，王安石惟一的精神归宿

就是大自然，他在钟山之麓结庐而居，要到自然的怀抱里去寻求心灵的安宁。

王安石是个胸怀大志、敢作敢为的政治家，但是他对功名利禄毫无兴趣。当他官拜宰相之日，前来祝贺的客人充溢门庭，他却躲在书斋里写下了“霜筠雪竹钟山寺，投老归欤有此身”的诗句自明其志。如今隐居钟山，正是实现了往日的夙愿，所以他在半山园里写了许多美丽的诗篇来歌颂钟山一带的明山秀水和晨曦夕霞。杨德逢是一位世居钟山的隐士，终身未入仕途，当然就成了王安石的好友。于是王安石与他常相过从，这首诗就是王安石题写在杨家的墙壁上的。

杨德逢家真是一片远离红尘的净土！虽是竹篱茅舍，但经常打扫得一尘不染，连最容易生长在幽僻之处的青苔都不见痕迹。第一句中的“静”字，后人或以为应作“净”。但是王安石诗的各种版本都作“静”，我们不能轻改原文。而且王安石作诗用字，本喜独出心裁，安知他不是有意用“静”来代替“净”？因为“静”本指地方幽僻，人迹罕至，这种地方本来很容易滋生青苔。如今杨家的茅檐之下居然不见苔痕，可见主人是如何地勤于打扫。言下之意就是杨德逢这位隐士性喜洁净，性格淡泊，是一位志行高洁之人。然而杨德逢又很勤劳，他亲手栽种了成畦的花木，使他的山居生气勃勃，春意盎然。难怪王安石要常到此地来盘桓，而且在杨家的墙壁上信笔题诗了。

后人评论此诗，特别关注后面两句的用典。有人说第三句中的“护田”和第四句中的“排闼”都见于《汉书》，所以是“以汉人语对汉人语”，甚至相传王安石本人也曾以此自矜（见宋人叶梦得《石林诗话》）。其实，“护田”确实出于《汉书·西域传》，“排闼”也确实见于《汉书·樊哙传》，“读书破万卷”的王安石也确实有可能在诗中暗用典故，但是这首诗的真正优点和价值并不在此。这两句诗描写了一个生机蓬勃的自然环境：一湾流水环绕着绿油油的田地而流淌，仿佛在呵护着那片庄稼。而两座近在咫尺的青山则排门而入，给庭院里的人们送来了苍翠欲滴的山色！流水本是随着地形高下而无意地流淌，它竟能像人一样呵护田地。青山本是无情之物，它竟能推开院门为人送来山色。于是山水顿时变得生动灵活、有情有义，本来作为人类“他者”的大自然顿时变成人类的亲密朋友。

生活在这样的自然环境里，该是多么愉快、安详！所以说，这首诗的最大优点就是揭示了人与自然在本质上的和谐关系，只要我们不向自然作过分的索取，只要我们不去损害这种关系，大自然将永远是我们最可亲的家园。

天

北山

◉ 王安石

北山输绿涨横陂，
直堑回塘滟滟时。
细数落花因坐久，
缓寻芳草得归迟。

注释

北山：即今南京东郊的钟山，又叫紫金山。
堑（qiàn）：沟渠。
回塘：弯曲的池塘。
滟滟：阳光下的水面闪闪发亮的样子。

赏析

北山即今南京市东郊的钟山。南朝齐时周颙曾在钟山筑室而隐，后复出为官，孔稚珪《北山移文》里所讽刺的假隐士"周子"，相传便是周颙，所以钟山亦称北山。钟山景色秀丽，树木葱茏，是文人归隐的好去处。王安石罢相后隐居此山，与钟山相伴相守，在深幽宁静的自然环境中度过晚年。这首诗就是写他在钟山的闲适之情。

春深时节，百卉争妍，树木苍翠，把山泉水也染成碧绿。无论笔直的沟渠，还是曲折的池塘，都在晴光下闪闪发亮。“输绿”二字构思奇特，生动贴切地描绘出山青水碧、春意浓郁的景色。在这样的风景面前，谁能不为之陶醉？谁能不为之忘我？诗人久久静坐在树下，看到树上不时飘落下片片花瓣，于是索性计起数来：一瓣，两瓣……没有原因，也没有目的，反正时间充裕，心情愉快，乐得享受这和熙的春日。待到数倦了，他起身踱步回家，却被脚下大片大片的绿草吸引住，他走走停停，回到家时天色已晚。如果不是心境宁静淡泊，神离尘寰，他岂能如此悠闲从容地享受这静谧的瞬间？

唐人诗歌中有与“细数落花”、“缓寻芳草”相似意境的表述，如王维的“兴阑啼鸟换，坐久落花多”。有人因此指责王安石因袭，其实不然。凡是洗去尘世铅华而现出真纯本性的人，对自然造化都会具有相同的匍匐崇拜之情，因而笔下意境相近，无可厚非。而且王安石的“细数落花”、“缓寻芳草”自有他当时独特的情感体验，他在遭受一连串政治失败后，还能保持如此超脱淡定的情怀，大自然对他心灵的抚慰功不可没。

即事

◉ 王安石

径暖草如积，山晴花更繁。
纵横一川水，高下数家村。
静憩鸡鸣午，荒寻犬吠昏。
归来向人说，疑是武陵源。

注释

纵横：横竖交错。

憩（qì）：休息。

武陵源：即东晋陶渊明在《桃花源记》中描述的那个世外桃源，指避世隐居的地方，亦指理想的境界。

赏析

即事，就是以眼前事物为题材直书所见，信笔写来。一日，王安石来到风景秀丽的乡村，感受到百姓生活的宁静平和，对于久在仕途的诗人来说，这无疑是一次不同寻常之旅，归来后便写下这首即事诗。

请看诗人怎样描绘这一次游赏：春末夏初的一个暖洋洋的日子，诗人信步走在曲折幽静的草径上，小草经

过春雨滋润,绿油油的煞是诱人,踩在上面厚实松软,放眼望去如一片绿茵。朗朗的晴空下,山上繁花似锦,绚丽多姿。一道碧水曲折横斜,萦绕着小小的山村。午时村民都在午休,整个村庄是那么安宁静谧,只有远远的几声鸡鸣,更增添山里的幽静。诗人沉醉其间,流连忘返,直到看见狗儿在荒野里边吠叫边寻找归家的路,才恍然意识到天色已晚,是该回家了。诗人归来向友人描述这一幅乡村风景画,都以为他亲身经历了一次桃源之旅。是啊,芳草如积,花团锦簇,不正是《桃花源记》中的“芳草鲜美,落英缤纷”吗?中间二联的景象不正是《桃花源记》中的“土地平旷,屋舍俨然,有良田美池桑竹之属。阡陌交通,鸡犬相闻”吗?久处繁华喧嚣、车水马龙之地的人,一旦欣赏到此种淳朴自然之景,怎能不念念难忘?

诗人积极进行社会改革,推行新法,以改变宋朝积贫积弱的政治局面,他要实现的政治蓝图在这首诗中也能找到一些痕迹。井然有序的社会秩序、风调雨顺的生产环境、安定悠闲的人民生活,这正是诗人所向往的,也是他推行新法想要达到的理想境界。人与自然和谐相处,人类生活与自然环境融为一体,这不仅是王安石的理想,也应该是我们现代人所热烈追求的目标。

新晴

◉ 刘 攽

青苔满地初晴后，
绿树无人昼梦余。
惟有南风旧相识，
偷开门户又翻书。

注释

青苔:绿苔,常生长在背阴潮湿的地方。

赏析

这是一首夏日即景诗,单是题目的“新晴”,已经暗含了诗人对晴天的无限期盼。诗人以雨后的景象开头,这景象的明显特点是周围地上长满了青苔。众所周知,适宜青苔生长的是阴湿的地方，所以诗中虽未涉及雨期长久,但“青苔满地”意味着久雨。雨下久了,人的心情会忧郁愁闷,会强烈地盼望天气转好,现在好不容易盼到“初晴”,于是诗人欢喜雀跃,写下这首诗,捕捉久雨初霁之景。从“满地”一词,我们可以想象到眼前是一片青翠的色彩。经过雨水冲刷的绿树显得更加碧绿。树阴

下绝少有人走过，这样安静的环境最适合美美地睡上一觉。诗人酣睡醒来，心情十分愉快，睁着惺忪的双眼，舒舒服服地享受眼前难得的幽静。这时凉风轻轻推开门户，沙沙地翻看诗人的书本，它是诗人的老朋友吧？不然怎么和诗人那么亲昵，那么志同道合呢？

刘攽并非将风人格化或写清风翻书的首创者，李白有诗云"春风不相识，何事入罗帏"，刘攽反用其意说南风是他的老朋友。晚唐诗人薛能的《老圃堂》中写过"昨日春风欺不在，就床吹落读残书"，一本正经地埋怨春风吹落他尚未读完的书，刘攽的构思与薛诗相近，但他称南风为老友，说它一声招呼也不打，推门而入，又随意翻书，比薛诗更加机趣活泼。此诗中的"南风"有特殊的意义，它不同于卷去杜甫屋上三重茅的狂风，也不同于大风起兮云飞扬的雄风，它只出现于晴朗的日子，是晴天的标志。诗人在阴雨绵绵之时何尝不企盼着南风到来？因此当南风造访时，诗人就有一种旧友重逢的欣喜。在诗人看来，南风悄悄推门而进，翻动书页，无疑是一种亲密、友好的表示。或许南风是想了解他近来正读何书，准备和他谈论一番吧！诗人与南风多么惺惺相惜啊！此时，人与自然达到高度的和谐，南风不仅溜进书房，更吹进了诗人的心房。与自然交友，从大自然中找到生活的乐趣，这种享受绝对不是纷繁嘈杂的俗世能够带给我们的！

清　王原祁
仿赵大年江乡春晓图

天

新城道中

◉苏　轼

东风知我欲山行，
吹断檐间积雨声。
岭上晴云披絮帽，
树头初日挂铜钲。
野桃含笑竹篱短，
溪柳自摇沙水清。
西崦人家应最乐，
煮葵烧笋饷春耕。

注释

新城：宋代杭州西南的一个属县，在今浙江富阳县新登镇。

絮帽：丝绵帽子。

钲(zhēng)：古代乐器名，形圆如铜锣，悬而击之。

崦(yān)：山。

葵：又名冬葵菜、冬寒菜、蕲菜。嫩梢、嫩叶可作蔬菜。

饷：给在田间劳动的人送饭。

赏析

宋神宗熙宁六年(1073)的春天，诗人在杭州通判任上，有一次出巡所领属县，从富阳到新城的途中，饱览了秀丽明媚的春光，看到繁忙的春耕场景，内心感到欣慰：

人民安居乐业，只要风调雨顺，就丰收有望。于是他用轻松活泼的笔调写下了这首诗，抒发喜悦愉快的心情。

苏轼即将进山，连日来的淫雨霏霏让他做好冒雨前行的准备。不料清晨时候，房檐下滴滴答答的雨声突然终止，天放晴了。诗人兴奋至极，心想：这一定是多情的东风知道我有进山的打算，特意把积雨收住。既然天公作美，诗人在旅途上自然心情愉快，所见所闻都带上快乐的色彩。启程了，诗人眺望远方，一座座峰峦顶着洁白的雾霭，宛如戴着轻软的丝绵帽子。以“絮”喻白云非苏轼首创，韩愈就写过“晴云如擘絮”的诗句，但苏轼用“披絮帽”来比喻笼罩山头上的雾霭，更为贴切、生动。这时，旭日东升，挂在高高的树梢，远远望去，好像一面又圆又亮的铜钲。野桃含着醉人的笑容探出矮矮的竹篱笆，溪边的柳条随风摇曳，树下流淌着清澈的溪水。苏轼不明言桃花如何灿烂，而是以“野桃含笑”这拟人化的诗句来吟咏它，可谓遗貌取神。桃花盛开，矮矮的竹篱笆怎能关住明媚的春光呢？苏轼也不写溪边垂柳被春风吹得婀娜多姿，而写它自由自在地随意摇动，好像是“溪柳”主动地随着春风翩翩起舞。经过动态的描写，“野桃”、“溪柳”都活了，自然勃发了无限生机，一派热闹的春色，充满了欢乐的气氛。那么在这个环境里最快乐的是谁呢？诗人认为“西崦人家”是最快乐的，他们享有自然界的无限春光，还能享用到冬葵菜和鲜竹笋这些简朴而美好的食物。他们自食其力，过着自由自在的农耕生活，这不就是人们向往已久的世外桃源吗？

在苏轼笔下，新城道中的所见所闻充满欢乐，散发着乡村泥土的气息，这无疑是一幅恬淡宁静的山村风物图。苏轼为什么对乡村生活如此向往呢？因为他厌恶名利的争夺、世俗的虚伪、官场的算计。他热爱大自然的真淳朴素，大自然可以安抚他那饱经沧桑的心灵，让他的生命价值得到充分的体现！

天

病中游祖塔院

苏　轼

紫李黄瓜村路香，
乌纱白葛道衣凉。
闭门野寺松阴转，
欹枕风轩客梦长。
因病得闲殊不恶，
安心是药更无方。
道人不惜阶前水，
借与匏樽自在尝。

注释

祖塔院：寺院名，即现在的虎跑寺，在杭州南山。唐代称法云寺，宋代改名祖塔院。

乌纱：乌纱帽。

白葛：用白色葛布做的衣服。

道衣：出家人所穿的衣服。

风轩：迎风的窗户。

安心是药：《景德传灯录》卷三："光（神光，即慧可）曰：'我心未宁，乞师与安。'师曰：'将心来与汝安。'曰：'觅心了不可得。'师曰：'我与汝安心竟。'"

匏樽（páo zūn）：把匏瓜剖开做成的一种饮器。

赏析

苏轼在杭州任通判期间，尽心尽责地为人民办实事，赴湖州巡视堤岸利害，巡查富阳、新城，协助陈襄修复钱塘六井，往常州、润州赈饥，等等。生性乐观旷达的他，无论遇到多少艰难挫折，都能做到从容不迫、安闲自适，就连生病，在他看来也未尝是一件坏事，请看他写于熙宁六年（1073）的《病中游祖塔院》。

全诗从赴寺写起，先写路上的景物和自身的装扮。已是天高气爽的秋季，李子和黄瓜都熟透了，甜甜的清香飘荡在乡村小道上。诗人身穿白葛布的宽松道衣，头戴乌纱帽，神清气爽走在村路间。乌纱帽在晋时是官帽，唐代以后流行在民间，不是官员也能穿戴。道衣本指僧道所穿的衣服，这里实指民间便服。诗人卸下官服，穿着便衣到野外寺庙享受清闲，简约清便的服饰让他倍感凉快。在这一联中，紧凑的名词排列，丰富的感官描绘，一个淡泊淳朴、潇洒自在的形象呼之欲出。

接下来诗人步行来到寺院，在洁净的禅房里，闭门靠枕而睡，梦觉时分发现松阴已经移动了地方。一句“客梦长”颇具深意，身为寺院之客，竟能依枕做一个长长的悠闲的梦，如果没有将宠辱得失抛诸心外的修养，如何能如此坦然惬意？诗人进一步交代来寺院游历的缘由：原来诗人因为生病，才得以偷闲回归自然的怀抱，所以觉得生病也不是什么坏事。至于治病嘛，一帖“安心”就足够驱走病痛，根本不需要其它药方。苏轼经常以“安心”来疗治百病，他在《次韵韶守狄大夫见赠二首》中写道：“无钱种菜为家业，有病安心是药方。”可见他经常用“安心”来使自己强身健体，远离疾病。

有着如此神奇的魔力的“安心”到底是什么呢?怎样才能做到真正的“安心”呢？最后一联给我们提供了形象的答案——道人不吝惜阶前的泉水，把匏樽借给我，让我自由自在地取饮。苏轼的《赤壁赋》说：“惟江上之清风，与山间之明月，耳得之而为声，目遇之而成色。取之无禁，用之不竭。是造物者之无尽藏也，而吾与子之所共适。”阶前的泉水（即有名的虎跑泉）便是取之不尽、用之不竭的无尽藏，道人与诗人皆能品味它的美好，皆不欲占为己有，取饮时只求适性满足而已。说到这里不得不提起《庄子·逍遥游》中的一个“安心”故事：尧要把天下禅让给许由，许由说：“鹪鹩筑巢在深林里，需要的只不过是一根树枝；鼹鼠在河里饮水，需要的仅是满腹的水。请您回去吧，天

下对于我来说有什么用处呢？”道人不吝惜阶前泉水，诗人则自斟自酌，只求果腹，这就是安心的状态，是无欲无求、毫无挂碍的状态，是因缘自适、返璞归真的状态。“安心”不是非如此不可，而是无可无不可。“安心”便“不戚戚于贫贱，不汲汲于富贵”，“安心”便是“不以物喜，不以己悲”。苏轼说过：“此心安处是吾乡。”让我们也把心安顿在清风明月之间，在大自然的广阔空间里任意遨游吧！

天

月夜与客饮酒杏花下

◉ 苏　轼

杏花飞帘散馀春，明月入户寻幽人。
褰衣步月踏花影，炯如流水涵青蘋。
花间置酒清香发，争挽长条落香雪。
山城薄酒不堪饮，劝君且吸杯中月。
洞箫声断月明中，惟忧月落酒杯空。
明朝卷地春风恶，但见绿叶栖残红。

注释

幽人：隐士。
褰（qiān）：撩起。
青蘋（pín）：一种生于浅水的草本植物。
卷地：风从地面席卷而过，形容风势迅猛。

赏析

这是一首七言古诗，据宋代王十朋注，苏轼在徐州当知州时，王子立、王子敏等人特来拜访，二王擅长吹洞箫，是夜相与饮酒杏花之下。好一派闲情逸致！有朋自远方来，是为一乐。花好月圆、洞箫美酒，乐上加乐。这首诗就是在这样宛如仙境的环境下创作出来的。我们且随着诗人走进那空灵幽雅、超凡绝俗的意境里。

“杏花飞帘散馀春，明月入户寻幽人”，首先跃入眼帘的是花与月。暮春之夜，月光皎洁如水，把人间的一切升华得神秘圣洁。轻盈的杏花频频扑向帘户，仿佛在向人们传达春将归去的消息。明月把清光洒进窗户，他是在寻觅志同道合的幽闲之人吧？李白有诗曰：“举杯邀明月，对影成三人。”李白意兴勃发，邀来明月相酌相亲。苏轼则说花能有情，月能寻人，花月那么有情有意，诗人怎能不被盛情所感？怎能不与明月一起赏花饮酒？

于是诗人与朋友“褰衣步月踏花影”，月光洁净如练，花影婆娑，幽人揽衣举足，沿阶而下，踏影起舞。流水般的月光抚弄着庭院里的花影与人影，好像一池春水涵漾青蘋。花间置酒，酒香与花香相互融合，幽人攀附杏花枝儿，摇飞片片花瓣。山城酒薄，本来不足以劝客，但是多情的明月倒映在酒杯中，杯里便好像盛满了琼浆玉液。于是主客相欢，且歌且舞，且斟且饮。幽人忽然想到“月落酒杯空”，这么美好的瞬间即将消逝，悠扬婉转的洞箫声也随着停息了。他预感到恼人的春风将会把花儿摧残，一股无名的忧虑爬上心头。然而，那花间对月饮酒的美妙瞬间，已经永远定格在诗人的心里，因为苏轼是善于发现美、欣赏美、创造美的人。他的追寻，他的创造，让我们在千百年后仍能重睹那幅清幽明净的画卷！

大自然的赐予不是永恒的，它往往稍纵即逝，错过了便难以重新获得。但是反过来说，只要我们善于抓住美好的瞬间，善于从自然中发现美，欣赏美，稍纵即逝的瞬间也就成了永恒。大自然的启示无所不在，请从中汲取营养吧！

正月二十日往岐亭，郡人潘、古、郭三人送余于女王城东禅庄院

◉ 苏　轼

十日春寒不出门，不知江柳已摇村。
稍闻决决流冰谷，尽放青青没烧痕。
数亩荒园留我住，半瓶浊酒待君温。
去年今日关山路，细雨梅花正断魂。

注释

岐亭：在今湖北麻城西北，苏轼的好友陈季常隐居于此。

女王城：在黄州城东十五里。

决决：水流动的声响。

烧痕：冬日野火烧草的残迹。

赏析

北宋元丰二年（1079）年底，苏轼经过了"乌台诗案"之狱，被贬为检校水部员外郎黄州团练副使，并于次年抵达黄州。苏轼赴黄州的途中经过春风岭，正是梅花凋谢的时节，他看到梅花随风纷飞的凄凉景象，不禁写下《梅花二首》："春来幽谷水潺潺，的皪梅花草棘间。一夜

东风吹石裂，半随飞雪度关山。”“何人把酒慰深幽，开自无聊落更愁。幸有清溪三百曲，不辞相送到黄州。”这两首诗里的梅花实即诗人自况，经历了惊涛骇浪的诗人此时惊魂未定，与生长在荆棘中的梅花有相同的命运，故而见花伤怀。元丰四年，苏轼已经在黄州安居一年，天性旷达的他早已在黄州的好山好水中疗养好心灵的创伤。在黄州，他新结交了开酒店的潘丙、识音律的古耕道、好作挽歌的郭遘三位平民朋友，苏轼另一首诗《东坡八首》深情写道：“我穷旧交绝，三子独见存。从我于东坡，劳饷同一飧。”可见他们患难中的真情。正月二十日，苏轼旧地重游，满村春色怡人耳目，去年的凄凉境况再度涌上心头，许多复杂的感情在春风中一一引发出来，诗人感慨万千，写下这首著名的诗篇。

春天脚步匆匆，仅仅因为春寒十日闭门不出，满村杨柳便已披上绿装，在春风中摇荡。刚开始解冻的溪谷里，若隐若现地传来决决的流水声。原野上的春草则一片嫩绿，覆盖了野火留下的烧痕。诗人刚迈出家门，扑面而来的春色令他耳目一新、心旷神怡。“数亩荒园留我住，半瓶浊酒待君温”，诗人此次出行是为了拜访另一位朋友陈季常，他对此次会面充满期待，对熟悉的旅途充满回味，所以与眼前三位患难之交的暂时分别也是愉快的，何况还有女王城东禅庄院“数亩荒园”、“半瓶浊酒”的良辰美景、赏心乐事！四位挚友在园中温酒话旧，促膝谈心，其情陶陶，其乐融融。蓦地，诗人想起“去年今日关山路，细雨梅花正断魂”，那时他刚刚从“乌台诗案”的牢狱中死里逃生，流放途中那种形单影只的境况，真是“路上行人正断魂”啊！诗人至此把笔收住，留下无穷韵味，让读者浮想联翩。这广阔的审美空间，其实正是诗人借自然留给我们的启迪：人生如同自然界，春夏秋冬循环运转，生生不息，经历过严冬之后方有迷人春色，寒冷、凋零、孤独都是暂时的，只要保持乐观向上的态度，人生总会迎来又一个令人慰藉的春天！

东　坡

◉ 苏　轼

雨洗东坡月色清，
市人行尽野人行。
莫嫌荦确坡头路，
自爱铿然曳杖声。

赏析

北宋元丰二年(1079)，苏轼被贬到黄州，生活相当贫困。故友马正卿帮他向官府申请了一块撂荒的旧营地，这便是诗中的"东坡"。苏轼和这片土地结下不解之缘，每日躬耕于此，并建成草堂作为自己的居所，自号"东坡居士"。自此，"东坡"这块平凡无奇的土地，便成为苏轼精神的象征。

首联写雨后月清之境。天地被雨水清洗一番，呈现出一片澄明，一轮皓月笼罩着幽僻的"东坡"，这里没有市人，只有远离俗世利害的野人。"市人"就是闹市中人，市人被利益驱迫，总在攘攘红尘中奔波。只有置身名利圈外的在野之人，才有心灵的余裕来享受这胜境。在这

幽境里，怪石嶙峋，凹凸不平的坡头路，给人们带来诸多不便。正因人迹罕至，“东坡”才更加清幽可喜。诗人对遭人嫌弃的坡头路偏偏情有独钟，喜爱手杖敲打路面时发出的铿然声响，那仿佛是胜利的凯歌，伴着他坚定地迈向前方。其实，坎坷崎岖的坡头路，象征着诗人在现实世界中的遭遇，他从不被逆境击倒，总是以百折不挠的意志迎难而上，始终保持乐观旷达的精神。

真正的诗意栖居，并不一定要流连于风景胜地，而是一种随遇而安、淡定从容的心态。苏轼的这首诗告诉我们，以安闲自适的人生态度，豁达乐观地迎接暴风骤雨，意气昂扬地踏过崎岖坎坷，就能在任何环境中实现诗意的栖居！

题落星寺

◉ 黄庭坚

落星开士深结屋，龙阁老翁来赋诗。
小雨藏山客坐久，长江接天帆到迟。
宴寝清香与世隔，画图妙绝无人知。
蜂房各自开户牖，处处煮茶藤一枝。

注释

落星寺：鄱阳湖北部有一个小岛叫落星石，落星寺建在此岛上。

开士：菩萨的异名。菩萨既能自我开觉，又能开启他人信心，故称开士。后用作对僧人的敬称。

宴寝：休息起居之室。

蜂房：蜂巢，用来比喻寺中千门万户的僧房。

户牖(yǒu)：门窗。

赏析

落星湖在南康军(今江西星子县)城外，是鄱阳湖的一大分岔口，又名德星湖。民间传说有巨星坠落湖中，化为一个小岛，名落星石。落星石上竹木丛生，郁郁葱葱，

元祐年间敕建禅寺于此，寺名“福星龙安院”，又名“落星寺”。黄庭坚是洪州分宁（今江西修水）人，分宁与落星寺相隔不太远，所以他曾多次去那里游览，诗集中题落星寺的诗就有四首。黄庭坚的舅父李公择，早年在庐山五老峰下的白石寺读书。黄庭坚去探寻舅父读书的遗址，登临落星寺，寺僧择隆在岚漪轩设宴为他洗尘，他应邀而题此诗。此诗一题《题落星寺岚漪轩》，是四首落星寺诗中最为脍炙人口的一首。

首句用一个“深”字点出寺院的深幽僻静，奠定全诗的风格。落星寺坐落在山林深处，寺僧倚山筑屋而居。诗人在寺里久坐观山，蒙蒙的细雨在空中飘洒，为天地披上一层薄纱，把小岛渲染得氤氲迷蒙，仿佛要把整座大山藏进它的帷幔里。俗话说下雨天是留客天，诗人乐得流连在此地。他遥望远接天际的大江，江面上风帆点点，因为距离太远，船似乎永远也驶不到眼前，只在渺茫的天边慢慢移动。

诗人步入佛寺的便室，点上一炷清香，淡淡的香气悠然而至，诗人自觉已与世隔绝。寺僧铺开珍藏的佛画，与诗人共赏。这些佛画从不轻易示人，遂使人世莫传，诗人一睹这绝妙的真迹，仿佛置身梦幻之中。僧房的门户都敞开着，像是密集的蜂房，一缕缕青烟从窗户里袅袅地飘出来，那是寺僧们用枯藤烧出文火，正在煮茶。用枯藤来煮茶，能使茶叶与泉水的真味完全保留。黄庭坚早年嗜酒，中年因病止酒，越发爱茶，常常“煮茗当酒倾”，如今遇上知音，他们定然共捧一杯清茗，或谈禅，或吟诗。“枯藤”意象本有沧桑之感，如杜甫的“蓝田丘壑蔓寒藤”。黄庭坚把枯藤与沁人心脾的香茗合成一句，让人心生亲切温馨之感，并留下清幽绝俗、闲雅高远的韵味，令读者产生无限的遐想，我们仿佛还能闻到佛室里飘来的缕缕清香！

天

苏幕遮

◉ 周邦彦

燎沉香，消溽暑。
鸟雀呼晴，侵晓窥檐语。
叶上初阳干宿雨，
水面清圆，一一风荷举。

故乡遥，何日去？
家住吴门，久作长安旅。
五月渔郎相忆否？
小楫轻舟，梦入芙蓉浦。

注释

沉香：一种名贵香料。“燎沉香”即烧香。
溽(rù)暑：潮湿的暑气。
呼晴：唤晴。古代相传鸟鸣可占晴雨。
吴门：旧时苏州为吴郡治所，故称吴门。

赏析

读书求仕，是古代文人普遍的人生选择，一旦踏入仕途，便游宦四方，长期远离家乡，因此，思乡成为古代诗词中的永恒主题，最能引发天涯游子的共鸣。思乡的情怀往往借助作家记忆中印象最深刻的故乡景物来表达，周邦彦的这首《苏幕遮》正是如此，它以荷花为媒介，表达对故乡杭州的深深眷念。

上片描写盛夏早晨的风景：词人一早醒来，便嗅到昨夜点燃的沉香依旧香气弥漫，令人烦闷的暑热也已退去。窗外传来鸟儿叽叽喳喳的欢叫声，据说鸟鸣声能预测晴雨，莫非天已放晴？词人漫步来到荷塘边，只见荷叶上的雨珠在朝阳下渐渐变干，一张张圆圆的荷叶挺立在水面上方，风姿绰约。"叶上初阳干宿雨，水面清圆，一一风荷举"被誉为写荷名句，寥寥几笔，将荷的摇曳多姿、神清骨秀写活了，也写透了，营造出一种清新恬美的境界，所以，王国维在《人间词话》中称赞此语"真能得荷之神理"。

下片转入思乡的愁怀。眼前的荷塘，勾起了词人的乡愁：故乡遥遥，就在那莲叶田田的江南，羁旅京师已经很久，何时才能归去？汴京（今河南开封）的荷塘唤起了词人的思乡浓情，思绪便飞回故乡，不知幼时的同伴是否还记得五月同游西湖的情景？多少次梦回故乡，依然是划着轻巧的小船驶向荷塘。杭州西湖上的"十里荷花"闻名天下，词人生长于斯，他对荷花的记忆是与童年生活联系在一起的。京城夏日雨后荷塘的景致牵动了词人对故乡最亲切的回忆，荷花成了词人思乡的媒介，同时将这首词的上下片联成一气，成为一篇写荷绝唱。

这首词不事雕饰，它以质朴无华的语言，准确而又生动地表现出荷花的风神与词人的乡愁，有一种从容雅淡、自然清新的风韵，这在周邦彦的词作中别具一格，陈廷焯称赞此词"风致绝佳，亦见先生胸襟恬淡"。词人这份恬淡的胸襟不正是故乡的美丽自然所赋予的吗？

天

四月二十三日晚同太冲、表之、公实野步

◉ 洪　炎

四山矗矗野田田，近是人烟远是村。
鸟外疏钟灵隐寺，花边流水武陵源。
有逢即画原非笔，所见皆诗本不言。
看插秧针欲忘返，杖藜徙倚到黄昏。

注释

田田：相连不断的样子。

灵隐寺：在杭州西湖西北的灵隐山上。晋咸和元年印度僧人慧理创建，慧理以为“佛在世日，多为仙灵之所隐”，因建寺名“灵隐”，是我国禅宗十刹之一。

徙倚(xǐ yǐ)：流连不去。

赏析

这首诗是洪炎在临安(今浙江杭州)任职期间，与朋友游赏近郊之作，具有浓郁的田园气息。

初夏的傍晚，诗人同几位友人到郊外散步，骋目四望，巍然矗立的崇山峻岭，环拥着一片广阔的绿野。温润的山岚笼罩着野村，远近几户人家的炊烟袅袅地升向天

际，让人想起陶诗中“暧暧远人村，依依墟里烟”的意境。灵隐寺坐落在遥远的高山上，僧人们开始做晚课了，疏朗浑厚的晚钟声在空中回荡。诗人仰望苍穹，看到成群的飞鸟从钟声传出的地方飞过来。俯视村落，夹岸盛开的百花倒映在弯弯的溪水边，诗人仿佛来到了“芳草鲜美，落英缤纷”的桃花源。触目所及，皆成美景，不必假借画笔的修饰和诗句的雕琢，便已是自然天成的艺术品。正像陆游所说的“村村皆画本，处处有诗才”，诗人所见之景是不用笔墨的画卷，是不著一言的诗歌，远远胜过巧构形似、精雕细凿的艺术品。人在自然的伟力面前显得多么笨拙！

正值插秧时节，农民弯着腰在地里忙碌着，诗人被农夫插秧的场景深深吸引，拄着手杖流连在田垄间，直到黄昏仍不肯离去。这是多么宁静安谧的农耕社会景象！长年和自然打交道的农民，愿望非常纯朴，他们满怀希望栽种秧苗，期待秋天收获丰硕的果实。没有尔虞我诈，没有虚情假意，他们靠勤劳的双手自给自足，这种简朴、安宁的田园生活正是诗人向往已久的！

天

如梦令

◉ 李清照

常记溪亭日暮，沉醉不知归路。
兴尽晚回舟，误入藕花深处。
争渡，争渡，惊起一滩鸥鹭。

注释

溪亭：临水的亭台。

赏析

李清照经历了国家的巨变与中年丧夫的创痛，她的生活和创作也由此明显地分成两个阶段：和平安宁的青壮年时代和漂泊流离的孤独余生。这首《如梦令》是她早期的作品，词虽短小，却让人充分感受到这位才女对和谐美丽的大自然的热爱。

这首小令是在亲切的回忆中展开的，"常记"表示事情已经过去，此时是在追述，可见主人公与那段愉快的经历已经拉开了距离，经过时间的过滤之后，词人撷取了印象最深的几个画面呈现在读者面前。在一次宴饮之

后，词人醉得都辨不清回家的路了。至于究竟是什么样的宴饮令她如此沉醉，作者没有交代，但我们可以猜得出，这次宴会令她非常愉快，乃至黄昏时分依旧在溪亭流连忘返。兴尽而归时，天色已经很晚，所以回舟仓促，以致“误入藕花深处”。她急于找寻归路，忙乱地划动船桨，哗哗的拨水声惊起了止宿沙洲的水鸟。一位闺阁女子醉酒晚归，她对大自然的深情与湖光美景相遇合，便产生了这首清新如画的小词。李清照用最简练的生活化语言，写出了她青春年少时的好心情，流露出活泼可爱的天然之趣。

在古代，妇女的生活受到很多约束，她们被封闭在闺房之内，几乎完全与大自然隔绝，但李清照却常常走向大自然，感受大自然的美丽与和谐。在她的作品中，对自然景物的书写占了很大比重，这让我们从中看到了一位古代女性对大自然的诗意情怀，这在以男性创作为中心的中国文学史上尤其难能可贵。

天

苏秀道中自七月二十五日夜大雨三日，秋苗以苏，喜而有作

◉ 曾　几

一夕骄阳转作霖，
梦回凉冷润衣襟。
不愁屋漏床床湿，
且喜溪流岸岸深。
千里稻花应秀色，
五更桐叶最佳音。
无田似我犹欣舞，
何况田间望岁心。

注释

霖：连续不止的雨。

望岁心：盼望丰收的心情。

赏析

曾几耿介刚直，心怀家国天下，因排击力主降金的秦桧，终被罢官，秦桧死后方得重新起用。此诗能让我们深入理解诗人关心民生、体恤民艰的仁者之心。

“苏秀道中”是指从苏州到秀州(今浙江嘉兴)途中。曾几于高宗绍兴年间任浙西提刑,这首诗当作于浙西任上。这年七月,久旱不雨,骄阳似火,秋禾枯焦。农民焦急烦躁,濒临绝望。七月二十五日夜间忽然下起大雨,且连下三日,久旱逢甘霖,庄稼得救,诗人欢喜不已,遂写下这首旋律轻快的喜雨诗,“喜”字贯穿着这首诗的始末。

首联从夜感霖雨写起。这天晚上,正当人们失望地结束一天的等待进入梦乡时,天突然降下大雨,诗人梦中感到一股凉冷之意,随而发现衣襟被浸湿,原来雨已经下了多时。诗人用一“润”字,把喜悦至极之情传达出来。“润”字不仅表示生理上的舒适清凉,还暗示着心灵上的满足喜悦。人们盼望已久的甘霖突至,仿佛将诗人的心田也滋润得复苏了,这是诗歌中的“一喜”。

诗人的衣襟为什么会被浸湿呢?因为他的房屋破漏,雨水从屋顶滴下打湿了他的床。然而诗人不以此为忧,反以为喜,因为从屋漏床湿可以推知雨水已经灌满小溪。“溪流水涨”,是为“二喜”。这一联来源于杜甫的“床头屋漏无干处”,以及“春流岸岸深”,一联之内,两用杜诗句意,却没有雕琢拼凑的痕迹,表情达意极为贴切。杜甫在《茅屋为秋风所破歌》中慨言:“安得广厦千万间,大庇天下寒士俱欢颜,风雨不动安如山。呜呼!何时眼前突兀见此屋,吾庐独破受冻死亦足。”曾几此诗体现的情怀跟杜甫何其相似,体恤民艰的崇高情感,让两位不同时代的诗人写出了相近的诗篇!

因溪水上涨,诗人想到旱情解除,稻苗得以酣饮雨水,农民的收成有了保障。他聆听夜雨打在梧桐叶上的潇潇声响,觉得那宛如天籁之音,妙不可言。这是“三喜”——听雨之喜。秋雨梧桐,本是最易让人产生凄凉冷清之感的意象,而此处一扫愁苦悲伤的情调,用“最佳音”三字突出横溢的喜悦之情。

至此,诗人的欣喜似乎已达顶点,最妙的是,他还就势转进一层作结:“无田似我犹欣舞,何况田间望岁心。”不依仗庄稼收成度日的“无田”者都如此欢欣雀跃,天天站在田间企盼丰收的农民还不欣喜若狂?巧妙的对比,把本已酣畅淋漓的喜悦推向狂喜,无田者和农民同甘苦,共忧乐!

在古代农耕社会里,一年的收成完全倚仗风调雨顺,一逢上洪水、干旱

等自然灾害，人们的希望落空，温饱得不到保障，这是何等凄惨的事！知道这一点，我们便能更深切体会诗人的喜雨之情。

我们更应该意识到，保护地球，保护环境，自然界才会给予我们适宜居住、适宜发展的环境，人类才能拥有永久的幸福家园！

明　无款
江山无尽图

天

游山西村

◉ 陆　游

莫笑农家腊酒浑，丰年留客足鸡豚。
山重水复疑无路，柳暗花明又一村。
箫鼓追随春社近，衣冠简朴古风存。
从今若许闲乘月，拄杖无时夜叩门。

注释

腊酒：腊月里酿制的酒。

豚（tún）：小猪，亦泛指猪。

春社：古代春季祭祀土地神，祈求丰年的日子，以立春后第五个戊日为春社日。

赏析

这是一首朴实自然的山村记游诗。全诗八句无一“游”字，而游兴十足，游意不尽，描绘了山村的景物和农家习俗，生活气息十分浓郁。

首联“莫笑农家腊酒浑，丰年留客足鸡豚”，以悬拟的口气描写农民朋友款客的盛情，以农家丰收后的欢乐气氛为全诗作铺垫，很像孟浩然《过故人庄》中所写的

“故人具鸡黍，邀我至田家”的意境。农家待客，备有去年酿制的米酒，酒味虽不及清酒醇美，但情谊却是极其真诚的。虽没有山珍海味，但今年收成好，农家尽其所有准备了一些好菜，客人可以毫不拘束地尽情享用。诗人以朴实的语言赞叹农民的善良好客、真诚淳朴，经这么一渲染，山西村更让人心驰神往了。

诗人漫游在山间水畔的蜿蜒小径上，山光水色令人应接不暇。重重山遮，道道水绕，走着走着，诗人疑心前面无路可通，待走近探寻，忽见几间茅舍隐现在花木之间，山西村到了。诗人的感觉与误入桃花源的渔人一样，眼前顿觉豁然开朗。这一联诗写出人们走在生疏的山路时常有的体验，非常传神。前代诗人也描摹过这种景象，如王维的“遥爱云木秀，初疑路不同；安知清流转，忽与前山通”；强彦文的“远山初见疑无路，曲径徐行渐有村”。这些描述都很细致，然而都不及陆游此联把它写得“题无剩义”（钱钟书语），令人联想到漫长曲折的人生道路。人生就像走在陌生的山路，在某种境遇下会“疑无路”，有的人就此放弃，有的人则继续前进，最终到达人生的更高境界。这是宋诗的理趣所在，它通过对自然景物的观察和体验，道出了世间事物变化的哲理，从而成为脍炙人口的至理名言。

第三联正面叙写在山西村的所见所感。箫声不绝，锣鼓喧天，原来是农民在准备迎接社日的庆祝活动，他们按照旧时礼俗，穿着简古朴素的服装，其乐融融，让人顿生返朴归真之感，仿佛回到古代的村落。春社未至气氛便已如此活跃，何况祭祀当天呢？所以，诗人不禁产生一个愿望：但愿从此以后，能够不时到此游玩，天晚了也不必急着回去，轻叩农家柴扉便可借住一宿。此诗把山西村比作“桃花源”，那里人们淳朴忠厚，和睦相处，过着自食其力的宁静生活。与其说这是南宋初年江南农村的风俗画卷，不如说是陆游心目中的理想社会蓝图。因为此诗写于宋孝宗乾道三年（1167），不久前陆游因为极力支持张浚北伐，被投降派以“鼓唱是非”的罪名罢归故里。诗人对官场的伪诈、掌权者的目光短浅深感愤怒，但他回天乏术，暂时只能在诗歌中继续抒发他的爱国情怀。诗人在山西村感受到桃花源中的淳朴民风，他对整个社会并未丧失信心，他相信人生定会“柳暗花明又一村”，他期待着到处都有如山西村般美好的生活。

天

小园

◉ 陆游

小园烟草接邻家，
桑柘阴阴一径斜。
卧读陶诗未终卷，
又乘微雨去锄瓜。

注释

烟草：烟雾笼罩着的草地。

桑柘（zhè）：桑树与柘树，树叶都可以用来喂蚕。

赏析

宋淳熙八年（1181）正月，陆游五十七岁，他从礼部郎中任上罢官，退居山阴（今浙江绍兴），在襟山带湖、风景秀美的行宫山下，筑起三间小屋，过着自给自足的耕读生活。这年初夏，他写下四首绝句，以第一首的开头“小园”二字为题，第一首是四首中流传最广的，表达诗人对躬耕生活的热爱和恬淡自适的心境。

初夏碧草连天，天气暖湿，诗人的小园和邻居的茅屋都笼罩在烟雾里。斜斜的小径两旁，植立着苍翠葱茏

的桑柘树，给人们带来浓浓的绿阴。诗人卧读陶渊明的诗歌，还未读完一卷，天下起微微细雨，他赶紧起身，扛起锄头到田里锄瓜。

读书是陆游人生的一大享受，粗略统计《剑南诗稿》，其中涉及“读书”题材的诗就有一百二十多首。尤其在晚年，读书帮助他排遣壮志难酬的抑郁，是他众多养生之法中最重要的一种。读陶渊明的诗更是陆游的爱好，他在《读陶诗》中写道：“我诗慕渊明，恨不造其微。退归亦已晚，饮酒或庶几。雨余锄瓜垄，月下坐钓矶。千载无斯人，吾将谁与归？”可见他对陶渊明平淡自然的诗歌风格，及其率真自然的人格推崇备至。当陆游躬耕于山阴时，陶渊明是他的精神寄托。陶渊明的诗简朴淡雅，诗人卧读的情调便有几分相似，若读陶诗得以终卷，固然是诗人的心之所愿。然而，尚未终卷时，天下起雨来，正是锄地的好时候，这一时刻应是作为农夫的诗人企盼许久的。于是诗人一边恋恋不舍地放下书卷，一边欣喜地荷锄走入微风细雨中。此诗中展现的田园生活的意趣风神，毫不逊色于陶渊明的田园诗。从此诗可以看出，陆游既是一位手不释卷的学人，又是一位勤劳朴实的农夫，他更是一位热爱生命、亲近自然的诗人！

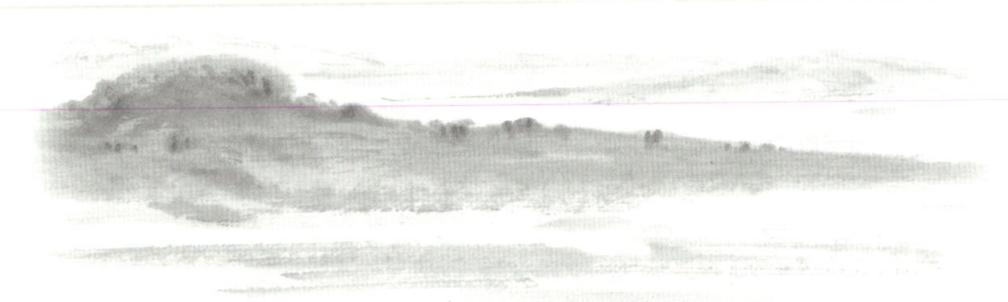

初夏行平水道中

◉陆　游

老去人间乐事稀，一年容易又春归。

市桥压担莼丝滑，村店堆盘豆荚肥。

傍水风林莺语语，满园烟草蝶飞飞。

郊行已觉侵微暑，小立桐阴换夹衣。

注释

平水：集市名，在浙江绍兴以东四十余里，傍着平水溪。

莼（chún）：莼菜，一种水草，茎和叶可作菜肴。

豆荚（jiá）：豆类的果实，也叫豆角儿。

赏析

平水在陆游的家乡山阴，是个繁盛的集市，以茶叶买卖而著名。诗歌以“老去”发端，应是写于六十五岁后闲居山阴时。诗人一生充满激昂豪迈的报国热情，要为国家报仇雪耻，收复沦陷的半壁江山，可惜受到多方排挤，以“嘲弄风月”的罪名罢归，满腔抱负不得施展。罢归以后，他穷且益坚，老当益壮，时刻不忘家国之思。另一

方面，闲居山阴使他沉静下来咀嚼日常生活的隽永，便以细腻的笔触，为我们展示了一幅幅生动淳朴的乡村风情画。这首诗写初夏清晨，诗人从三山故居走到平水集市路上的所见所感，极富生活气息和乡村风情。

随着年纪的增长，人会渐趋平淡从容，身外的一切渐渐看得淡了，人世间的荣华富贵激不起他们的追求欲望，就那么平静淡泊地度日而已。眼下春天又过去，夏天已经来临。集市道中，桥头上放着一担担莼菜，堆得很高，翠绿可掬。莼菜的叶子背面和茎条含有粘液，做成菜羹，其味清香细腻，爽滑可口。熟识莼丝香味的诗人看到莼菜，立刻联想到它们的口感。诗人又看到几家村店前放着一盘盘饱满的豆荚，也十分诱人。

沿着蜿蜒曲折的流水，诗人行走在浓密的树阴下，一阵和风吹来，莺莺燕燕的鸣声传入诗人的耳朵。满园碧草如烟，五彩的蝴蝶翩翩翻飞，娱人眼目。清晨出门时穿着夹衣刚好舒适，如今他已觉微汗沁出，于是稍立梧桐树下，取出单衣换下夹衣。这一生活细节的描写，呼应了开端的"老去人间乐事稀"的身份，只有老年人才会这么关心天气的变化，对温差如此敏感。小立梧桐树阴，聆听鸟语风声，或许这就是属于老年人难得的"乐事"吧？正因为老年人心态宁静淡泊，他们更能从平常无奇的风物中发现独特的"乐事"。其实年轻人也不妨学会放慢生活节奏，细细地聆听自然的声音！

秋怀

◉陆　游

园丁傍架摘黄瓜，
村女沿篱采碧花。
城市尚余三伏热，
秋光先到野人家。

注释

三伏：伏表示阴气受阳气所迫藏伏地下，有初伏、中伏、末伏，是一年中最炎热的日子。这里指末伏。

赏析

中国古代诗歌中，秋天总是带着淡淡的伤感走进诗人的艺术世界，两千三百年前宋玉的“悲哉秋之为气也，萧瑟兮草木摇落而变衰”，奠定了千古“悲秋”的基调。人们悲秋，主要因为秋天草木摇落，萧条肃杀，容易使人触景伤情。但也有诗人放声歌颂秋日的潇洒，人称“诗豪”的刘禹锡就说：“自古逢秋皆寂寥，我言秋日胜春朝。”陆游与刘禹锡有相似的爱好，这首诗作于开禧元年（1205）闲居山阴时，表达了他对秋天独特的感情。

秋天是收获的季节，在农村里最是喜气洋洋的时候。尤其在丰收年头，农民从田野收获果实，一年的期盼在这个季节得以实现，那种喜乐的气氛极具感染力。这首诗的一、二句就为我们渲染了这种氛围：园子里瓜果熟了，黄澄澄的，散发着清香，煞是诱人。园丁在果藤架下摘果实，姑娘们在篱笆边采摘花朵，其乐融融，好不惬意！陆游对农村生活有深切的体验，他亲身体会过春耕的艰辛和秋收的喜悦，秋天对于他的意义，自然不同于未曾躬耕田亩的士大夫。

每年夏秋之交时，城里还残留着三伏天的暑气，郊外已经不同了，秋天早把凉爽送到农民身边。与陆游同时代的辛弃疾在《鹧鸪天》中写道："城中桃李愁风雨，春在溪头荠菜花。"则是写乡村得春景之先，和陆诗有异曲同工之妙。野外植物繁多，季节转换在它们那里体现得最为明显，春暖花开，秋凉果熟，植物是四季变化的寒暑表！如果您想深切体验自然，请您移步郊外！如今城市里高楼大厦不仅挡住了阳光月光，连春光灿烂和秋高气爽也被拒之门外，城里人对季节变化的感受越来越淡漠，这是人生的一大缺憾。让我们像陆游一样，走出城市，走出书斋，投身到大自然去享受人生吧！

天

春日田园杂兴

◉ 范成大

土膏欲动雨频催，
万草千花一饷开。
舍后荒畦犹绿秀，
邻家鞭笋过墙来。

注释

杂兴：有感而发、随事吟咏的诗。
土膏：土地中的膏泽，即土地的肥力。
一饷(xiǎng)：片刻。
畦(qí)：田园中分成的小区。

赏析

《四时田园杂兴》是范成大晚年退居家乡后写的一组大型的田园诗，共六十首，描写农村春(包括晚春)、夏、秋、冬四季的景色和农民的生活，同时也反映了农民遭受剥削的困苦。风格清新明快，优美流畅，富有民歌特色，是古代田园诗的集大成者。

本诗是《春日田园杂兴》之一，描绘了一幅春意盎

然、生机勃勃的画面。肥沃的土地在春雨的润泽下，万千花朵一下子就盛开了，各种野草也茂盛起来了。农舍后头原本荒芜的菜地也增添了新的绿意，隔壁邻居家的竹根长出了新芽，从墙根下面窜到这边来了。全诗描绘了一幅春雨滋润、万物复苏的喜人景象，字里行间似乎都跳跃着春天的音符，极具感染力。“万草千花一饷开”的描写虽然夸张，但很形象。“邻家鞭笋过墙来”，不但可见春色无边，而且暗示着邻里间的和谐关系。可以想见，不只是鞭笋过墙，隔墙的果树瓜藤的枝蔓伸展到邻家的事情肯定也是常有的。老子曾说过，他最向往的是“小国寡民”的生活状态，所谓“鸡犬之声相闻，民至老死不相往来”，可这哪里比得上“鸡犬相闻，邻人互通”的亲密与和睦呢！

夏日田园杂兴

◉ 范成大

昼出耘田夜绩麻，
村庄儿女各当家。
童孙未解供耕织，
也傍桑阴学种瓜。

注释

绩(jī)麻：搓捻麻线。

供：供奉。这里指参加、从事。

赏析

本篇是《夏日田园杂兴》之一，它以朴实的语言、细致的描绘，热情地赞颂了农民紧张繁忙的劳动生活，洋溢着浓郁的乡土气息。一、二句写勤劳的农民白天下地除草，夜晚在家搓麻线，各自忙着自己的事情，没有片刻闲暇。三、四句写小孩子虽然尚未懂得耕田织布，也靠在桑阴下学着种瓜。诗中描写的儿童形象天真纯朴，令人喜爱。模仿是儿童的天性，农村孩子的游戏就是模仿大人的劳动。穷人的孩子早当家嘛！不过儿童毕竟是儿童，

虽然学着种瓜，更多地只是当成一种游戏，乐在其中，丝毫不觉沉重。全诗有概述，有特写，从不同侧面反映出乡村男女老少参加劳动的情景。男耕女织，昼夜忙碌，连儿童也在学着种瓜，虽然辛苦，却也其乐陶陶。诗中虽然没有出现老人的形象，但称农夫农妇为“儿女”，称小孩为“童孙”，分明是老农的口吻，是一位老祖父眼中的农家乐事图。这里有写实的成分，更蕴含着诗人对田园生活的美好憧憬。

范成大晚年所作的《四时田园杂兴》是真正意义上的中国古代田园诗。为什么这么说呢？田园诗的源头要追溯到《诗经》里的《豳风·七月》，它是中国最古的田园诗，叙述了农民一年到头的辛勤劳动和艰苦生活，语言朴实，描写深刻，极具现实意义。可是后来的田园诗，以陶潜、王维、储光羲等人为代表，都着力于描绘安静优美的自然风光，宁静悠闲的隐逸生活，主旨从农事艰辛转移为隐逸情趣。他们笔下的田园生活，逐步脱离了农村的实际，而是想象中不食人间烟火的隐士生活。这股风气直到范成大的《四时田园杂兴》六十首才有所转变，他使脱离现实的田园诗重新具备了泥土和汗水的气息，他鲜明地刻画出一年四季的农村劳动生活，从此田园诗又获得了真实的生命。就这一点而言，范成大是田园诗的大功臣，也是自然美的热情歌手。

明　赵左
仿大痴秋山无尽图(局部)

天

丑奴儿近

博山道中效李易安体

◉ 辛弃疾

千峰云起，骤雨一霎儿价。
更远树斜阳，风景怎生图画？
青旗卖酒，山那畔别有人家。
只消山水光中，无事过这一夏。

午醉醒时，松窗竹户，万千潇洒。
野鸟飞来，又是一般闲暇。
却怪白鸥，觑着人欲下未下。
旧盟都在，新来莫是，别有说话？

注释

博山：山名，在今江西广丰。
一霎儿价：一会儿功夫。“价”是语助词。

赏析

信州多佳山水，辛弃疾寓居信州期间，真正爱上了这里的山山水水。他还经常出游，足迹遍及附近各县，最常去的地方就是广丰县的博山。这首词就是词人往来带湖、博山的旅途中所赋。词风仿效“李易安体”，李清照作词喜欢“用浅俗之语，发清新之思”，所以这首词写得明白如话，以轻松的笔墨勾勒出博山道中的风景与感触，别具山情野趣。同时，又不乏深婉悱恻的情调与诙谐幽默的奇思妙想，表现出稼轩词的个性倾向。

上片写夏日山行所见。词人正行走在峰峦回绕的山道上，转瞬间云起雨落，不一会儿又云散雨收。被雨水冲洗过的山林苍翠如滴，远树斜阳显得更加清新，词人不由得发出赞叹：如此美景怎么将它描画？江西的山乡风光在词人眼里宛若一幅妙手天成的山水画卷。词人正在沉醉之中，眼前忽然闪出一面酒家的青旗，且去痛饮一番吧！转过山脚去就有人家了。美景醉人，村酿醉人，词人多想在此山水风光中消磨炎夏。

下片写山乡小住的生活情景：午后酒醉醒来，只见窗外松竹环绕，环境十分幽静，时有野鸟飞来，跟词人一样自在闲暇。正在气定神闲的时候，词人心境却陡起波澜：几只白鸥飞来似要落下，可是当它们瞥见词人，却又盘旋着迟疑不下。词人失落地质问白鸥："我还记得同你们有过盟约，怎么现在跟我生分了？莫不是有什么新的说法？""旧盟"就是词人以前在《水调歌头·盟鸥》词里写过的誓辞："凡我同盟鸥鸟，今日既盟之后，来往莫相猜。""盟鸥"虽是想象之辞，但词人再三说到对盟誓的担忧，可见官场遭遇在词人心灵上投下的阴影难以消除。尽管山川娱人，生活悠闲，词人却无法在异乡的明山秀水中安心享受自己的清闲时光。

词人既爱这江南美景，又无法忘怀世事，二者看似矛盾，其实又是统一的。联系辛弃疾的政治生涯来看，不仅平生抱负难以实现，又屡遭排斥，多次被人弹劾，淳熙八年(1181)的落职是南渡以来最严厉的一次打击，这使他对官场心存畏忌。退居之初，欲进不能，欲罢不忍，理想与现实的矛盾纠结在词人心头，使他的词表现出深婉悱恻的意味。这首词看似浅近如话，轻松幽默，实则用意良深、耐人寻味。

正因官场险恶，这风景如画的山村才让人更加留恋，辛弃疾在另一首博山道中所赋词里这样写道："白发苍颜吾老矣，只此地，是生涯。"尽管抗金复国的理想日趋渺茫，故乡难归，诸多忧患令他终生未得安宁，然而，在辛弃疾漂泊异乡的苦闷人生中，最能安抚其身心的还是那美丽的大自然。

天

清平乐

村居

◉ 辛弃疾

茅檐低小，溪上青青草。
醉里吴音相媚好，白发谁家翁媪？

大儿锄豆溪东，中儿正织鸡笼。
最喜小儿无赖，溪头卧剥莲蓬。

注释

吴音：本指吴地的语音，这里泛指南方的方言。

无赖：这里指顽皮。

赏析

辛弃疾本是一位“醉里挑灯看剑，梦回吹角连营”的爱国志士，他二十多岁就在被金人侵占的山东率众起义，抗击金兵，度过了一段戎马倥偬的战斗生活。及至义军失利，辛弃疾铁马渡江，投入了南宋军民的抗金斗争。可是当时的小朝廷里妥协苟安的路线占据上风，辛弃疾壮志难酬，还以“归正人”的身份而饱受猜忌，终于在四十二岁时被谗落职，从此退居信州，在带湖边上筑室定居。一个过惯了军旅生涯的战士竟成为躬耕农亩

的“稼轩居士”，他的内心该是多么的寂寞、失意！幸亏带湖位于江南，那里自然风光秀丽旖旎，乡村生活纯朴可亲，这样的环境给辛弃疾带来了温柔的抚慰。随着隐居年月的积累，辛弃疾的心灵渐渐安宁下来，他暂时停止了铁马秋风的战歌，转而吟咏起江南农村的秀丽风光和风土人情。这首《清平乐》就是写他在带湖乡村的所见所闻。

此词只用开头两句描写乡村景色：一座低矮的茅屋，坐落在长满青草的小溪旁边。随即荡开笔锋，转而叙述村中人物的活动：不知是谁家的一对老夫妇，两人都是满头白发，带着几分醉意，用吴侬软语情意绵绵地交谈着。这是多么可爱的一幅村景！青草萋萋，充满着蓬勃的生机。清溪边上的茅屋虽然低小，但是生活在屋内的老夫妇却心情愉快，他们白发苍苍，相亲相爱。整个村庄笼罩在安宁、静谧的氛围里，那里的人际关系是多么和睦，人与自然的关系又是多么的和谐！

下片转写几个年轻人的活动：老大已经成人，是家里的主要劳动力，正辛勤地在小溪东边的地里锄豆。老二年龄稍小，只能做些力所能及的轻活，所以留在家里编织鸡笼。最可爱的是那个小儿子，他活泼调皮，正无所事事地躺在溪边剥着莲蓬。这几句词平白如话，只叙述人物的动作而全无形容，却生动地写出了村庄里各色人物的不同状态。如果与上片中白发翁媪合起来看，则构成了一幅生动的农村风俗画。词中所写的人物显然属于一个家庭，他们各司其职，井然有序。老夫妇辛劳了一辈子，应该安度晚年，享些清福，所以悠闲地饮酒聊天。青年人正当盛年，理应承担家里的活计，所以正在辛勤地干活。幼小的儿童是全家呵护的对象，所以自由自在地顽皮、玩耍。多么的和睦宁静，多么的纯朴可亲！和平年代的江南农村，只要没有天灾人祸，村民的生活还是相当惬意的。难怪习惯了马背生涯的辛弃疾看到此景后满心喜悦，就用饱含爱抚的笔触描绘出这动人的乡村剪影。

那么，一心渴望着奔赴前线的辛弃疾，与这个宁静、安详的乡村景象之间，存在着和谐的关系吗？答案当然是肯定的。因为反抗侵略，正是为了保家卫国。只有制止了敌人的侵略，宁静安详的乡村生活才能免于侵略者铁蹄的蹂躏。反过来说，对和平生活的热爱，对人民安居乐业的责任心，正是像辛弃疾那样的爱国志士不惜为国捐躯的力量源泉。所以读读这首描写乡村生活的《清平乐》，有助于我们更加完整地理解爱国词人辛弃疾的精神境界。

天

西江月

夜行黄沙道中

◉ 辛弃疾

明月别枝惊鹊，清风半夜鸣蝉。
稻花香里说丰年，听取蛙声一片。

七八个星天外，两三点雨山前。
旧时茅店社林边，路转溪桥忽见。

注释

别枝：别出的树枝，斜枝。
茅店：茅草搭成的旅店。
社林：土地庙边的树林。

赏析

这是辛弃疾闲居上饶期间途经黄沙岭时写的一首词。黄沙岭在上饶县西四十里，这一带不仅风景优美，还有充足的泉水灌溉农田。辛弃疾经常来此游览，写了多首描写此地自然风光的词，其中流传最广的是这首《西江月》。

上片写夏夜在黄沙岭的所见所闻：明月升上天空，惊飞了栖息在树枝上的乌鹊。清风徐来，给夏夜带来些

许凉意，知了的叫声使山道显得更加幽静。此时此刻，夜行人的心情该是多么舒畅！更让人欣慰的是，田野里的稻花香气扑面而来，青蛙的叫声响成一片，似乎预示着又一个好年成。明月、清风、鹊、蝉、稻、蛙，这些平常的乡间景物，经过作者巧妙的组合，使山间夜色充满诗意，令人心向往之。

下片写旅途遇雨的情形。天边还有几点疏星，雨滴却已经洒向山前，眼看着就要淋雨，但是，转过溪桥，那座旧时相识的茅檐旅舍突然出现在眼前。在这山雨骤至的夜晚，茅店的出现带给夜行人意外的惊喜。丰收在望的夏夜景色令人欣喜，大雨来临时遇到茅店令人惊喜，整首词都显出喜悦之情，这在辛词中是不多见的。

词人以平淡洒脱的笔墨描摹了乡村夏夜的景象，词中景物极平凡，层次自然展开，读来亲切动人，有身临其境之感。在这首田园词中，我们不难看出，辛弃疾是怀着无比喜悦的心情来赞美江南安定幸福的农村生活的。相对于金兵铁蹄下的北方人民来说，这里简直就是世外桃源。辛弃疾终生梦想收复中原，他由衷地希望中原百姓也能过上“稻花香里说丰年”的安定生活。这就是爱国英雄辛弃疾盛情礼赞田园生活的根本原因。

清　华嵒
白云松舍图

天

鹊桥仙

己酉山行书所见

◉ 辛弃疾

松冈避暑，茅檐避雨，闲去闲来几度？
醉扶怪石看飞泉，
又却是、前回醒处。

东家娶妇，西家归女，灯火门前笑语。
酿成千顷稻花香，
夜夜费、一天风露。

注释　**归女**：嫁女。

赏析　这首词作于宋淳熙十六年（1189）闲居上饶带湖期间。辛弃疾从淳熙八年（1181）冬天被弹劾落职后就移居这里，一住就是七八年。他真正爱上了这一带的山山水水与风土人情，非常欣赏这里安宁幸福的农村生活。但是，时间的流逝也让这位壮志未酬的爱国英雄焦灼不安，忧国之思与田园之趣经常交织在一起，这首《鹊桥仙》就是如此。

上片写词人的闲居生活。他有时到附近的松冈上避暑，有时在茅檐下避雨，记不清来去有多少次了。这种溪

山栖隐的生活对文人们来说不乏闲情逸趣,令人心向往之。但是,长期闲居对于辛弃疾来说则别有一番滋味,因为他不仅仅是文人,还是一位驰骋沙场的战士。中原故土尚未收复,他乡的山水再美也无法平息英雄的失意,年已五十的辛弃疾只能将一腔酸楚诉诸于词:"老去浑身无着处,天教只住山林。"何以解忧?惟有杜康。于是,在通往山间的那条熟悉的路上,词人醉意朦胧地扶着那块嶙峋怪石站住,看飞泉溅落如万斛琼珠,顿觉神清气爽,蓦然想起这里正是前回酒醒之处。

江南的一泉一石都给词人带来些许安慰,农村纯朴的风土人情也带给他不少欢乐。下片描绘了农村欢乐的生活场景:东家娶媳妇,西家嫁女儿,两家门前灯火通明,亲友云集,一片欢声笑语。词人为这些农民们感到由衷地高兴,更何况阵阵稻花香又预示着一个好收成,真要感谢风露对稻谷的滋润,只有风调雨顺才会五谷丰登啊!儿女婚嫁与庄稼收成都是农民们生活中的大事,词人也感同身受,沉浸在淳朴的风俗之中了。

词的上片颇有几分寂寞清冷,下片却热闹欢快,形成了强烈的对比。农民们的欢乐冲淡了作者的忧伤,他真诚地为农民们的安定生活感到欣慰,这正是一位爱自然、爱祖国的英雄博大的情怀。

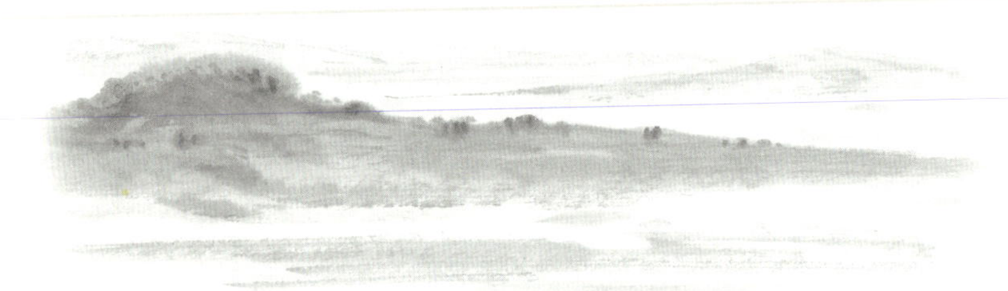

天

乡村四月

◉翁　卷

绿遍山原白满川，
子规声里雨如烟。
乡村四月闲人少，
才了蚕桑又插田。

注释

子规：布谷鸟，也称杜鹃鸟。

赏析

这是一首描写江南四月农村风光的小诗，颇有清新淡远的意趣。一、二句以白描手法推出一系列景物：山原绿遍、河流水满、布谷声声、细雨如烟。眼界开阔而笔法细腻，色彩鲜明而意境朦胧，静动结合而有声有色。在这四月的梅雨季节里，乡村里可没什么闲人，老老少少都很忙碌，才采好了养蚕的桑叶，又冒着雨赶往田间去插秧了。三、四句在画面上主要突出在水田插秧的农民形象，从而衬托出“乡村四月”劳动的紧张、繁忙，并与前两句的写景前呼后应，交织成一幅栩栩如生的图画。江南

初夏的繁忙农事主要是采桑养蚕和种植水稻，这可是关系到衣食的两件大事，所以"才了蚕桑又插田"一句就勾画出乡村四月农家的忙碌气氛。至于不正面直说人们太忙，却说闲人很少，那是故意说得委婉一些，舒缓一些，在一片繁忙中保持一种从容的气度，这与前两句景物描写的朦胧色调是和谐统一的。

此诗纯用白描，有声有色，读之如身临其境。亲爱的读者朋友，如果有机会，请您在春雨时节到江南去亲身体验一下，便可知道此诗营造意境之巧夺天工，它犹如一幅清新淡远的水墨山水，韵味无穷。

天

约客

◉ 赵师秀

黄梅时节家家雨，
青草池塘处处蛙。
有约不来过夜半，
闲敲棋子落灯花。

注释

黄梅时节：农历四、五月间，江南梅子黄熟的一段时期，天气多雨。

落灯花：旧时以油灯照明，灯芯烧残，落下来时好像一朵闪亮的小花。

赏析

《约客》是赵师秀最为后人推崇的一首诗，曾有多种选本收录。这首诗描绘了一个阴雨绵绵的梅雨夜晚，诗人约客来访，而时过夜半，客尚未至，诗人闲敲棋子，静静等候的情形。这是一首清新隽永、耐人寻味的精妙小诗。前两句对仗工整，意象组合优美，构成了独具韵味的江南夏夜之景。黄梅时节，绵绵不断的细雨笼罩着千家

万户;青草池塘,此起彼伏的蛙声与雨声相映成趣。“家家雨”既描绘出夏季梅雨的无所不在与急骤密集,又暗示了客人不能如期赴约的客观原因,流露出诗人对这种阴雨天气的无奈。“处处蛙”既是写蛙声阵阵,又采用以声衬静的手法烘托出乡村夜晚的寂静氛围,同时还折射出诗人落寞孤寂的心境。这两句诗对江南水乡梅雨之夜的描写也为下文作衬托,渲染了寂寞怅惘的气氛。第三句点题,诗人约了客人,夜已深而客仍未至。诗人耐心而又有几分焦急地等着,本来期待的是客人的叩门声,但听到的却只是一阵阵的雨声和蛙声。此时诗人的心情如何呢?他似乎并没有什么焦躁和烦闷的情绪,而只有一种闲逸、散淡和恬然自适的心境。也许他曾有一会儿焦躁,但现在,诗人被眼前之景感染了:连绵的夜雨、鼓噪的蛙鸣、闪烁的灯火、清脆的棋声……这是一幅既热闹又冷清、既凝重又飘逸的画面。也许诗人已经忘了他是在等候友人,而完全沉浸到静谧的意境之中。应该感谢友人的失约,让诗人享受到一个独处的不眠之夜。

现代人的心境已经离闲适很远了。青草池塘的景色只在电视上偶尔惊鸿一瞥,连雨声都被淹没在喧闹的车声中了。在今天的人看来,时间就是金钱,别说“有约不来过夜半”,就是多等了几分钟,也会焦躁不安。大家都在名利的欲望中蹉跎岁月,无暇静下心来享受短暂生命中的悠闲和诗意。诗人赵师秀将半夜候客写成一个优美的生活插曲,诗人在时间的徐徐铺展中享受雨夜独坐的乐趣。这种妙处,非忙碌的现代人所能领略。亲爱的读者朋友,请暂缓匆匆的脚步,回归大自然的怀抱,呼吸一口清新的空气,享受一下悠闲的乐趣吧!

天

过湖北山家

◉ 施闰章

路回临石岸，树老出墙根。
野水合诸涧，桃花成一村。
呼鸡过篱栅，行酒尽儿孙。
老矣吾将隐，前峰恰对门。

注释 栅(zhà)：栅栏。

赏析 清康熙六年(1667)秋，诗人被朝廷裁缺。次年春，诗人返回故乡，享受赋闲之乐。此诗通过路经湖北山家的所见所闻，抒发了归隐的喜悦之情。起笔悠然自得，诗人坐船顺水而行，几经转折看到一石岸，便舍舟登岸，信步前往，只见老树斜柯，绿阴罩屋，环境古朴幽静。接着写诗人进村，纵目顾盼，只见山水在溪涧里奔流，整个山村掩映在桃花林中，桃花盛开，云蒸霞蔚，好一幅世外桃源般的乡间景象。诗人悠闲自得的心境与宁静幽美的乡村景色相得益彰。五、六句描写了一幕安宁怡悦的农村日

常生活景象，却深深地吸引了久在仕途奔波的诗人。农妇在呼鸡归舍，儿孙在向老人敬酒，似乎空气中都洋溢着幸福宁静的气氛。生活幸福，民风淳朴，这一切都深深地打动了诗人。诗人离开了烦嚣和尘俗的官场，摆脱了相互倾轧的人际关系，在远离红尘的偏僻山村里，看到了如此优美宁静的乡村风光和幸福淳朴的山民生活，顿觉心情舒畅，更坚定了自己归隐的志趣和决心。一股深切的归隐之情，浓浓地笼罩在诗人的心头。最后两句说山家的门正对着山峰，正是避世隐居的好去处。全诗到此戛然而止。全诗紧扣一个“过”字，采用移步换景、由远到近、由景入情的写法，写的是眼前景，用的是口头语，风格恬淡，感情醇厚，是一篇微型的诗体《桃花源记》。

一直以来，厌弃污浊官场和向往隐居生活的主题在历代文人的诗歌作品中屡见不鲜，优美的自然景色，宁静的乡村生活，淳朴的民风民俗，的确可以净化我们的心灵，抚平焦躁的情绪。尤其是生活在喧嚣热闹的水泥森林里的现代人，远离繁华都市，亲近宁静乡村，确实可以让我们的心灵得到休息和放松。更重要的是，放下孜孜追逐名利的欲望，保持内心的平静与淡泊，这样，无论你身在何处，你的心永远都在美丽的桃花源里。

天

鸳鸯湖棹歌

◉ 朱彝尊

樯燕樯乌绕楫师，
树头树底挽船丝。
村边处处围桑叶，
水上家家养鸭儿。

注释

鸳鸯湖：即今嘉兴南湖。
棹（zhào）：船桨。

赏析

这首诗是朱彝尊所写的《鸳鸯湖棹歌》一百首之八。本诗描绘了一幅夏日的水乡景象：小小的木船飘荡在鸳鸯湖上，清澈的湖水缓缓流淌着，微微的清风拂面而来，一只只紫燕和乌鹊轻盈地飞舞着，时而飞到桅杆上，时而停在树梢间，它们丝毫不惧怕这里淳朴的船民，而是如熟识的老朋友一般，在他们周围飞来飞去，叽叽喳喳地叫着。在这美丽的湖光山色映衬之下，一切都显得那么和谐，那么自然。夕阳西下，湖面波光粼粼，“村边处处

围桑叶，水上家家养鸭儿”，一股清新而浓郁的乡村风味和泥土气息扑面而来，我们仿佛看到了日出而作、日落而息的生活场景。一片片的桑麻、一群群的水鸭，无不展示着湖畔村民们淳朴而丰足的生活。这不正是一个令人向往的世外桃源吗？全诗纯为景语，紫燕、乌鹊、小舟、桑麻、渔人、水鸭，构成了一幅宁静和谐的水乡画卷，在这纯朴亲切的流动性画境中，我们和诗人一起感受到浓浓的眷恋和欢欣。

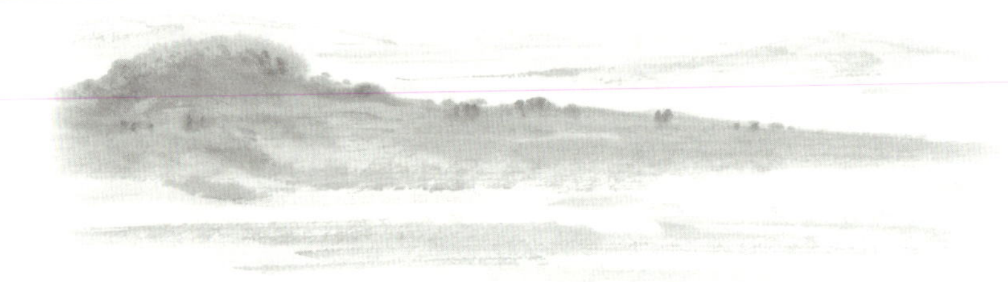

清　王翚
渔村晚渡图

天

真州绝句

◉ 王士禛

江干多是钓人居，

柳陌菱塘一带疏。

好是日斜风定后，

半江红树卖鲈鱼。

【注释】 **江干**：江边，水涯。

【赏析】 王士禛用七言绝句的形式创作，七绝是最能代表其风格的一种诗体。《真州绝句》五首是一组描写真州景物的小诗，用事、写景都很工致，音节也自然流利，颇具“神韵”。该诗作于清康熙元年(1662)，作者时任扬州推官。真州，即今江苏仪征，位于长江北岸，扬州西南，是扬州通往金陵的交通要道，城南沿江一带，过往船只常停泊于此，风景优美。本诗是其中的第四首，也是诗人最为脍炙人口的名作。

这首诗描写江边上的景物和渔家的生活，笔调清

淡，明丽如画。一、二句以轻松、清新之笔，描绘了江岸渔家周围的景象。渔民于长江边逐水而居，岸上稀疏的房屋掩映在柳陌菱塘之间。三、四句写黄昏时分，在晚霞的映照下，江岸上充满了宁静和谐的气氛。昼风已静，夕阳照在江边树上，晚霞染红了半个江面。渔民们泊船上岸，提着一天辛苦打来的鲈鱼，散落在江树下叫卖。这幅画面是上半部分的继续，从静态转入了动态，全诗像一幅清新的水彩画，表现了真州渔人在环境幽美的江边的生活，令人流连忘返。诗人描写的生活的确是朴素平凡的，但由于将它们放在美丽的自然环境中，便有一种田园牧歌式的情调。诗中的景物只是见其大体，作者仅仅是从眼前的景象中择取了几种色调一致的景物，营造出一种恬淡、温馨的意境，便使人回味无穷。这首诗诗材得于直寻，色彩明快清丽，非常适合封建士大夫欣赏和追求的口味，江淮文人常喜欢把后两句的意境绘入图画。

王士禛酷好山水，每到一处，必要遍游当地名胜，江南的山山水水也最大限度地进入了渔洋的诗中。爱好山水是渔洋天性的一种流露，所以他能捕捉到随处可见的日常生活中最美的瞬间。此诗便是如此，它景中含情，诗中有画，诗中所含的韵味是任何丹青妙手都画不出来的。

天

即事

◉ 宋荦

雨过山光翠且重，
一轮新月挂长松。
吏人散尽家童睡，
坐听寒溪古寺钟。

注释

即事:以当前事物为题材。

重(chóng):重叠、浓厚。

赏析

宋荦一生仕途亨通，早在十四岁已应诏以大臣子列侍卫，后官至吏部尚书，加太子少师。虽为官宦之身，诗人骨子里毕竟热爱自然，拥抱自然，他写过《即事》六首，抒发自己回归大自然的意愿。这首诗是其中的第五首。

首句写一场新雨过后，群山万壑得到洗刷。山色不仅显得青翠，而且格外浓郁。宋荦生平瓣香苏东坡，相传在弱冠时，尝绘苏东坡像，自己则侍立其侧。那么，"雨过

山光翠且重”一句，不觉让人联想到苏轼的“水光潋滟晴方好，山色空蒙雨亦奇”。只不过宋荦此诗写的不是雨时的山色，而是雨后的山光。一场新雨，把层层的阴霾一洗而尽，山光重现自身的苍翠，青山以外的一切事物也变得格外清新。诗人的视线由山光转到月亮和长松。“一轮新月挂长松”指雨后的新月显得更加清新，呼应首句的“雨后”二字。松梢新月，这是何等清幽的景色？可惜如此良辰美景，竟无人欣赏，吏人已各自归去，家童也呼呼酣睡。只有诗人独自静坐，细听那潺潺的溪流之声，还有远处古寺传来的悠扬钟声。从“吏人散尽”句可以看出，诗人是在忙完一天公事后才有空暇独坐听钟的。大自然无私的怀抱本来向所有的人敞开着，但是只有热爱自然的人才懂得欣赏它、享受它。我们可不要等闲放过了眼前的秋月春风！

天

自湘东驿遵陆至芦溪

◉ 查慎行

黄花古渡接芦溪，行过萍乡路渐低。
吠犬鸣鸡村远近，乳鹅新鸭岸东西。
丝缫细雨沾衣湿，刀剪良苗出水齐。
犹与湖南风土近，春深无处不耕犁。

注释

湘东驿:在江西萍乡西南。
遵陆:沿着陆路走。
芦溪:地名。在萍乡东。
缫(sāo):把蚕茧浸在滚水里抽丝。

赏析

清康熙五十七年(1718)的一个春日，黄花古渡口，一叶小舟驶过渡口，维舟靠岸。白发苍苍的老诗人查慎行走出船舱，在古码头上稍事休息。他举目四望，但见细雨如丝，良苗出水。远远近近的村庄，传来阵阵鸡犬之声。一群群嫩黄色的雏鹅幼鸭，散满了河流两岸。好一派江南水乡的田园美景！老诗人下船后改走陆路，一路游

山玩水，饱览美景，于是作诗一首，因其富有生活气息而成为名作。

一、二句点题，作者用轻松洗练的笔触，刻画了一路欣赏风景的乐趣，把读者带入诗中。作者沿途听到的是鸡鸣狗吠，看到的是幼鹅稚鸭，耳目所及，都是乡村的常见之物，这便让读者感受到一派祥和宁静、清新朴素的生活气息。三、四句写动物，五、六句写天气和植物。雨细如丝，清凉、舒适；稻苗出水，鲜亮、悦目。一切都是生机盎然的，令人神往。全诗前三联均是写景，后面两句才作出结论，指出此处的风俗、气候与湖南相近，深春时刻，到处都在耕地。湘赣两地接壤，风土人情宛然相似。诗人以满腔的喜悦着力描绘这片广阔富饶的土地和勤劳纯朴的劳动人民，此情此景，已让年老的诗人全然忘记行旅的辛苦了。

全诗以白描的手法写沿途所见，湘赣一带的乡村春景被诗人描画得惟妙惟肖，读之仿佛身临其境。质朴自然与提炼之工浑然一体，活画出乡间风光的神韵，也体现了诗人“意无勿申，辞无不达”的艺术特色。更重要的是，这首诗不仅赞美了农村宁静质朴的自然风光，更关注农民的春种春播，这就更加贴近农村生活，更加贴近农民的感情，比一般描绘田园隐逸的作品具有更深厚的内涵和更质朴的意味。

天

夜　雪

◉ 张实居

斗室香添小篆烟，
一灯静对似枯禅。
忽惊夜半寒侵骨，
流水无声山皓然。

小篆(zhuàn)：一种字体，也叫“秦篆”，形体偏长，匀圆齐整，这里指盘成篆字形状的香。

枯禅：指枯坐参禅。

赏析

本诗是一首即兴偶成之作，生动逼真地表现了夜雪的神韵和诗人在雪夜的感受。古人常将夜雪视作享受孤独的一种特定氛围。在户外风雪交加之时，暖室独坐，别有一番趣味。诗人也在雪夜中大发诗兴，吟出此诗。

在一间温暖的小书房里，弥散着袅袅的香烟。尽管夜深了，诗人还未休息，而是对着一盏孤灯静坐，似乎正在修禅。四周很安静，他神情专注，心无旁骛，完全沉浸

在自己的世界里，忘记了身边的一切，达到了物我两忘的境界。夜雪是悄悄来临的，等到专注的诗人实在受不了寒冷而惊醒过来时，门前的溪水已经被冻住了，对面的山峰也被雪覆盖了，白得耀眼。“忽惊”二字用得好，可见夜雪之悄然飘洒与诗人之凝神静虑，等到感觉到寒冷时，已经是侵骨之寒了。“无声”二字也用得巧，不仅暗示了溪水的冰冻断流，也十分契合悄然无声的夜雪和万籁俱寂的雪夜氛围。

此诗表现出作者敏锐的感受力和精确的表达能力，以及灵活驾驭语言的高超技艺。全诗注重侧面描写，分别从人的触觉、听觉和视觉的角度来写，抓住了夜雪给人的独特感受，也写出了诗人的孤寂无眠。然而在这份孤寂中，又可以细细品味出一丝恬淡悠适之情。在高效率快节奏的现代社会里，传统的生活方式都被摒弃，谁还会在深夜里倾听雪落的声音？谁还会去静静的享受孤独，品味寂寞？亲爱的读者朋友，当您受到攘攘红尘的百般困扰时，当您被生活的重担压得喘不过气来时，不妨放慢脚步，停下来欣赏一下身边被忽略的风景，或许能找回迷失的自我。大自然永远是我们最好的导师！

明　李在
山村图

天

村舍

◉ 赵执信

乱峰重叠水横斜，
村舍依稀在若耶。
垂老渐能分菽麦，
全家合得住烟霞。
催风笋做低头竹，
倾日葵开卫足花。
雨玩山姿晴对月，
莫辞闲淡送生涯。

注释

菽：豆。

卫足花：《左传·成公十七年》载孔子曰："鲍庄子之知不如葵，葵犹能卫其足。"意指葵能倾花向日，以荫其根。后人因称葵花为"卫足花"。

赏析

赵执信《村舍》一诗，主要描写村舍的自然风貌，并且抒发自己对村舍的闲散生活的陶醉之情。

首联写村舍的自然环境。乱山重叠，流水横斜，就在这山重水复的幽美环境里，依稀可见的村舍出现在著名的若耶溪边。

颔联写自己举家移居村舍的情形。诗人自幼读书，

未曾亲事耕耘，颇似《论语》中所说的“四体不勤，五谷不分”之人。如今以垂老之年移居乡村，稍近农桑，渐渐地能分清菽麦，意谓已渐具老农的资格。这样，全家老小都可以在乡村生活了。“烟霞”二字，把村舍所在之处描绘得如同缥缈的仙境，充分表达了诗人对自然的热爱。

颈联从细处着眼，进一步描写村舍景色之美。乡村里植物繁茂，诗人从中精心选择了竹子和葵花进行描绘：春笋生长迅速，倾刻之间便成为高耸的竹子。清风吹来，竹梢便一齐低头。葵花盛开，趋阳的本性使它枝叶伸展朝向日光，仿佛在荫蔽其根部。这样的描写不但使原来静止的植物有了动态之美，而且赋予它们情感与意志，充分展示了人与自然之间心心相印的亲密关系。

前三联所写的自然景色，说明大自然无论从什么角度来看都是美好的。诗人进而指出：雨天我们可以玩赏山姿，晴天可以悠闲地与月色相对。虽然与城市相比，乡村生活未免过于闲散平淡，但由于有如此美好的自然环境，诗人也就不惜在闲淡中度过余生了。这既是诗人的自勉，更是诗人对读者的召唤：希望我们与诗人一样，到乡村中去享受闲淡的美好生活。本诗曲终奏雅，到结句才揭示主旨：回归自然！

天

满江红

思家

◉ 郑　燮

我梦扬州,便想到扬州梦我。
第一是隋堤绿柳,不堪烟锁。
潮打三更瓜步月,雨荒十里红桥火。
更红鲜冷淡不成圆,樱桃颗。

何日向,江村躲;何日上,江楼卧。
有诗人某某,酒人个个。
花径不无新点缀,沙鸥颇有闲功课。
将白头供作折腰人,将毋左。

注释

隋堤:隋代所开凿的运河河堤。

瓜步:山名,位于江苏六合县东南,南临长江。

红桥:桥名,在扬州,明末所建。

左:不当。

赏析

郑燮的故乡在江苏兴化,靠近扬州,词人出仕前曾多次游览扬州,烟花三月的扬州美景给他留下了深刻的印象。在其潜意识中扬州已成为朝思暮想的故乡。及至出仕山东,地方偏僻,宦情冷落,便格外思念扬州的秀丽风光。大约在郑燮辞职南归的前夕,词人写下这首《满江红》,流露对扬州的强烈思念。

词以“我梦扬州，便想到扬州梦我”起首，颇为别致。梦是人类潜意识的表现。词人思乡心切，才会连做梦也梦到故乡扬州。词人更写扬州梦到自己，彼此思念对方。早在《诗经·魏风·陟岵》就有这种构思方式：“陟彼岵兮，瞻望父兮，父曰：‘嗟！予子行役……’”郑燮也用了这种手法，但不同的是：《陟岵》中遥想的对象是人，而郑燮遥想的则是一个地方，词人把扬州拟人化了。这表明词人与故乡之间有一种异乎寻常的亲密关系，以至于把扬州视为一个有感情、会做梦的故人。思乡之情，溢于言表。

词人接着具体地写自己思念扬州的一事一物：隋堤杨柳青青，隐现在烟雾之中。月光下的潮水拍打着瓜步山的山根，汹涌澎湃，訇然作响。十里红桥，本是扬州的繁华之地，但在连绵不绝的春雨中，竟也灯火阑珊。更不用说桥边尚未饱满的樱桃，零零星星地点缀在雨幕中，更觉冷淡凄凉。读者也许会感到奇怪：为什么词人竟梦到了一些冷落凄清之景？其实这正表明词人对扬州的思念是全方位的，烟花三月也好，冷雨潇潇也好，都已成为他心中最亲切的记忆。

下片虚拟自己回归扬州后的生活状况。词人想象自己在扬州过着一种潇洒悠闲的生活：有的时候不想见客，就躲在江村里隐姓埋名，或走进江楼曲肱高卧。有的时候愿意见客，就可召来不少酒朋诗侣。花径上不断长出新的花草，江边上飞翔着悠闲的白鸥。于是词人大声地诘问自己：我已是白发苍苍，却还在县衙里对着上级折腰行礼，这岂不是太不应该了！

郑燮此词题作“思家”，既抒发了浓烈的思乡情绪，更表达了回归自然的强烈愿望，因为扬州之美正在于其幽美的自然环境。人们有时久别故乡，尽管在外地住了很久，仍然不会觉得那是自己的家乡，仍然会挂念故乡的一切。如果故乡拥有美好的自然景色，自己更会梦魂萦绕。亲爱的朋友，如果您有这种生活经验，相信必定能深切地感受郑燮《满江红》中的思乡情结！

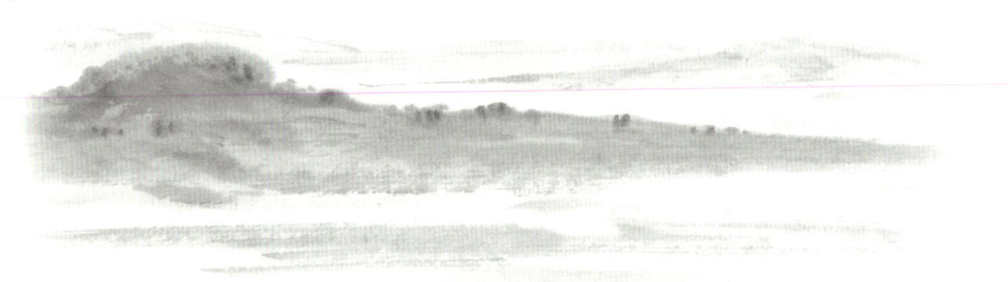

明　沈周
秋林小集图(局部)

天

夜过借园见主人坐月下吹笛

◉袁　枚

秋夜访秋士，先闻水上音。
半天凉月色，一笛洒人心。
响遏碧云近，香传红藕深。
相逢清露下，流影湿衣襟。

注释

借园：清代著名画家李方膺在金陵的寓所，李自号“借园主人”。

赏析

清乾隆二十年（1755），一个月明风清的秋夜，袁枚前往借园访问好友李方膺，适逢友人在月下吹笛，不由得诗兴大发，遂赋此诗。袁枚本是追求性灵、钟爱自然的名士，在此良辰美景中遇见知心朋友，而友人又正表现出潇洒绝俗的举止，于是意与境适，情与景融，构成一个诗意盎然的意境。“秋士”一词，把表示自然的“秋”与表示借园主人身份的“士”相结合，已具有人与自然融合的意味。“先闻水上音”一句，运用侧面烘托的手法，写自己

未见其人，先闻其声，一个悠闲自在的高士形象跃然纸上。

“酒人”意即好酒之人或醉酒之人，但从悠扬的笛声中何以能听出吹奏者的身份来？当然我们可以理解成诗人原来就与借园主人相知甚深，但也未尝不可将“酒”看作双关语，即清脆悠扬的笛声使人陶醉，故而体会到吹笛者借酒遁世的出尘之想。是啊，碧天凉月，正是一个远离红尘的自然境界！

笛声高亢，天上的碧云都停止了流动。荷香馥郁，从田田的莲叶深处飘浮出来。如此人间仙境，使诗人身心俱悦，于是他走进园去与主人相晤。两人执手相语，清辉如雾，沾湿衣襟。全诗至此戛然而止，不再絮絮叙述主客间说了些什么话语。因为在如此美丽的自然环境中，一切语言都是苍白无力的，也是没有必要的。“天地有大美而不言”，只要我们全身心地投身于自然的怀抱，就一定能享受到难以言传的愉悦！

明　沈周
青园图

小园

◉ 黎　简

水影动深树，山光窥短墙。
秋村黄叶清，一半入斜阳。
幽竹如人静，寒花为我芳。
小园宜小立，新月似新霜。

注释

小立：静立片刻。

赏析

黎简一生未仕，宁愿以作书画、授蒙童为生，清贫自守，这种品格和风骨在本诗中表现得淋漓尽致。首联以拟人化的笔触，将水中树影和短墙夕阳之景表现得极富特色。小园中池水澄清，树木倒映其中，本是静止的，傍晚微风乍起，水中树影也随风婆娑荡漾。从水中倒影能看出树林茂密的深浅层次，可见水之深清。第二句不说小园里的人越过短墙能看见墙外山光，却说“山光窥短墙”，好像那山光探头进入短墙，在窥视这小园中的景物，突出了小园景物之富于魅力。此句用了拟人手法，与

王安石的名句“两山排闼送青来”有异曲同工之妙。颔联描绘了秋树黄叶与夕阳落照，构成一幅色彩斑斓的秋景图。此联写的虽是园外村景，却使站在园内的诗人入目成趣。颈联由物及人，幽竹、寒花虽是实景，却渗透着诗人的主观品格，因为它们都是孤傲贞洁的意象，含有几许孤芳自赏的情怀。幽竹亭亭静立，秋菊凌霜傲放，显示出诗人的劲节高风和玉洁冰清。尾联以月出作结，新月如霜的凄清之景，烘托出诗人为小园所陶醉，久久不愿离去的孤洁情怀。诗人小立于这幽竹、寒花、新月之中，他高尚的节操、澄明的胸怀，与周围景物浑融一体，一个孤傲高洁的形象跃然纸上。

这首诗代表了黎简诗风清秀雅丽的一面，也是一首典型的借景抒情的咏怀诗。在此诗中，景语即情语，诗人与周围的景物合二为一，融为一体。写景即是在写人，咏物即是在咏志，妙哉！

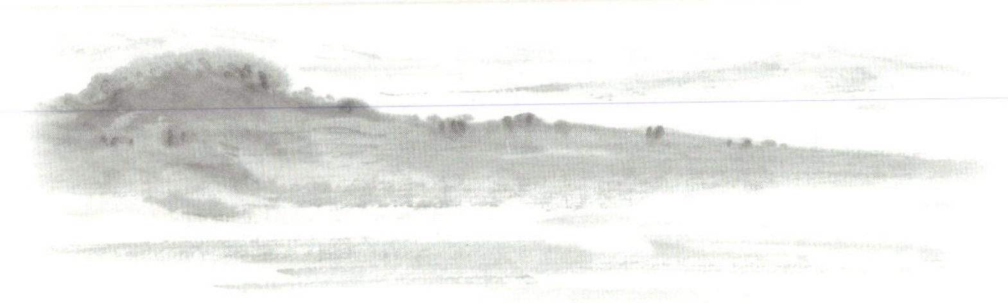

天

吴兴杂诗

◉ 阮　元

交流四水抱城斜，
散作千溪遍万家。
深处种菱浅种稻，
不深不浅种荷花。

注释　**四水**：湖州市有东苕溪、西苕溪等四条主要河流。

赏析　在江南水乡，地处太湖南面的吴兴是最美丽的城市之一，也是著名的米粮之仓。此诗描写了吴兴特有的水乡风光。横纵的河流围绕着整座城市，又散成许多条小溪，流淌到每家每户的门口。作者采用诗家惯常的拟人手法，仿佛是先有了居民点的散布，而后河流为了亲近千村万户，便从吴兴城外的四水开始，逐步分散为千溪万涧，流经千家万户的门前。前两句描绘的水乡风光，很自然使人联想到这有利于农业生产。三、四句就接着写水乡的农作物及其特点：如果水深，人们就种菱角；如果

水浅,人们就种水稻;如果不深不浅,人们就种藕,还会有荷花盛开,平添一份美丽。试想象一下:待到夏秋之交,绿的菱叶、黄的稻穗、红的荷花交相辉映,那是一幅何等动人的美景!这幅富庶美丽的景象不仅深深地吸引了诗人,也打动了千万读者的心。真不愧是鱼米之乡、人间天堂啊!从语言风格上看,这两句也极有趣味。上句是一"深"一"浅",相反相成,相映成趣;下句又写出一个"不深不浅"来,似乎给上句来了个折中,达到了绝妙的平衡,一唱三叹,吟咏不尽。

这首田园之作极具民歌风味,用语天真自然,风格清新活泼,没有半点雕琢痕迹。想不到学富五车、著作等身的阮老先生还有这等情致!由此可见,优美的自然风光、纯朴的田园景致,可以洗涤净化我们的心灵,让我们找回迷失已久的自我。让我们怀着真诚的赤子之心,回归自然吧!

第三辑 乐山乐水

早在草莱初辟的远古时代，中华民族就对人与自然的关系有了朴素的理解和热切的关注。我们的先民并不消极地等待自然的恩赐，他们不但努力向大自然索取生活资源,有时甚至尝试着改造自然,女娲补天、大禹治水的神话传说,至少表明了先民们的强烈愿望。但是更加重要的是,中华的先民对自然的主要态度是敬畏和热爱,他们认为人类应该与自然保持和谐亲密的关系。从天上的日月风云,到地下的山岭江河,在先民们心中都是可敬可爱的自然物。由于中国诗歌的开山纲领就是“诗言志”(《尚书·尧典》),所以中华先民对自然的热爱从一开始就渗透在各类诗歌作品中,并发展成源远流长的优秀传统。记载于甲骨卜辞的古代谣谚就与自然密切相关:“癸卯卜,今日雨。其自西来雨？其自东来雨？其自北来雨？其自南来雨？”(《卜辞通纂》)在一部《诗经》中,描写自然景物的名章迥句触处可见:“山有扶苏,隰有荷华。”(《郑风·山有扶苏》)“节彼南山,维石岩岩。”(《小雅·节南山》)更多的篇章则揭示了人与自然的密切关系,所谓的“比兴”手法,其实质正是把人与自然进行类比,从而得到某种感发或启迪,例如:“昔我往矣,杨柳依依。今我来思,雨雪霏霏。”(《小雅·采薇》)“如江如汉,如山之苞。如川之流,绵绵翼翼。”(《大雅·常武》)一部《楚辞》,更是充满了人格化的自然形象，反映了诗人对自然的无比依恋，比如“青云衣兮白霓裳,举长矢兮射天狼”(《九歌·东君》),虽是对太阳神的歌颂,但又何尝不是源于从自然中汲取的神奇力量？又如“帝子降兮北渚,目眇眇兮愁予。袅袅兮秋风,洞庭波兮木叶下”(《九歌·湘夫人》),在这种情景交融的优美意境中,人与自然的关系已达到了密不可分的程度。孔子说:“知者乐水,仁者乐山。”(《论语·雍也》)本辑所选的歌颂山水的作品,就是对这条格言的诗意阐释。

观沧海

◉ 曹　操

东临碣石，以观沧海。
水何澹澹，山岛竦峙。
树木丛生，百草丰茂。
秋风萧瑟，洪波涌起。
日月之行，若出其中。
星汉灿烂，若出其里。
幸甚至哉，歌以咏志。

注释

碣石：山名，原址在今河北省乐亭县的滦河入海口，后沉入渤海中。一说指今河北省昌黎县西北的碣石山。

澹澹（dàn）：水波动荡不定的样子。

竦峙（sǒng zhì）：高高耸立。

洪波：巨大的波涛。

赏析

本诗原题《步出夏门行》，属于乐府古题。原诗共有四解（章），这是第一解。四解都可以独立成章，彼此间也没有紧密的联系，故径以《观沧海》称之。东汉建安十二年（207）夏季，曹操为了彻底扫除袁绍的残余势力，率师北征乌桓。乌桓原是居住在辽西一带的游牧民族，经常

侵扰东汉的边境。袁绍被曹操攻破之后，其二子袁熙、袁尚逃到乌桓，勾结乌桓贵族多次入塞骚扰，成为东汉的心腹大患，也成为曹操统一大业的严重障碍。当年八月，曹军在白狼山大破乌桓，从此巩固了北方边境。九月，曹操率师回朝途经碣石，登山观海，感而赋诗。

碣石山虽然不是很高，但是它雄峙海边，形势险要。据史书记载，秦始皇、汉武帝都曾登临此山，秦始皇还曾在此刻石纪功，所以它又是一座蕴含着丰富的历史意义的名山。秦皇、汉武都是叱咤风云的一代英主，当踌躇满志的曹操率领大军途经此山时，登高望海，意气风发，心中该有多少慷慨激昂的情怀需要抒发！但是曹操偏偏把他亲率大军北征乌桓的艰苦过程和赫赫军功一概略去，只用"东临碣石，以观沧海"两句点明登山观海之由，下文随即转入对大海奇观的描写。从艺术手法来看，这种写法入手擒题，开门见山；从诗歌旨意来看，这表明了诗人对自然的敬畏。因为无论是多么伟大的人物，一旦置身于宏伟的大自然，都会相形见绌，显得微不足道。曹操虽是胸怀大志的一代英雄，此刻又率大军攻破强敌而顾盼自雄，然而这种英豪气概一遇到横无际涯的苍茫大海，便顿时收敛得无影无踪，因为大海实在是太伟大了！

接下来的十句都是对大海的具体描写。诗人首先注意到海面上起伏不定的波浪，曹操一向生活在中原，以前所见的水面无非是寻常的江河湖泊，几曾见过大海这样无边无际的宽阔水面，几曾见过如此汹涌澎湃的海浪！于是他赞叹说："水何澹澹！""澹"字的本义便是水波起伏荡漾，重叠成"澹澹"，更强调了这层意思。诗人又注意到海里的岛屿，它们耸立在海中，显得格外的突兀高峻。岛上草木丰茂，在秋风中摇曳生姿，显得生机勃勃。然而诗人无暇细观草木，他的目光又转向了海面。在萧瑟的秋风中，巨大的波浪滔天而起，既显示了秋季的壮观，更显示了自然的伟力！于是，从宋玉以来的那种"悲秋"的伤感情调，便被曹操一扫而空，代之以雄壮慷慨的满怀豪情。诗人怀着这样的豪壮情怀再来观海，他的目光便脱离了局部的海浪，转而观察整体的大海，并进而思考大海与宇宙的关系。大海辽阔无边，直接天际，于是诗人仿佛觉得，在大海面前，日月星辰都显得微不足道了。太阳和月亮在天空中东西运行，焉知它们不是从大海里升上来的？横亘天宇的灿烂银河，焉知它不是从大海里产生的？古人说过"观海无言"的名言，因为大

海太伟大了，任何言词都不足以描摹它的宽广，任何比拟都不能与它相称。曹操用日月星辰皆出其中来形容大海的广阔无际，真是神来之笔，后代诗人的咏海作品无出其右。横槊赋诗的英雄气概毕竟不是一般诗人所能具备的！

《观沧海》这首诗不但是山水主题的名篇，也是揭示人与自然关系的杰作。大海是自然界中最宏伟的一个景观，也是我们这个蓝色星球上面积最大的一种地貌。在大海面前，连日月星辰都会显得渺小，更不用说人了。然而，《观沧海》不但生动地展现了大海的壮丽景象，而且充沛地展示了诗人在大海面前的宽广胸怀。那汹涌澎湃永不停息的巨大波浪，那吞吐日月包蕴万象的宽阔境界，不正是胸怀壮志、抱负远大的诗人的自我形象的物化？换句话说，当诗人登山临海抒情述志时，他正是把大海当成了启发灵感、汲取力量的自然对象。南北征战、所向披靡的曹操正是在大海面前收敛了不可一世的英雄气概，代之以敬畏和崇拜的虔诚情怀。自然永远是最伟大的，人在自然面前永远不能妄自尊大。正因如此，此诗的最后两句“幸甚至哉，歌以咏志”，虽然是《步出夏门行》这首乐府旧题每一解中都有的套语，但我们不妨把它读作诗人的自表心意：曹操在大海面前感受到了自然的伟大，他因亲眼看到如此壮丽的景象而感到幸运，于是写下了《观沧海》来歌颂大海。虽是歌颂大海，但也是表露情志。至于诗人的情志有什么具体的内涵，读者又能从中得到什么启迪，就请亲临大海去观看那洪波涌起的奇观吧，您一定会从大海中获得无穷无尽的智慧和力量。

天

芙蓉池作

◉ 曹　丕

乘辇夜行游，逍遥步西园。
双渠相溉灌，嘉木绕通川。
卑枝拂羽盖，修条摩苍天。
惊风扶轮毂，飞鸟翔我前。
丹霞夹明月，华星出云间。
上天垂光采，五色一何鲜。
寿命非松乔，谁能得神仙。
遨游快心意，保己终百年。

注释

芙蓉：此处指荷花。

辇（niǎn）：秦汉后专指帝王后妃所乘的车。

西园：园林名，即铜雀园。相传为曹操所建，故址在今河北临漳县古邺镇。

羽盖：用鸟羽装饰的车盖。

轮毂（gǔ）：车轮中心装轴的部分，也可指代车辆。

松乔：传说中仙人赤松子与王子乔的并称，泛指隐士和仙人。

赏析

西园所在地邺城是曹魏集团的统治中心，青年时代的曹丕经常留守此地，在他周围聚集了一批著名文士，形成了以他为核心的邺下文人集团。闲暇之日，他们经常宴饮游乐，吟诗作赋。本诗描述了曹丕召集文士夜游西园的情形。首二句“乘辇夜行游，逍遥步西园”，交待了游园的时间、地点，全诗紧扣“夜游”、“逍遥”二词而逐步展开。

“双渠相溉灌”以下十句，写夜游所见，意境壮美阔大，辞采雍容华丽。两条河渠在芙蓉池交汇、停注，绕水生长的树木浓阴匝地。路旁树木茂密蓊郁，低垂的枝条遭遇疾驰而过的车盖，发出扑簌的响声，而那些遒劲的长枝则直刺云霄，气势非凡。车辆在快速行进，轮毂生风，前方有鸟儿飞翔，似乎在为诗人引路。深邃的天宇中，云霞变幻多端，明月和群星在云层间时隐时现。诗人被色泽艳丽、美妙如画的夜景所感动，情不自禁地发出感慨：“上天垂光采，五色一何鲜！”坐在车中的诗人悠然闲适，随意观览，目光变动不居，因而诗句所描写的对象也时而眼前，时而身后，时而地下，时而天上；不过，这样的景物描写却并不给人散漫杂乱之感，相反，倒是写出了飞车夜游的特点，衬托出诗人心情的轻快逍遥。

如果全诗至此戛然而止，也能相当充分地表达诗人夜游逍遥的诗情；但诗歌最后四句的出现，绝非画蛇添足。它们全面提升了整首诗歌的境界，表现了诗人在神奇的大自然面前对个体生命的严肃思考。诗人作为贵介公子，在优游中赞叹自然之美，却并没有忘乎所以。诗人叹服自然的神奇伟大，清醒地意识到人在自然面前的渺小与无力，但也没有表现出消极与萎顿，而是在宏观思考之下，积极追求个体生命百年“逍遥”的切实理想。显然，诗人受到庄子“逍遥游”思想的深刻影响。诗人与古往今来的其他圣哲先贤一样，积极追求并刻意强调这样一种生存范式。诗人通过这首作品告诉我们：只要不断地追求这种一无所待的“逍遥游”，我们便能尽情尽兴地领略大自然的神奇与美丽，感受人生的幸福与欢乐。

天

公宴

◉曹　植

公子敬爱客，终宴不知疲。
清夜游西园，飞盖相追随。
明月澄清景，列宿正参差。
秋兰被长阪，朱华冒绿池。
潜鱼跃清波，好鸟鸣高枝。
神飙接丹毂，轻辇随风移。
飘飖放志意，千秋长若斯。

注释

公子：指曹丕。

飞盖：车盖迅速移动，即驱车。

列宿：天上的众多星宿。有时特指二十八宿。

被：遍布，充满。

朱华：红花，这里指荷花。

神飙：迅疾若有神灵的风。

赏析

曹植的这首诗与曹丕的《芙蓉池作》所记述的当是同一次夜游。有人因此认为此诗作于两兄弟关系尚未破裂的建安中期。

兄弟异禀，两首诗记述的内容虽然相同，但在对人

与自然的关系的把握上面，却存在较为明显的差别。曹丕《芙蓉池作》认为，神仙不易寻，人的生命不能千秋万岁，因此应该“及时行乐”，在理性务实的前提之下强调“逍遥”之乐；而曹植此诗虽然也包含“及时行乐”的意思，却更具有浪漫气息，表达出一种充满激情的美好期待。

曹植前期创作普遍积极向上，高亢振奋，诚如刘勰所言，是“慷慨以任气，磊落以使才”，本诗一开始就带有这种倾向。起首四句，写曹丕敬爱宾客，陪同宴饮谈笑，自始至终不知疲倦；酒后，又乘兴率领众宾客夜游。在清幽的秋夜里，一辆辆香车轻捷如飞，前呼后拥，逶迤而行。“明月”以下八句，诗人以欢快的情绪描写他眼中所见的清秋夜景，丝毫没有半点秋气萧索的意绪：清澈澄明的夜空中，繁星闪烁着迷人的光芒，把天空映衬得无限洁净而深邃。秋兰枝蔓披拂，在修长的坡地上随处绽放，池塘中荷花星星点点，点缀在绿水之上。池中游鱼偶尔会跃出水面，又猛地破水而入，给静默的荷塘增添几许生趣。池边树梢上，鸟儿时时卖弄着婉转的歌喉。迅疾的夜风自身后吹来，原本已经停驻的车轮随风轻轻移动，使人产生凭虚御风的快感，飘飘欲仙。诗人正是在这种状态下，写下了亢奋昂扬的最后四句诗，生发出欢快的赞叹和强烈的祈望：让我们敞开胸怀，逍遥自在地纵情游玩，但愿千秋万岁永远如此！

诗人“移情于景”，整首诗作洋溢着饱满高亢的情绪，所描写的事物也都沾染了强烈的感情色彩。无论是人与自然，还是情与景，都水乳交融，有机地构成一个爽朗明快的艺术境界。如果说曹丕《芙蓉池作》充分彰显了一种“理性自由”观念的话，那么曹植此诗则更多地体现出诗人的“情感自由”。在工具理性主义日益占据主导地位的今天，以“情感自由”的方式来处理人与自然的关系，从而追求愉快和谐的人生境界，倒不失为一种高妙的生存方式。

天

途中作

◉ 成公绥

洋洋熊耳流，巍巍伊阙山。
高岗碣崔嵬，双阜夹长川。
素石何磷磷，水禽浮翩翩。
远涉许颍路，顾思邈绵绵。
郁陶怀所亲，引领情缅然。

注释

熊耳：山名。在河南省宜阳县，秦岭东段支脉。熊耳流指伊水。

伊阙：地名。在今河南洛阳市南。两山相对如阙门，伊水流经其间，故名。

许颍：许指许州，在今河南省许昌市；颍指颍水，源出河南省登封县嵩山西南，东南流至安徽寿县正阳关入淮河。

郁陶：忧思积聚貌。

引领：伸颈远望，形容期望殷切。

赏析

这是一首行旅诗。诗人由伊阙山出发，一路东行，前往许、颍一带，因眷恋家乡、思念亲人而作此诗。全诗采用倒装手法，运用比较质朴的语言状山摹水，既有粗线条的勾勒，又有工笔刻画渲染，诗境浑成隽永，言有尽而意无穷，可以算得上是晋末宋初兴起的山水诗的一个滥觞。

第一联使用了“洋洋”、“巍巍”这两个叠词，造语省净质朴，简洁而传神地勾勒出山高水阔的雄伟气象。伊水奔腾喧闹，经熊耳山一路蜿蜒东行。正在一步步远离家乡的游子，就如同这奔流不息的伊水，对那巍峨耸峙的伊阙山充满留恋。伊水可以一路相伴，但是，令人依依难舍的故园和亲旧，正像这巍峨的高山，只能默默地伫立在游子的身后。所以，诗人注目最久、着墨最多的，还是这山。“高冈碣崔嵬，双阜夹长川”，写伊阙山两峰相对，伊水在长长的山谷中奔流而过，地形险峻，气势壮伟。“素石何磷磷，水禽浮翩翩”两句，指向了山水的细微处。多情的诗人，因为留恋不舍，而更加认真仔细地观察着即将离别的山山水水。洁白的山石突兀峥嵘，清澈的流水曲折蜿蜒，水禽浮游其上，悠然自得，又增添了诗人惜别的深情。

前六句由整体到局部，时而写山，时而写水，时而刻画动态，时而描摹静物，诗歌以和顺宛转的节奏，摹写出雄奇清秀的山水状貌。诗人所以能够写出如此优美的语句，原因在于征途中对故乡的那份眷念之情。诗人对此也并不讳言，下面四句由景入情，直接点出了这一因由。“远涉许颍路，顾思邈绵绵”，写因为正在远离家乡，所以不住地回望，身后熟悉的山水渐渐模糊，思念之情却越发浓烈起来。全诗就在这充满忧伤的深情回望中戛然而止，给读者留下无尽的遐想和回味。

故乡之所以如此可亲可恋，除了令我们魂牵梦系的亲旧故交而外，还有我们再熟悉不过的山水草木。它们或许并不如诗人所写的那样峻伟秀丽，但却是我们心目中最可爱、最真实的自然景观。所以，我们要观察山水、亲近自然，最好还是从阔别多年的故园开始，就让我们追寻着当年离别时的心情，再一次走近故乡的山水吧。

泰山吟

◉ 谢道韫

峨峨东岳高，秀极冲青天。
岩中间虚宇，寂寞幽以玄。
非工复非匠，云构发自然。
器象尔何物，遂令我屡迁？
逝将宅斯宇，可以尽天年。

东岳：指泰山。在今山东省境内，又名岱宗。与西岳华山、南岳衡山、北岳恒山、中岳嵩山遥相对峙，故称东岳。

间（jiàn）：分隔。

虚宇：指天空。

云构：高大的建筑物。

器象：物象，这里指自然万物。

逝：通“誓”。

赏析

谢道韫是东晋名相谢安的侄女，安西将军谢奕之女，大书法家王羲之儿子王凝之的妻子。谢道韫识知精明，聪慧能辩。一次谢安召集儿女子侄讲论文义，俄而

大雪骤下，谢安问大家："白雪纷纷何所似？"其侄谢朗回答："撒盐空中差可拟。"道韫说："未若柳絮因风起。"这一咏雪名句，被人传诵至今。

我国古代女性的艺术创作，多以阴柔宛转、细腻圆润而著称，而谢道韫《泰山吟》却充满阳刚之气，诗作气象高迈，无怪《晋书》本传称她"风韵高迈"、"神情散朗，有林下风气"。

"峨峨东岳高"一句，开门见山，吟咏泰山巍峨高大。"秀极冲青天"，既勾画出直刺云霄、高耸陡峭的山势，又把静止的山峰写得生气蓬勃，富含动态之美。与前两句从大处着眼不同，下面四句则着眼于细部描绘。山石峥嵘竟然分割了天空，显得格外静穆幽远。此山此石仪态万方，看上去好像是能工巧匠精心雕琢而成，其实却是大自然鬼斧神工的杰作！

诗中出现的"秀"、"幽"、"玄"、"自然"等词，与魏晋时期的思想崇尚及人物品评理论有关，在这里用来形容泰山，折射出鲜明的魏晋时代色彩，也恰如其分地表现出作者对泰山的赞叹与景仰。但作者在感叹泰山神秀的同时，又不由自主地联想到个人身世的坎壈与艰辛。诗人质问造化：你既令泰山如此迷人，却为何又使我遭受命运的坎坷，屡遭颠沛流离之苦呢？

谢道韫的确与普通女子有很大不同，她在提出质问之后，并没有进一步作悲痛哀婉的泣诉，而是笔锋一转，在诗中融进自己刚强不屈的精神。面对高耸入云的泰山，面对神秘莫测的造物主，诗人没有因为自身遭遇而悲伤沮丧，而是决心投身于山川这雄奇壮伟的怀抱，以顺应自然，终享天年。

谢道韫此诗虽有哀痛激愤之语，但对泰山之美的描写却并不是为了衬托这些情绪，而是为了表现出她对大自然真挚而热烈的爱，这种爱与她坚强不屈的性格相交融，使她在面对泰山时淡定而又坚强，这是一种非凡的气度，是一种"万物皆备于我"的崇高精神状态，也是诗人在遭遇困境时更加主动地融入自然，感受自然魅力的原因。

南宋　无款
江亭晚眺图

天

游南亭

◉ 谢灵运

时竟夕澄霁，云归日西驰。
密林含余清，远峰隐半规。
久痗昏垫苦，旅馆眺郊歧。
泽兰渐被径，芙蓉始发池。
未厌青春好，已睹朱明移。
戚戚感物叹，星星白发垂。
药饵情所止，衰疾忽在斯。
逝将候秋水，息景偃旧崖。
我志谁与亮，赏心惟良知。

注释

时竟：谓四时中的某一季节终结。

澄霁(jì)：谓天色清朗。

半规：半圆形。此处借指太阳。

痗(mèi)：病。

郊歧：郊外的歧路。

朱明：指夏季。

息景：即“息影”。语本《庄子·渔父》：“不知处阴以休影，处静以息迹，愚亦甚矣！”后人以“息影”谓归隐闲居。

亮：信。

良知：好友；知己。

赏析

南亭，据《太平寰宇记》记载，在温州城外一里处。谢灵运受徐羡之排挤，远贬永嘉（今浙江温州），愤愤不平，又加上水土不服，便生了一场大病。此诗为病愈后所作。

春夏之交的一个黄昏，雨后的天空明净而澄澈。天上乌云逐渐散尽，太阳也已开始西落。山坡上长满茂密的树木，刚刚经过雨水洗刷，在夕阳余辉的照耀下，苍翠欲滴，格外清新。最高的那座山峰，遮住了半个太阳，背阴的一面渐渐暗淡下来。前四句二十个字，就勾勒出一幅动人的画卷，把春夏之交黄昏初霁的江南美景置于读者目前。接下来，诗人将笔端转向自己。无端贬谪的愤懑、去国怀乡的羁愁，击倒了诗人，抱病卧床多日，更增愤懑和愁苦。久病初愈，但神思还是有些恍惚。黄昏时分雨过天晴，诗人便站在旅馆中远眺郊外。雨后的夕阳和山色是如此的清新美丽，顿时勾起酷爱山水的诗人的游兴。于是，南亭之游便顺理成章。茂盛的兰花几乎遮蔽住了整个路面，池塘中荷叶亭亭如盖，荷花含苞待放。赏心悦目的景色使诗人陶醉于其中，流连忘返。但是太阳很快落到了山那边，光线已经昏暗下来。诗人禁不住发出“未厌青春好，已睹朱明移”的嗟叹。如此优美的景色，却因为黑夜降临而无法尽情游赏；如此美好的春光，也在阴雨中消耗殆尽。心中充满惋惜的诗人由眼前美景难赏，联想到春光易逝，又联想到自己的青春年华，也同这时光一样，被凄风苦雨所侵蚀。他轻抚自己斑白的双鬓，心中忍不住悲伤起来。自己在碌碌无为中渐渐衰老，曾经的激情不知消失在何时何地！

诗人久历风雨，幽愤难解，被雨后初晴的风光所触动，于是有了这一次南亭之游。原本是希望借游览美景来消除胸中郁积的忧愁，但时令推移，风景暗换，使诗人更加黯然神伤、忧愁悲愤。诗人再也无法忍受仕途偃蹇、年华空逝的折磨，于是痛下决心，准备趁秋季水涨时乘舟归隐家乡，做一个自由自在的隐士。“秋水”一词，既交代出作者拟定的归隐时间，又用了《庄子·秋水》的典故。《秋水》篇主旨在于“无以人灭天，无以故灭命，无以得殉名，谨守而勿失，是谓返其真”。作者借此自励，不能为名缰利锁所束缚，不能斤斤计较于是非得失，应当消除天人物我的界限，回归自然。诗人明白，他的这种志向不会被多数人理解和接受，但他坚信总会有一二知音，那就足

够了。

谢诗中的自然景物描写往往语带“幽愤”，但结尾仍能在自然美景中觅得归宿。日新月异的现代社会，也常常让人感觉到疲惫与无奈，每逢此时，自然界的山水或许就是心灵最好的庇护所。那么，我们应该以什么样的心境来面对自然呢？请读读谢灵运的《游南亭》吧！

明　项圣谟
剪越江秋图(局部)

天

谢灵运

江南倦历览，江北旷周旋。
怀新道转迥，寻异景不延。
乱流趋正绝，孤屿媚中川。
云日相辉映，空水共澄鲜。
表灵物莫赏，蕴真谁为传。
想象昆山姿，缅邈区中缘。
始信安期术，得尽养生年。

注释

周旋：此指游览。

乱流：横渡江河。

表灵：显灵。

蕴真：即蕴藏自然意趣。

昆山姿：昆山是昆仑山的省称。古人认为昆仑山为神仙居住之地，昆山姿指昆仑山上神仙的仪态风神。

缅邈：久远；遥远。

区中缘：区中指人世间。缘即尘缘。

安期：即安期生，传说中的仙人名。

赏析

谢灵运出身士族高门，才华横溢，孤高傲世，本期望能建功立业，但进入刘宋后，他屡遭排挤，直至贬为永嘉太守。幽愤之情长期郁积胸中，便生出厌世求仙的思想。此诗作于景平元年(423)，通过描绘江中景色，以抒发怀才不遇、厌世嫉俗的孤愤情绪，并寄托他对神仙世界的向往。

诗人久在江南游览观赏，山光水色早已稔熟于胸；而昔日江北之游却未能尽兴，于是便整装渡河，重游江北。在湍急的河流中央，一座岛屿遗世独立。白云与红日交相辉映，蔚蓝明净的天空与江水一样澄澈鲜亮，把这座小岛映衬得更加幽静秀丽、妩媚动人。这样奇异美丽的风物为天地间的灵秀之气所钟爱，它蕴含着纯真的意趣与深刻的道理，但这一切又有谁能欣赏、传述呢？诗人突然感觉，自己就像这遗世孤立的小岛，空有一身的才华与抱负而无人赏识。但是诗人并没有拘泥于小岛孤芳而无人赏识的哀叹，也没有沉溺于自身怀才不遇的幽愤和控诉，而是由小岛的孤峭幽丽联想到昆仑山中的那些神仙，他们远离尘世，千万年来何曾与人世间的尘缘有过牵连？可正是因为他们不汲汲于功名利禄，遗世而独立，所以才能永驻生命，才可以尽享天年。至此，诗人仿佛突然醒悟过来，自己不应为尘世中的利禄得失而心烦意乱，而应该像安期生那样，践行自然之道，以颐养心性，追求生命的真实与永恒！

天

石壁精舍还湖中作

◉ 谢灵运

昏旦变气候，山水含清晖。
清晖能娱人，游子憺忘归。
出谷日尚早，入舟阳已微。
林壑敛暝色，云霞收夕霏。
芰荷迭映蔚，蒲稗相因依。
披拂趋南径，愉悦偃东扉。
虑澹物自轻，意惬理无违。
寄言摄生客，试用此道推。

注释

精舍：学舍，书斋。
芰(jì)荷：指菱叶与荷叶。
蒲稗(bài)：蒲草与稗草。
摄生：养生，保养身体。

赏析

景平元年(423)秋，谢灵运挂印辞官，自永嘉回到故乡隐居，不久于巫湖南第一谷原谢安故宅处，营立石壁精舍。谢氏故宅包括南北二山，谢灵运当时居住的祖宅在南山，而石壁精舍在北山，两处往返的唯一水道就是巫湖。

此诗与上首一样，文辞绮丽，情、景、理水乳交融，为

古代山水诗的名篇。诗题既为“石壁精舍还湖中作”，诗人一天的游踪也就是诗歌的主要内容。从石壁至湖中，再由湖中到家中，结构井然、层次清晰。全诗起势阔大，指出庄园内的山光水色在一天之内不断地变化。随着时间的推移，石壁景色明暗深浅不断变幻，多姿多彩，令人应接不暇，流连忘返。“清晖”一词以顶真手法出现在二三两句，似随兴脱口而出，衔接自然圆转。“清晖能娱人，游子憺忘归”，出自《楚辞·九歌·东君》中“羌声色兮娱人，观者憺兮忘归”句，但是化用得既巧妙又贴切。“清晖能娱人”句写山水之美，却不写诗人如何陶醉于其中，反而写山水清晖仿佛也有灵气，懂得挽留、取悦游人。“娱”字把美丽的山水拟人化，钟灵毓秀，如在目前。山水如此，“游子憺忘归”便也在情理之中。

“出谷日尚早，入舟阳已微”二句承上启下。既点出时间跨度之大，又引出下文对夕阳余晖中的湖光山色的描写。“林壑”以下六句，具体描写湖中晚景。草木丰茂的山峦沟壑渐渐变暗，仿佛有一双无形的大手，正在将夕阳的光影悄无声息地收敛起来。漫天的云霞也逐渐收拢聚集，最后只剩下山头的一抹。那绚烂的色彩也渐渐地由明亮而变为黯淡。湖面上一株株绿荷在夕阳的余晖下相互映衬，湖边一丛丛蒲草与稗苗互相依偎。天色渐晚，诗人在如画的美景中舍舟上岸，拨开路边的树枝水草，快步向南径走去，并身心愉快地进房休息。至此，一天游踪遂告结束。诗人辞官归隐后心情轻松无碍，因而在石壁和湖中的游玩相当尽兴。这种隐居生活与争名夺利、虚伪狡诈的官场生活相比，真有天壤之别。诗人终于从此情此景中悟出玄理：一个人只要思虑简单淡泊，就会收获无穷的快乐，什么功名利禄，什么穷达出处，都不再重要。一旦能从这简单淡泊中感觉到惬意满足，那么他就不会违背宇宙万物的至理常道。这就是谢灵运从山水自然中所领悟到的人生真谛！

天

新安江至清浅深见底贻京邑同好

◉ 沈　约

卷言访舟客，兹川信可珍。
洞澈随清浅，皎镜无冬春。
千仞写乔树，百丈见游鳞。
沧浪有时浊，清济涸无津。
岂若乘斯去，俯映石磷磷。
纷吾隔嚣滓，宁假濯衣巾。
愿以潺湲水，沾君缨上尘。

注释

贻：赠送；给予。

同好：指志趣相同的人。

眷言：回顾貌。言，助词，无实义。

磷磷（lín）：物体有棱角。

嚣滓（xiāo zǐ）：指纷扰污浊的尘世。

赏析

梁隆昌元年（494），沈约出任东阳太守，自京城建康去东阳赴任，经过新安江，此诗当即作于此时。

首二句开门见山，向同样喜爱山水的友人推荐：这里的江上风景果真非常美好啊。接下来的四句，都围绕眼前的清澈江水进行铺陈式的描绘。无论浅近处还是

幽深的地方，无论是春季还是夏天，这里的江水都是一样的纤尘不染，澄澈见底。江水深达千仞，仍能映照出苍松翠柏的影子，倏忽往来的游鱼穿梭其间，悉数可见。“千仞”、“百丈”喻江水之深；“写”字将树影倒映在深水之底却清晰可见的奇观比喻为纸上作画，直观巧妙地形容出江水之清澈。

“沧浪有时浊，清济涸无津”，从字面上看，是以沧浪有时浑浊不堪、济水虽然清澈却常常干涸来反衬新安江水始终清澈如一。但进一步分析，则是诗人由眼前之清江，联想到时事和个人遭际。“沧浪有时浊”，用了《孟子·离娄》中记载的一首童谣：“沧浪之水清兮，可以濯我缨；沧浪之水浊兮，可以濯我足。”“清济涸无津”出自《战国策·燕策》：“吾闻齐有清济浊河。”诗人用此二典，意谓时事有清浊之异，人生也有穷达之变。既然自己不能随世俯仰，岂如泛舟于这清波之上，饱览水中倒映的磷磷山石？这样一想，诗人便觉得自己被贬出京城，真是因祸得福。自己既已远离京城的烦纷污浊，不再有素衣化缁的忧虑，也就不需要沧浪的水来洗濯一番了。

最后两句由自身联想到“京邑同好”，他们还逗留在京城里，他们的帽缨上仍沾满着京华尘土，于是诗人以戏谑的口吻说：但愿用新安江的潺潺之水，来洗净你们的满身尘埃！

此诗写景抒情纡徐委婉、清丽有致。诗人在宦游途中偶然欣赏到新安江水的清奇秀美，产生了全身隐退泛舟江湖的出世之思，并以此呼唤人们亲近自然，体悟自然，在自然山水中陶洗灵魂，颐养心性。因为大自然单纯淳朴，确实具有清洗尘世中污浊烦嚣的神奇功能！

早发定山

◉ 沈　约

夙龄爱远壑，晚莅见奇山。
标峰彩虹外，置岭白云间。
倾壁忽斜竖，绝顶复孤圆。
归海流漫漫，出浦水溅溅。
野棠开未落，山樱发欲然。
忘归属兰杜，怀禄寄芳荃。
眷言采三秀，徘徊望九仙。

夙（sù）龄：早年，少年。

莅（lì）：来，到。

怀禄：留恋爵禄。

三秀：灵芝草的别名。相传灵芝一年开花三次，故又称三秀。

九仙：泛指众仙。

赏析

此诗与《新安江至清浅深见底贻京邑同好》作于同时。是沈约赴东阳太守任时，经过定山（在今浙江杭州东南）所作。

开篇自言年轻时就非常喜欢山川风物，没想到晚

年竟然在此见到了如此雄奇壮丽的河山，字里行间洋溢着惊喜兴奋之情。

“标峰”以下八句，详写定山之雄奇美丽。山峰上出重霄，云蒸霞蔚。“标”、“置”二字，让人感觉定山可望而不可即，仿佛是出于造物主匠心独运的安排。山势陡峭，或斜削，或竖立；而山峰的顶端又渐趋圆润，山势极尽变化之能事，山谷间水流浩荡，不同于常见的山溪细流，并汇合成奔腾汹涌的江水，东赴大海。山花种类繁多，尤其让诗人难忘的，是那盛开的海棠花和红得像火一般的樱花。总之，在这定山之中，到处都有让人惊异的奇特景色。

山奇、壁峭、水激、花艳，大自然将它神奇的面貌展露无遗，深深地吸引住了自幼就喜爱山水的诗人。沈约本来未能忘怀功名利禄，但是在皈依自然与贪恋利禄两者之间，诗人最终选择了前者。诗人希望像兰花、杜若一样，品行高洁，做一个属意自然、潇洒无累的高士。就这样，神奇美丽的大自然以难以抵御的魅力，冲淡了诗人的名利之念。他由山间的芳草，转而想到使人长生不老的灵芝，采摘服食之后，可以羽化而登仙。于是诗人以遐想的方式结束全诗，表达了他对仙境的强烈企盼，也从侧面表现了定山之“奇”给诗人带来的惊喜和感召。

天

游东田

◉ 谢　朓

戚戚苦无悰，携手共行乐。
寻云陟累榭，随山望菌阁。
远树暖阡阡，生烟纷漠漠。
鱼戏新荷动，鸟散余花落。
不对芳春酒，还望青山郭。

注释

悰(cóng)：欢乐。
陟(zhì)：由低处向高处走。
菌阁：菌状之楼阁。
阡阡(qiān)：茂盛的样子。

赏析

东田是南朝都城建康(今江苏南京)郊外一处著名的风景胜地，它北靠钟山，南临秦淮河，风景秀丽，令人流连忘返。自齐武帝惠太子在此地修建楼馆后，南齐王公贵族、文人雅士多在此筑馆建园。谢朓在东田也有一所庄园。

诗歌开篇直抒心曲，直言内心忧伤不已，试图排遣

心中的苦闷与惆怅,又苦于找不到有效的方法。诗人认为外出游玩或许可以放松压抑的心情,于是来到了东田。

诗人以出游来销忧的办法非常见效。晴朗的天空中白云朵朵,它们卷舒无心,自在翱翔,令诗人十分艳羡。他为了近距离地看云,不断地拾级前进,登上一座又一座亭台楼榭。伫立亭上,送走远去的片片白云,诗人将目光移到眼前。高低错落的山峰起伏绵延,悄然静立。一座座状如菌芝的楼阁,随着山势的起伏而四处散落,引人注目。远处的绿树一片蓊郁葱茏,晴光笼罩之下,林表蒸腾而出的水气如烟似雾,为远山涂上一层神秘的色彩。

等到诗人的眼光从远方收回,诗作也由静景呈现转向动态描绘。池塘中新荷亭亭玉立,修长的茎干常常被往来嬉戏的游鱼所触动。枝头上,三五成群的鸟儿扑闪着翅膀,四散飞去,残留枝头的春花便扑簌凋落。“鱼戏新荷动,鸟散余花落”这一联对仗工稳,诗中有画,自然和谐,耐人寻味。

总之,东田迷人的风光,逐渐排遣了诗人的忧愁苦闷,以至于从东田返回后,诗人的心仍然停留在那山水之间:“不对芳春酒,还望青山郭。”诗人觉得,再醇香迷人的好酒,也不如东田那隐隐的青山。正是东田的青山绿水,让自己的心灵感受到久违了的愉悦和自由!

自左思写出“非必丝与竹,山水有清音”以后,山水渐渐成为人们审美观照的对象,成为人们获得快乐的重要源泉。谢朓便是一个善于从山水中获得审美愉悦感的优秀诗人,他在对山水的审美体验中感悟到自然的乐趣,并用它来抵御世俗价值观对心灵的熏染。时至今日,人们的生活形态往往是“只对芳春酒,不问青山郭”。这是多么的荒谬!因此,我们应该像谢朓那样返回自然,来提升我们的精神境界,从而获得心灵的自由和愉悦。

清　王翚
放翁诗意图

天

郡内高斋闲坐答吕法曹

◉ 谢　朓

结构何迢递，旷望极高深。
窗中列远岫，庭际俯乔林。
日出众鸟散，山暝孤猿吟。
已有池上酌，复此风中琴。
非君美无度，孰为劳寸心。
惠而能好我，问以瑶华音。
若遗金门步，见就玉山岑。

注释

高斋：高敞的书斋。
法曹：古代郡衙中专掌司法的官吏。
迢递：高峻貌。
旷望：远望。
瑶华："瑶华圃"的省称，传说中仙人居住的地方。
金门：即金马门，汉代征士待诏之处。
玉山：古代传说中西王母所居的仙山。

赏析

谢朓于建武二年(495)出任宣城太守，此诗作于宣城，诗题中的"郡"指宣城郡。首联起笔劲峭，意境雄大。诗人闲坐高斋，极目远眺，视野宽广；俯瞰高斋之下，顿

生幽深之感。峰峦静穆，逶迤绵延，在窗外天边排成长长的一列。院中树木青葱茂盛，枝干高大。诗人从早到晚都在高斋之内，从旭日初升、众鸟离巢，直到暝色笼山、孤猿长吟。

当然，诗人在高斋内并非无所事事，他邀请了几位知心朋友，临池设宴，对风奏琴，充分享受着良辰美景、赏心乐事。诗人还吐露心曲：如果今后仕途坎坷的话，他宁愿选择像今日高斋闲坐、观景听琴这样宁静淡泊的生活，高蹈而独立。

仔细品味这首诗歌，我们会发现诗人从眼前的自然美景中体悟出深邃恬淡的意趣，精神与自然达到完美的契合。由此可见，我们如能在闲暇之时与一二志同道合者结伴同游，共享自然的清音与美景，我们也许就能深刻地领悟到自然的真谛，从而使我们的精神世界变得更加充实而美好。

天

和徐都曹

◉ 谢　朓

宛洛佳遨游，春色满皇州。
结轸青郊路，回瞰苍江流。
日华川上动，风光草际浮。
桃李成蹊径，桑榆荫道周。
东都已俶载，言归望绿畴。

注释

宛洛：两个古邑的并称，即今之南阳和洛阳。常用来借指名都。

皇州：帝都。

结轸（zhěn）：停车。轸，车箱底部的横木，亦用作车的代称。

青郊：指春天的郊野。

俶（chù）**载**：开始从事某种工作，特指农事伊始。

赏析

根据《文选》李善注，本诗原题作"和徐都曹勉昧旦出新渚"。徐都曹即徐勉，字修仁，是谢朓的好友。新渚即新亭渚，在建康（南京）城外。诗人与徐勉清晨结伴郊

游，徐勉先写成《昧旦出新渚》一诗，谢朓和之。

首句中的“宛洛”代指都城建康，它位于长江南岸，周围丘陵错落，又有秦淮河环城缭绕，风景名胜不胜枚举，古往今来一直是绝佳的游赏之地。住在建康城内的诗人对此当然深有体会。第二句“春色满皇州”点明了此时正是春季，春色已经充满整座建康城。这两句诗气势雄伟、意境阔大，为下面八句的写景抒情奠定了坚实的基础。

诗人来到郊野，停车驻足，引领远望，春色扑面而来。诗人无意间一回头，便看见横亘眼前的滚滚长江。太阳冉冉升起，水波漾出金色的光芒。春风拂过，漫山遍野的春草，此起彼伏，宛如一片绿色的海洋，浮动着春光的清新明丽。道路两旁不是繁花盛开的桃李，就是绿叶成阴的桑榆，好一派生机盎然的大好春光！

诗人在郊外饱览春光，盘桓许久却依然游兴未减，又将目光投向了充满生机的田野。农民已经开始新一轮的耕作，自己似乎也应该回去了，然而诗人的目光却迟迟不愿从碧绿的原野中收回，依旧神情专注地凝望着，这凝望中充满了对自然的热爱和依恋。美丽的自然风物似一泓甘甜的清泉，静静地滋润着诗人细腻善感的心灵。这个结句言有尽而意无穷，让我们感受到了诗人热爱自然的一颗真挚之心。

天

同柳吴兴何山集送刘余杭

◉吴　均

王孙重别离，置酒峰之畿。
逶迤川上草，参差涧里薇。
轻云纫远岫，细雨沐山衣。
檐端水禽息，窗上野萤飞。
君随绿波远，我逐清风归。

注释

何山：山名，位于吴兴境内，因晋人何锴曾在此山读书而得名。

畿（jī）：边缘。

赏析

古人常于姓氏后加上为官所在的地名来称呼别人，“柳吴兴”、“刘余杭”的称谓就是因此而得来。根据诗题可知，吴均与吴兴太守柳恽等人在何山山麓设宴为余杭官员刘某饯行，并作诗送别。

首句中的“王孙”指吴兴太守柳恽，诗人赞颂他重友情、感别离，特地摆酒设宴，为刘余杭饯行。以下描写宴会所在地的风光景色。山边水流蜿蜒曲折，两岸长势旺

盛的水草绵延伸展，望不到尽头。山涧里，随处可见的野薇高低参差，青翠无边。“薇”本是野草的一种，诗人用两句诗来描写山间野草的茂盛，实乃融情入景，暗含离别之情如萋萋芳草直至天际。下文写轻盈的白云在山峰间缭绕，把几座山峰连缀到了一起。微云化雨，润物无声，洗尽尘埃的青草绿树也格外地清新。“纫”和“沐”两字用了拟人手法，细致生动地描绘出云雨的轻柔和温润，烘托出清幽宁静的氛围。此情此景使离别之人更加依依不舍。时间在暗暗推移，酒宴因为依依惜别而久久未散，天色渐晚，水禽早已飞回屋檐上栖息，只有三两只明灭闪烁的萤火虫还在窗棂间飞翔。水禽尚知归巢，野萤也眷恋人的居所，而友人却不得不远行，诗人通过反衬的手法渲染出凝重的离别氛围。

天色已晚，友人起身告辞。诗人伫立岸边，目送着友人登舟远行，然后寂寞地走上归路，陪伴他的只有清凉的晚风。

此诗写送别，不写酒席间的觥筹交错，也不直陈宾主的恋恋不舍，却通篇写景，真可谓构思新奇。全诗将离别时的情意寄托在层次分明的景色描写中，品读这些优美的诗句，我们不但感动于诗人对朋友的真挚感情，也感动于他笔下美丽的大自然，从而领略到山川自然厚德载物的伟大品格。

天

山中杂诗

◉ 吴 均

山际见来烟，
竹中窥落日。
鸟向檐上飞，
云从窗里出。

赏析

王国维在《人间词话》中说“一切景语皆情语”。本诗四句全是景物描写，一句一景，无一字言情，字里行间却洋溢着诗人丰富饱满的情思。故而沈德潜在《古诗源》中评价此诗，认为其“自成一格”，可谓切中肯綮。

“山际见来烟”，造语平淡，写主人公看着山中云烟升腾。可是，山高林密，这位高人隐士身在何处呢？细细品味，我们可以从中发现他的身影。“来”字有扑面而来之意，假如他身处山外，从远处观山，那只会看到云雾向上升腾，而不会扑面而来。所以主人公必定身处山间，云雾就在附近的山谷里生成，并朝着他奔腾而来。通过这一句诗歌，我们便可以想象得出这样一幅图景：

云烟缥缈，高士独处山中，兀坐静观，神态轻松自适、逍遥自在。第二句写主人公居住的地方有一片挺拔茂密的竹林。此时，他正独自端坐在幽篁丛中，透过翠竹的缝隙看着斜阳，意态安详。

时间已是黄昏，在林间飞翔了一天的鸟儿也都倦了，三五成群，自林间飞回屋檐上方的巢穴中。云雾更加浓重，四散弥漫，不但环绕着高士隐居的茅屋，而且在茅屋的窗棂间飘浮荡漾，仿佛是从窗户间泄露出来。云在空中飘浮不定，伸展自如，一向被看作闲散自在的象征，正像陶渊明所说的“云无心而出岫”。此诗的首尾两句都写山间烟云变幻之状，既烘托出隐士山居环境的清幽宁静，也暗示着他那潇洒出尘的隐逸情怀。

从这首诗歌可以看出，作者不但是一位写景高手，还是一名体察生命的哲人。在他眼里，一切事物都顺随自然的规律，在自由自在地运动着，诗人用他淡泊宁静的心灵，捕捉住了这些瞬间微妙的自然变化，写成一幅意境深远的高士山居图。此诗包含着这样的启示：只要我们能在紧张的生活之余静下心来，游目骋怀，认真地观察我们身边的一山一水，一草一木，我们就一定能够像诗人那样体察到自然中蕴含的诗意，从而更加热爱自然。

清　王翚
仿范宽溪山行旅图(局部)

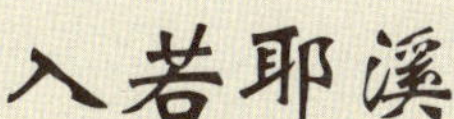

入若耶溪

◉王 籍

艅艎何泛泛，空水共悠悠。
阴霞生远岫，阳景逐回流。
蝉噪林逾静，鸟鸣山更幽。
此地动归念，长年悲倦游。

注释

若耶溪：溪水名，在浙江绍兴。

艅艎(yú huáng)：本指大型战舰，后泛称大船。

赏析

若耶溪是绍兴境内一条著名的溪流，溪畔青山叠翠，溪水澄澈似镜，历代的文人雅士常在此流连忘返，并留下大量佳词丽句，本诗就是其中之一。

首联写诗人荡舟入溪时的情景。诗人任凭小舟顺着水流自由漂荡，天色空明，溪水澄澈，上下浑然一色。“悠悠”二字，既是写天空与水面的辽阔悠远，也暗含着诗人心情的闲适自在，情景相融，让读者感觉到青天绿水间充满着和谐之美。

于是诗人举目四望。山北常年没有阳光，云气蒸腾，奔涌而出；山南阳光照射着回环曲折的溪水，闪耀着金色的光芒。峰峦寂静，流水无声，不时从林间传出几声蝉唱和鸟鸣，愈发显得宁静幽寂。“蝉噪林逾静，鸟鸣山更幽”是千古传诵的写景名句。诗人不说山间万籁俱寂，偏说它充满着蝉噪和鸟鸣。然而这种无心为之的天籁之音，根本不会破坏那个幽静安宁的自然境界，反而更凸显了人迹罕至的静谧意境。我们不妨从这两句诗展开联想：只要我们保持淡泊宁静的精神，则红尘中一切的喧嚣嘈杂恰似“蝉噪”、“鸟鸣”，最终会湮没在沉静无言的自然环境之中。

面对如此美丽的自然风景，原本就因经年累月的宦游而劳顿不堪的诗人深受感发，心中顿时萌发出辞官归隐的念头。诗人的审美体验告诉我们，自然山水自有它的空灵博大之处，无论我们身在何处，只要能保持欣赏自然的情趣，大自然便会融入我们的心田，给尘世纷扰中的我们带来亲切的慰藉和深刻的感悟。

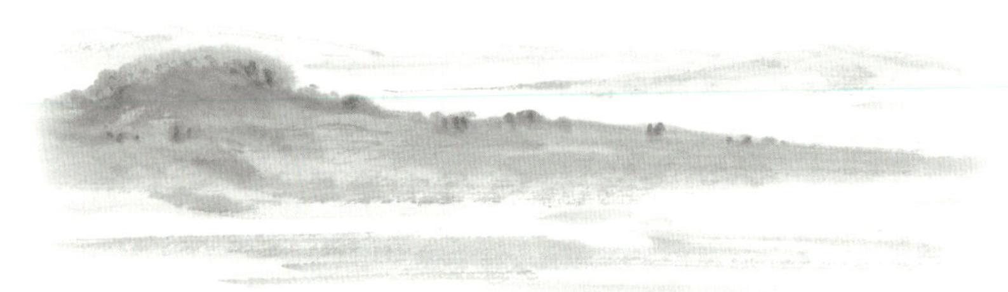

天

落日郡西斋望海山

◉ 萧子云

渔舟暮出浦，汉女采莲归。
夕云向山合，水鸟望田飞。
蝉鸣早秋至，蕙草无芳菲。
故隐天山北，梦想仍依依。

注释

汉女：此处指生活在水边的女子。语本《诗经·周南·汉广》："汉有游女，不可求思。"

芳菲：花草的芳香。

天山：此处指当时的都城建业（今江苏南京）附近的钟山。

赏析

萧子云此诗当作于大同七年（541）出任东阳太守之后。

诗人在黄昏时分登上郡西斋，眺望海山，有感而发，故作此诗。首联写夕阳西下时分渔翁撑船出浦打鱼、采莲女子满载莲蓬荡舟归来的生活场景，字里行间

充满了赞美和歆羡之意。

次联描写自然景色。时近黄昏，暮云向山间聚拢，水鸟从远处向着田畴飞来。接下来两句，渐渐融入诗人自己的主观感受。蝉声凄切，早秋已至，想来山中的蕙草也已凋落，芳菲不再。此联虽然也是写景，但是倾注了诗人的主观情感，蕴含着诗人对时序变迁的感喟，以及对美好事物即将飘逝的怜惜，并由此引发了尾联的深沉感慨："故隐天山北，梦想仍依依！"诗人曾经隐居在京郊的钟山，那时诗人是多么的悠闲自在、随心适意！如今面对这幅海山晚归图，便格外想念那段悠闲自得的隐居生活，归隐之思顿时浓烈起来，无法释怀。

此诗写景视野开阔，层次分明，寥寥数笔把人物、景物一一统摄起来，组成一幅优美的图画。在诗人笔下，渔翁撑船的欸乃之声，女子采莲归来的倩影，都成了风景的一部分。人与大自然的关系是如此的和谐，自然为人类提供了生存的场所，人类的活动也使大自然更加多彩多姿——这对生活在今天的我们来说，无疑是一个很好的启示，热爱、亲近、融入自然，我们的身心将获得无限的自由与快乐。

天

敕勒歌

◉ 北朝民歌

敕勒川，阴山下。
天似穹庐，笼盖四野。
天苍苍，野茫茫。
风吹草低见牛羊。

注释

敕勒（chì lè）：我国古代北方民族名，亦称铁勒。

阴山：山脉名。横亘于内蒙古自治区南境，山间缺口自古为南北交通要道。

穹庐：古代游牧民族居住的圆顶帐篷。

赏析

这是一首流传千古的北朝民歌，本用鲜卑语歌唱，现仅存汉语译文。题名“敕勒歌”，意思是敕勒部落牧民放牧时吟唱的歌曲。

北地牧民在广袤的草原上，过着逐水草而居的马背游牧生活，没有固定的居所。草原辽阔，自然风光雄浑壮阔，这样的环境形成了北地人民粗犷豪放的性格。

这首民歌是北方游牧民族对草原风光的衷心礼赞，也是北朝文学的典型代表。前两句勾勒了大草原的整体轮廓，阴山高耸云霄，横亘天际，山脚下的河水滚滚流淌，山水相互衬托，渲染出草原风光的磅礴气势。接下来两句写辽阔的天空就像牧民居住的帐篷一样，笼罩在茫茫的大草原上。牧民本来以天为幕，以地为席，过着逐水草、牧牛羊的自由生活。这种生活习俗形成了特定的民族心理，所以把苍穹比作一顶巨大的帐篷，比喻生动，读之如在目前。

"天苍苍，野茫茫"两句，进一步强调了大草原的辽阔与雄浑。这里的天空浩瀚而深邃，原野不仅仅是辽阔，还有一种茫茫而不可知的神秘感，这在某种程度上也表达出北方游牧民族对自然天地的崇拜与敬畏。就在这样苍茫的草原上，牧民带着他们的牛羊四处游牧，夏秋之际，牧草正盛，一阵风吹过，牧草如波涛起伏，忽然露出了隐藏在茫茫野草中的牛羊。

这首诗所描绘的画面充满了生机和活力，读完此诗，便可想见敕勒人豪爽的性格和坦荡的胸襟，体会到他们对大自然美好风光的礼赞，以及对牛羊肥美的由衷喜悦之情。

此诗是北地民歌，风格豪迈，遣词朴素，但在朴素中蕴含着厚重的力量，恰当而真实地表现了北方草原雄奇辽阔的风光，让我们感受到了别样的自然之美。

天

入朝洛堤步月

◉ 上官仪

脉脉广川流，
驱马历长洲。
鹊飞山月曙，
蝉噪野风秋。

注释

脉脉(mò)：同“脈脈”，连绵不断之状。

长洲：水中的长形陆地。

赏析

据刘悚《隋唐嘉话》卷中记载，“高宗承贞观之后，天下无事。上官侍郎仪独持国政，尝凌晨入朝，巡洛水堤，步月徐辔，咏诗云：‘脉脉广川流，驱马历长洲。鹊飞山月晓，蝉噪野风秋。’音韵清亮，群公望之，犹神仙焉。”可见这首诗是写诗人于东都洛阳等候入宫朝见时的举止见闻。

唐代百官入宫朝见天子，都必须在天色破晓之前赶到皇城外等候。东都洛阳城外就是洛水，臣子出入宫

廷都要经过洛水上的天津桥。因宫禁森严，天津桥在夜间落锁关闭，天明才开锁放行，所以等候早朝的文武官员都要隔水静候。上官仪便趁着上朝之前的一段空闲时间，在河堤上吟赏风月。绵延不绝的洛水在夜色中无声地流淌着，衬托出皇城周围环境的宁静与肃穆。诗人骑着骏马在长堤上随意漫行。天色渐明，曙光初现，月儿斜挂在西天，喜鹊已经飞出栖身的树林，野风中传来了阵阵蝉鸣。真是一个秋意浓郁的清晨！

上官仪并不是隐居山野的高士，他洛堤步月也不是有意识的游山玩水，但是这个身居高位的大臣在上朝前的片刻之间，居然欣赏到了如此清丽的景色，这说明大自然的怀抱是随时随地都向人们敞开着的，只要有热爱自然的美好情怀，我们就无时不在自然之中。

春泛若耶溪

◉ 綦毋潜

幽意无断绝，此去随所偶。
晚风吹行舟，花路入溪口。
际夜转西壑，隔山望南斗。
潭烟飞溶溶，林月低向后。
生事且弥漫，愿为持竿叟。

注释

幽意：幽闲的情趣。

际：接近。

弥漫：散漫。

赏析

若耶溪相传为西子浣纱处，溪水极其清澈，山映水中，宛若画境。这首诗所写即是诗人归隐之后，在一个春江水暖、花好月圆的夜晚，泛舟若耶溪之所见所感。

在春光明媚的时节，诗人无法拒绝美景的诱惑，心中幽意如丝缕般萦绕绵延，终于驾起小舟，驶入若耶溪。此行完全是为了抒发自己心中的幽意，可以任性而行，随意欣赏遇到的景致：溪水潺潺，清莹婉转，岸上芳草鲜

美，落英缤纷，诗人完全沉浸在一片如诗如画的春色之中。不知不觉间到了晚上，水面袭来了携带着花香和水气的凉风。小舟进入溪口，又转入西壑，诗人的目光越过山顶，仰望那熠熠闪亮的南斗星，在溶溶的水雾之间，林梢的一弯明月好像在向后退却。诗人已阅尽沧桑，面对着若耶春光，他决心舍弃人生万事，情愿在这里做一个钓叟。

此诗在艺术上自然清淡，不经营，无藻饰，随着自己的行舟路线和心中感受，自然地抒写出溪上美景引发的愉悦心情，两者水乳交融，共同达到了明净纯澈的境界。诗人以若耶溪水、清风、明月、南斗、苍山、迷雾、江花营构了一幅若耶春夜图。水雾花香，明月清风，不正是大自然对人类的最美妙的赏赐吗？诗人正是在心中幽情的召唤下，努力回归自然，以一颗悠然自适的心享受大自然的这份恩赐。我们在千百年后，有幸和诗人一同感受此情此景，从中亦间接地受到了自然的恩赐。

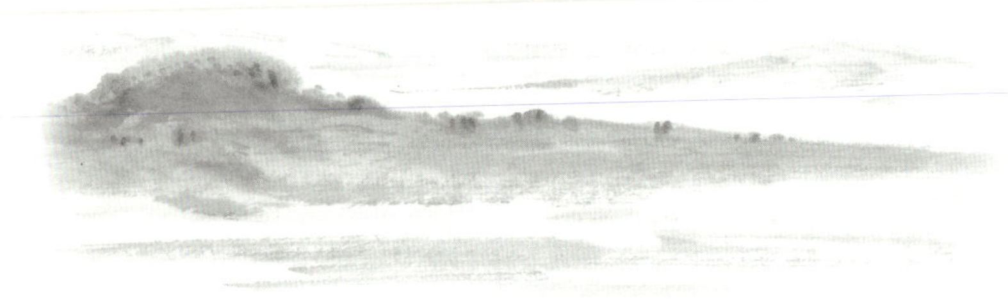

明　陈洪绶
秋溪泛艇图

青溪

◉ 王 维

言入黄花川，每逐青溪水。
随山将万转，趣途无百里。
声喧乱石中，色静深松里。
漾漾泛菱荇，澄澄映葭苇。
我心素已闲，清川澹如此。
请留盘石上，垂钓将已矣。

注释

青溪：水名，在今陕西沔县之东。

言：发语词，无意义。

黄花川：水名，在今陕西凤县东北黄花镇附近。

趣：通“趋”。

赏析

此诗又题作《过青溪水作》，为王维初隐蓝田时所作。

诗人隐居在蓝田南山，闲暇无事，常常会泛舟水上，发抒自己的闲适心意，而这条青溪正是他的最爱，故有“每逐青溪水”之言。诗人从黄花川出发，开始了他的青溪之旅。这里苍山碧水，相偎相依，萦曲百转，诗人的小船随着山形水势走过了万重山、千湾水，可走的直线距

离还不到百里，颇见回环往复之趣。而在这回环往复之中，一路上的风景更是姿态万千，欣喜可人，当水流经过一滩乱石时，激荡起哗啦啦的水声，给深沉静谧的大山平添了一片喧闹。而溪水渐渐地流到大片平旷的松林时，被浓郁的墨绿融化了、凝固了，渐渐地在这片深沉的绿色之中沉睡下来。水中的菱叶、荇菜随着波纹而浮动。岸边的蒹葭、芦苇在清莹明澈的水中倒映着身影。诗人本有一颗像青溪水一样素净清澹的心，所以更加喜爱这澄洁素淡的溪水，他衷心希望留在水边的磐石上，执一支钓竿，长此徜徉，不复出焉。

王维的这首《青溪》与綦毋潜的《春泛若耶溪》都表现了走进自然、亲近自然的萧散闲淡之趣，但王维的艺术手法更加精致，他在描写青溪景色时，特别注意动静、声色的映衬搭配，从而展示了一个更加幽美的自然境界。

天

汉江临泛

◉王　维

楚塞三湘接，荆门九派通。
江流天地外，山色有无中。
郡邑浮前浦，波澜动远空。
襄阳好风日，留醉与山翁。

注释

汉江：即汉水。

楚塞：楚国边塞，指汉水中下游一带。

三湘：泛指湘江流域。

荆门：指荆门山。

派：水的支流。

赏析

这是王维泛舟汉江所写的一篇写景名作。

首联描写汉江流域水势浩大，流域广阔。楚国的边塞与三湘之水相衔接，汹涌的汉江、荆江与长江九派汇聚合流。诗人驰骋想象，在远望和遥想的结合中，把三湘和九派连成一气，渲染了一个横无际涯、烟波浩渺的

背景。

颔联和颈联才是诗人真正在汉江上远眺的所见所闻、所想所感。沿着江水流去的方向望去，只见两岸的群山重重叠叠，在茫茫水雾和淡淡阳光的笼罩下，朦朦胧胧，若隐若现。那滔滔江水一直流到水天相接之处，仍未停止，似乎流到天地之外去了。江边的城郭，在水势与涛声的映衬下，仿佛也跟着江水一起浮动。浩渺的水面上波澜起伏，仿佛连远处的天空也随着晃动。这些奇特的想象和丰富的感觉，使得诗人的远眺之景血肉丰满、形神兼具，具有强大的感染力和冲击力。最后一联则是饱览壮观后的感慨：在这个风和日丽的时节，多么想和“山翁”共谋一醉啊！“山翁”乃指晋人山简，曾任征南将军，镇守襄阳，常到习家池上饮酒，大醉而归，是魏晋名士的典范。此处借指当时的襄阳刺史。

这首诗通过描写汉江波澜壮阔的壮美景象，充分表现了大自然的壮伟力量和独特魅力，表达了诗人对这种壮美之景的赞美之情，也引起了历代读者的无限向往。

天

静夜思

◉李　白

床前明月光，
疑是地上霜。
举头望明月，
低头思故乡。

赏析

这是一首传诵千古的小诗，几乎达到了妇孺皆知的程度。但这首诗既没有奇异的想象，也没有华丽的辞藻，究竟是什么让它具有恒久的魅力呢？

诗人青年时代就远离故乡，游历四方，虽然性情豪迈旷达，但在其内心深处，久客思乡之情亦在所难免。在一个清秋的夜晚，诗人独自一人客居他乡，夜半无人，静静地躺在床上，乡思涌上心头，好久后才进入梦乡。半夜时分，一阵寒意让诗人醒来，瞥见床前的地面一片洁白，第一感觉就是满地寒霜。然而诗人猛一抬头，看见窗外的天宇中悬挂着一轮皎洁的月亮，清光四射，他突然省悟床前的莹洁之物不是寒霜，而是皎洁的月光。于是刚

才那缕乡愁重又渐渐涌上心头，他不忍再看那勾起无限乡思的明月，低下了头……

这首小诗以寥寥二十字，展现了诗人丰富曲折的心理变化，流露出那浓浓的思乡之情，语言简洁，却韵味无穷，道出了无数他乡游子的共同心声。

天

峨眉山月歌

◉李　白

峨眉山月半轮秋，
影入平羌江水流。
夜发青溪向三峡，
思君不见下渝州。

赏析

这是李白第一次离开蜀地时的作品，也是李白写月的名作，与《静夜思》相比，别有一番风味。在一个清秋的夜晚，半轮明月悬挂在苍翠的峨眉山头，把皎洁的月光洒向平羌江水，随着滚滚的江水流向远方。此时诗人正从青溪驿出发，连夜驶向三峡。初离故土，难免对故土和亲人依依不舍，那份思乡怀人之情在江水、明月的触动中，愈发的浓烈，诗人就这样驶向渝州，离故乡渐行渐远。

这首诗以江水和秋月衬托诗人的思乡之情，地点不断转移，沿途的一切都染上了诗人浓浓的乡愁。幸亏那轮多情的明月一路相随，抚慰着诗人的心灵。

故人西辭黃鶴樓烟花三月
下揚州孤帆遠影碧空盡唯見
長江天際流李白黃鶴樓送孟
浩然之廣陵 清湘苦瓜老人濟
以張志和烟波子法倣其意

清
《名家画谱》

天

黄鹤楼送孟浩然之广陵

◉李　白

故人西辞黄鹤楼，
烟花三月下扬州。
孤帆远影碧空尽，
唯见长江天际流。

注释

黄鹤楼：江南四大名楼之一，在鄂州（今湖北武汉）的黄鹤矶头。

广陵：古地名，即扬州。

赏析

孟浩然的高风亮节深为李白所敬仰。在孟浩然即将前往扬州之时，李白在黄鹤楼为他送别，挥笔写就这首千古传诵的送别名作。

前两句叙事，写诗人为孟浩然在黄鹤楼饯行。武汉在西，扬州在东，从武汉去扬州，顺江东下，自然是向西告别黄鹤楼。接着点明离别的时间和行程的去向，是在烟花三月前往扬州。这两句信手拈来，毫无雕琢，却蕴

含着丰富的意蕴。首先是黄鹤楼背依蛇山，前瞰大江，飞檐彩柱，辉煌壮丽，有“天下江山第一楼”的美称，无数的文人骚客，都爱登上黄鹤楼，欣赏大江两岸的景色，抒发胸中的情思。其次是扬州，这个东南第一都会，风景秀丽，富庶繁华，本身就是一幅画，更何况是在草长莺飞、烟花烂漫的阳春三月呢？

接下来两句写景。孤舟东下，诗人站在黄鹤楼头举目远眺，目送友人远去。看似单纯的写景，其中却蕴含着浓浓的情意。首先表现在一个“孤”字上。这个“孤”字不仅是写孟浩然一个人前往扬州，更主要的是突出了诗人的主观感受。在烟波浩渺的江面上，一叶孤舟渐行渐远，这在表面上是写友人的孤独，实际上是表示诗人的无限依恋。这种感受也体现在诗人久久凝视不忍离去的举动上。友人的孤帆已经远去，诗人却依然手扶栏杆，注视着天边的帆影，直到它消失在蓝天碧水相接之处，留下的只有滚滚东流的江水。这一切不正是诗人依依不舍的心情的外化吗？

明　沈周
庐山高图

天

庐山谣寄卢侍御虚舟

◉ 李　白

我本楚狂人，凤歌笑孔丘。
手持绿玉杖，朝别黄鹤楼。
五岳寻仙不辞远，一生好入名山游。
庐山秀出南斗旁，屏风九叠云锦张，
影落明湖青黛光。
金阙前开二峰长，银河倒挂三石梁。
香炉瀑布遥相望，回崖沓嶂凌苍苍。
翠影红霞映朝日，鸟飞不到吴天长。
登高壮观天地间，大江茫茫去不还。
黄云万里动风色，白波九道流雪山。
好为庐山谣，兴因庐山发。
闲窥石镜清我心，谢公行处苍苔没。
早服还丹无世情，琴心三叠道初成。
遥见仙人彩云里，手把芙蓉朝玉京。
先期汗漫九垓上，愿接卢敖游太清。

注释

庐山：山名。在江西九江市南，又名匡庐。

卢侍御虚舟：卢虚舟，字幼真，范阳（今北京大兴县）人，唐肃宗时任殿中侍御史。

绿玉杖：传说中仙人所用的手杖。

南斗：星名。即斗宿，有星六颗。

屏风九叠：指庐山五老峰东北的九叠屏。因叠石如屏障，故得此名。

金阙：金阙岩，又名石门。

香炉：香炉峰。

石镜：指石镜岩。光可鉴人，故名。

谢公：谢灵运。谢灵运《入彭蠡湖口》有"攀崖照石镜"句。

还丹：道家所说的仙丹。

琴心三叠：指道家修炼到了心和神悦的境界。

玉京：道家称元始天尊所居之处，名曰玉京山。

汗漫：不可知之物，转作仙人的别称。

九垓：九天之外。

卢敖：燕人，秦博士，秦始皇使其求仙，亡而不返。

太清：道家称神仙所居之处。

赏析

此诗是李白流放夜郎途中遇赦后，于上元元年（760）返至浔阳（今江西九江），与卢虚舟同游庐山时所作。

这篇歌行篇幅较长，但脉络清晰，层次分明，全诗可分三个段落：

开篇两句表明自己不与统治者合作的隐逸立场：我就像楚国的狂人一样，高唱着"凤兮凤兮"的歌曲来嘲笑孔丘。据《论语》记载，孔子曾在路上遇见楚国的狂人接舆，接舆唱了一首"凤兮"之歌规劝孔子不要从政。接下来写自己清晨自武昌出发，这是此次庐山之行的起点。与普通人不同，诗人手持"绿玉杖"，这就把仙风道骨的神采呈现在读者面前。而"黄鹤楼"在这里不仅点明出发的地点是武昌，也表达了诗人对于驾鹤仙游的向往。手持玉杖，驾鹤云中，这样的游历是多么逍遥自在啊！那么诗人将去何处游历呢？原来

他“一生好入名山游”，早已不辞山高水远地游历了五岳，可见其对游山、寻仙所好之深。

接下来的十三句是全诗的第二部分，集中笔力描写庐山雄奇壮丽的景象，这是诗中最动人的部分。首先是正面描写庐山瑰玮秀丽的景观：庐山高高地耸立在南斗星旁，九叠屏风就像五彩朝霞一样层层展开，苍翠的山峰倒映在澄净明澈的湖面上，形成一片青黛色的湖光。金阙岩前矗立着两座高高的山峰，就像石门一样，悬流飞瀑飘落下来，如九天银河倒挂在三石梁上，与香炉峰瀑布遥遥相望。层峦叠嶂，直插苍穹。接下来写诗人站在庐山上所见之景。苍翠的山影，鲜红的朝霞，映照着初升的太阳。站在山顶遥望东方，那是吴国上方的广漠长天，连飞鸟都难以到达。登临庐山高峰，欣赏天地之间壮丽的景象，浩浩荡荡的长江奔腾而去。万里黄云在大风的吹动下涌动翻转，而那茫茫九派则白波如雪，浪高如山。诗人以错综变幻的笔法，从多个层次全面展示了庐山的瑰玮和秀丽，淋漓尽致，引人入胜。

庐山如此雄伟壮丽的美景，让诗人兴致勃发，思绪飞扬。他看见那光可鉴人的石镜岩，仿佛内心的俗念都被洗清。人生短促，谢灵运当年的足迹早已湮没在苍苔之中了。兴念至此，心里多了一层幻灭虚无之感，遂想早早地服下还丹，修道成仙，摒弃一切烦杂的世情。远处一位仙人在五彩祥云之间若隐若现，手持莲花，正向玉京山方向飞去。诗人早已与卢虚舟相约在渺茫的九天之上相见，愿与他一起遨游太清。这部分虽然写了诗人对于得道成仙的向往，但这种感情是庐山胜景所引发的，之所以要成仙，是因为只有成仙才不会像谢灵运一样湮没在岁月的尘埃中，才能与这奇秀的自然美景永远相伴，实际上也表达了诗人对自然的强烈向往之情。因为大自然本是天长地久、永葆青春的，我们若能将生命融入自然，便也能获得永生。

明　项圣谟
山水图

次北固山下

◉ 王　湾

客路青山下，行舟绿水前。
潮平两岸阔，风正一帆悬。
海日生残夜，江春入旧年。
乡书何处达，归雁洛阳边。

注释

次：停泊。

北固山：山名，在江苏镇江之北，面临长江。

海日：从海上升起的太阳。

赏析

冬末春初的一个清晨，诗人泊舟北固山下，潮平岸阔，旭日东升，情思勃发，遂有此作。

诗人以平实之笔将这首诗的背景徐徐展开：青山下道路蜿蜒，碧波中客舟疾驰。意即自己经过一番跋涉方至此地，绿水青山迎来了一位远方的游子。

此时积雪已慢慢融化，适逢潮水上涨，几与岸平，江面变得更加宽阔，诗人的客舟顺风驶来，风力的大小恰

到好处，一片船帆高悬在江水之上，好一幅壮美的大江行船图！

诗人举目东望，只见一轮红日从水天相接的地平线上慢慢升起，此时天空中的夜色尚未完全褪去。虽然节令还没有进入新的一年，春天已按捺不住自己的脚步，悄悄地来到江南江北。昼夜更替的壮观景象，新旧相接的欢欣气氛，都被形象地浓缩在两句之中："海日生残夜，江春入旧年。"难怪宰相张说把此联亲笔题写在政事堂中，让官员们当作写诗的典范！

山青水绿，草长风吹，是大自然的本来面目。日升日落，冬去春来，是大自然的永恒规律。但这一切经过诗人的观察和吟咏，便被注入感情，赋予生气，顿时变得鲜活灵动起来。正是在这个意义上，人类既是自然的产物，也堪称万物之灵！

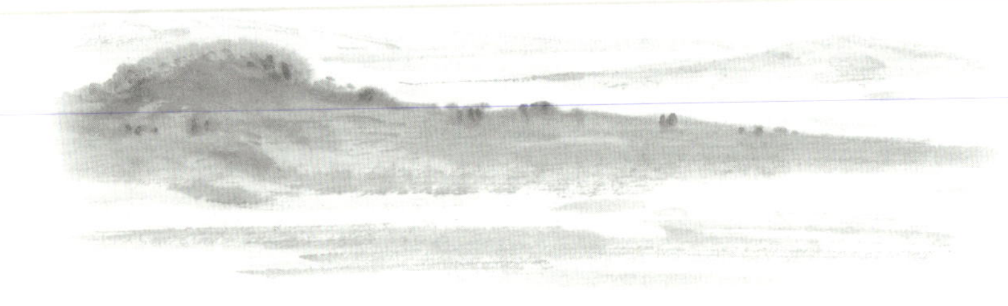

阆水歌

◉杜　甫

嘉陵山水何所似，石黛碧玉相因依。
正怜日破浪花出，更复春从沙际归。
巴童荡桨攲侧过，水鸡衔鱼来去飞。
阆中胜事可肠断，阆州城南天下稀。

注释

阆（Làng）水：水名，嘉陵江流经阆州（今四川阆中）的一段。

石黛：即石墨，青黑色，古时妇女用来画眉。

因依：依托。

赏析

阆州青山四合，山环水绕。杜甫于广德二年（764）第二次来到阆州，写下了这首《阆水歌》，赞美了春日嘉陵江的秀丽景色。

诗人用自问自答的形式开头，以强调心中热烈的赞美：嘉陵的山水是这样的美，什么东西才能与之相像呢？诗人又采用生动的比喻答道：山像石黛，水像碧玉，

山环水绕，相偎相依。下面四句正面描写嘉陵江的自然景色：江面上白浪滚滚，一轮红日冲破波浪，喷薄而出。江岸上青草芊芊，仿佛是春天归来的足迹。活泼劲健的巴渝儿童是打桨的好手，江流湍急，船身倾斜着疾驰而过，表现出操舟者的身手不凡。水鸡嘴里衔着鱼儿来去飞翔，整个自然环境生机勃勃。尾联承接上文，总赞阆州山川胜迹，“可肠断”是赞美之词，即爱煞人、爱死人之意，阆州的城南一带更是天下独绝！

细致的描写加上生动的想象，一幅阆苑仙境图跃然纸上！

明　邵弥
山水人物图

天

江村即事

◉ 司空曙

钓罢归来不系船，
江村月落正堪眠。
纵然一夜风吹去，
只在芦花浅水边。

赏析

深夜时分，一轮明月渐渐下沉，正是人们熟睡的时候，诗人方垂钓归来。月夜垂钓，这种行为本身就是富有诗意的，洋溢着闲适的趣味。不仅如此，诗人还做了另一件让人不可思议的事情，他把船停在江边，竟然不系缆绳！这正是诗人悠闲自得、率性而为的心境的生动体现。为什么诗人没有系船，还能无忧无虑地安眠在船中？原来他心里有底：即使小船被夜风吹走，那也没关系，最多只会飘到那芦花掩映的浅水之间。诗人睡在船中，清风徐徐地吹拂，江水微微地摇荡，是多么的舒适、惬意！

此诗在字面上纯属叙事，却间接地描绘出江村幽静

安宁的夜景。正因环境是这样的幽静、安宁，才使诗人的心境如此悠闲、安详。所以此诗的最大特点就是情景相依，物我交融，达到了人与自然和谐统一的忘我境界。

天

过山农家

◉ 顾　况

板桥人渡泉声，
茅檐日午鸡鸣。
莫嗔焙茶烟暗，
却喜晒谷天晴。

赏析

这首描写走访山农的小诗，不仅绘声绘色地写出了山中农家的自然风光，也展示了江南山乡焙茶晒谷的劳动场景，表现了山农自然淳朴的生活。

全诗分为两部分，一二两句写诗人路上的所见所闻。诗人一路走来，到了山涧上的一座木板桥，桥下的泉水在潺潺地流淌。中午时分，太阳高照，一户农家茅屋的房檐下，一群家鸡引吭高歌。这两句诗分别描写一种声响，但它们纯属天籁，不但有力地反衬出整个环境的安宁静谧，而且洋溢着勃勃生机。

三四两句描写农家的两个劳动场面：一是山农焙茶时烟熏火燎，一是山农趁着天晴晾晒谷物。两个场面是

通过山农的话表现出来的，诗人站在旁边观看山农的劳动，面对着这个远道而来的读书人，山农为焙茶时的烟熏火燎表示一下歉意，同时也为天气晴好能够晒谷而深感喜悦。当然，这也可能是诗人细心观察山农的劳动场面后设身处地的主观感受。不管怎样，这两句诗深深地感染着读者，让我们不仅想象出农人笑容满面地劳作，而且能够感受到农家的那份喜悦心情。

这首小诗通过诗人的独特剪裁，表现了幽静而富有生机的山间景色，也表现了忙碌而安详的农家生活，描绘了一幅人与自然和谐共处的生活图景。

天

滁州西涧

◉ 韦应物

独怜幽草涧边生，
上有黄鹂深树鸣。
春潮带雨晚来急，
野渡无人舟自横。

注释

野渡：荒郊野外无人管理的渡口。

赏析

这是一首山水诗的名篇，流传广泛，竟使得滁州西郊这一条名不见经传的小河——“西涧”，如今已经和醉翁亭等名胜同样有名。这真是文学史上的一大奇迹。

诗写于唐德宗建中二年(781)，诗人出任滁州刺史期间，诗中记下了他春游西涧和野渡遇雨的情节。

诗人用清新雅淡的笔触描绘了四幅独立的画面，它们合起来又构成了一幅立体的画卷。黄昏时分，细雨蒙蒙，西涧一带寂寥无人，诗人独自站在涧边，十分爱怜地看着萋萋芳草，这是一幅低处之景。忽然从上方传

来几声清脆的鸟鸣，诗人抬头一看，发现有黄鹂藏在树丛深处，这是一幅高处之景。诗人的目光由低到高，感觉则从视觉转到听觉，生动地刻画了西涧的幽静清丽之景。三四两句专写西涧。晚潮加上春雨，水势更急，而郊野的渡口，本来就行人不多，此刻连艄公也不在了，只见空空的渡船被河水冲得横在岸边。显然，携带着雨水的春潮是从远处奔流过来的，诗人的目光也是由远及近，最后落在那条空无一人的渡船上。所以此诗虽然展现了四幅各自独立的画面，却由诗人目光的转移将它们连成一片，形成了一幅多层次、多角度的雨中春涧图。

这首诗有没有寄托呢？似乎有。独立涧边，似有知音难觅的孤独感。渡口无人，似有行路艰难的惆怅感。但这一切却相当轻微，若有若无，诗中压倒一切的情愫是对西涧幽景的深深喜爱，是对自然之美的由衷礼赞。

天

山石

◉ 韩愈

山石荦确行径微，黄昏到寺蝙蝠飞。
升堂坐阶新雨足，芭蕉叶大栀子肥。
僧言古壁佛画好，以火来照所见稀。
铺床拂席置羹饭，疏粝亦足饱我饥。
夜深静卧百虫绝，清月出岭光入扉。
天明独去无道路，出入高下穷烟霏。
山红涧碧纷烂漫，时见松枥皆十围。
当流赤足踏涧石，水声激激风吹衣。
人生如此自可乐，岂必局促为人鞿。
嗟哉吾党二三子，安得至老不更归。

注释

荦(luò)确：险峻不平。

粝(lì)：糙米。

枥：同“栎”，一种落叶乔木。

鞿(jī)：牵制，束缚。

赏析

诗题《山石》，是用全篇开头二字为题，并不是专咏山石，而是一篇叙写游踪的诗。按照行程的顺序，叙写从“黄昏到寺”、“夜深静卧”到“天明独去”的所见、所闻和所感。

这是一首朴素简净的记游诗。开始用二句叙述游山到寺，一路上都是高低不平的山石，诗人行走在细小

得若有若无的山路上，到达古寺时已是蝙蝠乱飞的黄昏时分了。接着又用二句写寺内景物。走上寺院里的客堂，坐在台阶上休息。由于连日雨水饱足，院子里的芭蕉叶都长得很宽大，栀子花也开得很肥硕。以下便写寺中和尚招待客人的情况。和尚和客人闲谈，讲起佛殿里有很好的壁画，说着就取灯火照来给客人看，可是因为年代古远，画面大多剥落，所能看清的微乎其微。于是和尚铺床拂席，还给客人供应晚饭。虽然饭米粗糙，仍然可以解饥。此下二句写夜晚的情况。夜深了，院子里各种昆虫的鸣声都已停止。客人静卧在床上，看见明月从山岭背后升起，把一缕清光洒进了窗户。接着用四句描写天明后出山回家的情况：这时晓雾还未消散，一时找不到下山的路，便忽高忽低，忽前忽后地随便走去。路上时时看到鲜红的山花，碧绿的涧水，煞是缤纷烂漫，还有几人合抱的松树和栎树。如果碰到溪涧，就赤脚踏石而过，这时水声激激，微风吹衣。使人不禁大发感慨：这样的生活自有乐趣，何必要呆在官场里受人拘束、不得自由呢？与我志同道合的朋友们，我们怎样才能长住此中，不再回到尘世去呢？

这首诗按照行程的顺序逐层叙写游踪，却不像记流水账那样呆板乏味，其表现手法十分巧妙。虽说是逐层叙写，仍经过严格的选择和精心的提炼。如从黄昏入寺到就寝之前，实际上的所见所闻很丰富，但摄入镜头的却只有“蝙蝠飞”、“芭蕉叶大栀子肥”、寺僧陪看壁画和款待粗饭的情景，因为这体现了山中的自然美和人情美，二者达到了高度的融合，跟为人所鞿的幕僚生活相对照，便使诗人萌发了归隐的念头，从而感人至深。“安得至老不更归”的结句，感慨深沉，堪称千古一叹。生活在都市中的读者朋友，如果您到一个幽美清净的自然环境中逍遥了几天，当您即将返回都市时，是否也会这样追问自己呢？

天

吐蕃别馆和周十一郎中杨七录事望白水山作

◉吕　温

纯精结奇状，皎皎天一涯。
玉嶂拥清气，莲峰开白花。
半岩晦云雪，高顶澄烟霞。
朝昏对宾馆，隐映如仙家。
夙闻蕴孤尚，终欲穷幽遐。
暂因行役暇，偶得志所嘉。
明时无外户，胜境即中华。
况今舅甥国，谁道隔流沙。

注释

吐蕃别馆：别馆，客馆。吐蕃别馆是唐时吐蕃设在逻些城（今西藏拉萨）的客馆。

纯精：此处指上天。《易·乾》："大哉乾乎，刚健中正，纯粹精也。"《易·说卦》："乾，天也。"

孤尚：独特的志趣。

嘉：喜欢。

外户：从外面关闭的门。《礼记·礼运》："是故谋闭而不兴，盗窃乱贼而不作，故外户而不闭，是谓大同。"此处意谓开明之世，国门敞开。

流沙：沙漠。

赏析

唐德宗贞元二十年(804)三月,吐蕃的牟尼赞普去世的消息传到长安。五月,朝廷派遣张荐为“入吐蕃吊祭使”,吕温为副使,前往逻些。行至青海湖西的日月山,张荐突然染病去世,吕温继续前行,到达逻些,代表唐王朝向吐蕃致吊祭之礼。此诗就是他在逻些城的客馆里所作。

吐蕃地处高原,气候严寒,自然风光与中原迥异。在自幼生活于洛阳、长安的吕温眼中,这里的景色真是奇特不凡,所以此诗开篇即惊呼说:这奇异的形状真是天地精华凝结而成,满目皎洁,直到天涯。下文即具体展开对积雪覆盖的山川大地的描写:白玉雕成的山峰四周围绕着清寒之气,白雪皑皑的峰顶则像盛开的白莲花。山势高峻,山上山下气候迥异。山腰风雪弥漫,一片阴晦;山顶却阳光灿烂,云霞闪耀。吕温等人居住在客馆里,朝朝夕夕都面对着这姿态万千的奇景。雪光映照,满室光辉,恍若神仙之家。于是诗人感慨万千,对随他一同出使吐蕃的周郎中、杨录事说:早就听说你们怀有独特不凡的志趣,如今终于来到这幽静的遐方之地。我们在奉使出差的余暇,偶然得以满足自己的志趣,岂不是极大的幸事!

出使绝域,在当时的交通条件下,是一件相当艰辛乃至危险的事情。但是吕温诗中对气候不适、水土不服等艰辛的生活内容一字不提,只是对奇丽的雪山风光赞叹不已。显然,正是大自然的神奇伟力扩展了他的眼界,也震撼了他的心灵。在这个美得令人心摇目眩的晶莹仙境里,诗人除了赞叹之外还能说些什么呢?

当然诗人并未忘记自己此行的使命,他是代表唐王朝前来吊祭吐蕃赞普的。自从文成公主远嫁吐蕃以来,吐蕃经常把自己与大唐王朝的关系视同外甥与舅父。贞元末年唐、吐之间没有战事,吕温认为双方确是舅甥之国的关系。他想到《礼记》中有“外户不闭”的话,觉得此时天下太平,大唐帝国的国门始终敞开着。如此奇异的自然风光仍在中华的领域之内,谁说吐蕃是远隔沙漠的绝域呢?这首诗不仅生动地描绘了西藏高原的雄奇美丽,而且由衷地赞美了中华领土之广阔,以及诸民族之间的和睦关系。对自然风光的热爱是萌生爱国感情的最好温床,这就是吕温此诗留给我们的深刻启迪。

天

钱塘湖春行

◉ 白居易

孤山寺北贾亭西，
水面初平云脚低。
几处早莺争暖树，
谁家新燕啄春泥。
乱花渐欲迷人眼，
浅草才能没马蹄。
最爱湖东行不足，
绿杨阴里白沙堤。

注释

钱塘湖：即西湖，在今杭州市西，是著名游览胜地。

孤山寺：南朝陈时所建，位于西湖孤山，故得此名。

贾亭：唐贞元年间杭州刺史贾全所造之亭，又名贾公亭。

云脚：下垂接近地面的云。

暖树：向阳的树。

赏析

这首诗描绘了西湖旖旎骀荡的春光，以及自然界万物在春天的勃勃生机。

诗题中有“春行”二字，西湖的美丽画卷便随着诗人的行踪逐步展开。诗人一开始来到了孤山寺的北面，

贾公亭的西畔,放眼望去,只见湖水平岸,云脚低垂,湖光山色,尽收眼底。接下来,活泼可爱的禽鸟争先吸引着诗人的目光:黄莺一大早就忙着抢占最先见到阳光的“暖树”,生怕被其他同类捷足先登。不知从谁家檐下飞来的燕子,飞到湖边湿地上衔取春泥。这两句着意描绘出莺莺燕燕的动态,从而使全诗洋溢着春天的活力与生机。

写过禽鸟以后,诗人又把视线转向了静物,也即湖边的花草植被。万紫千红的鲜花,漫山遍野地开放,千姿百态,争奇斗艳,诗人简直不知把视线投向哪里才好,也无从分辨出个高下优劣来,只觉得眼也花了,神也迷了,真是美不胜收,应接不暇呀。诗人此行是骑马踏青,在绿草如茵的西子湖畔,信马由缰,自由自在地游山逛景。马儿似乎也体会到主人那轻松闲逸的兴致,便不紧不慢地踩着青青的草地前行。草丛尚浅,刚刚能遮住马蹄。诗人正在指点湖山、流连光景,不经意间瞥到了马蹄在草地上起落而时隐时现的情景,觉得分外有趣。没想到就是这随意的一笔,为全诗增添了多少活泼情趣和闲情逸致。

这首诗就像一篇短小活泼的游记,把西湖的自然美景和诗人的愉悦心情融合在一起,使读者意往神驰。

天

忆江南

◉ 白居易

江南好，风景旧曾谙。

日出江花红胜火，春来江水绿如蓝。

能不忆江南？

谙(ān)：熟悉。

蓝：兰草，叶子可用来制作青蓝色的染料。

赏析

唐穆宗长庆二年(822)，白居易出任杭州刺史，两年任满后离开；唐敬宗宝历元年(825)又出任苏州刺史，第二年秋天因病离开。回到洛阳后，白居易经常回忆起苏、杭的美丽景色，他依《望江南》曲调填写了三首词，即事名篇，题作《忆江南》，抒发他对江南的怀恋之情，这里所选的是其中的第一首。

此词开门见山地说："江南好"，曲终又感叹说："能不忆江南？"正是因为"好"，才不能"不忆"，白居易回忆

的是那非常熟悉、魂牵梦绕的江南风景：春天来了，在阳光的照耀下，花红胜火，水绿如蓝，如此明艳的色彩相互映衬，这浓浓的江南春色，怎能不让人时时怀想？"能不忆江南？"如同一声叹息，韵味悠长，表达出作者对江南的无限赞叹与怀念。此词并未涉及具体的江南名胜，仅以最常见的红花绿水为代表，却写出了江南特有的江花江水，其新颖之处正在于"红胜火"与"绿如蓝"，秾丽绚烂的色彩给人以强烈的视觉冲击，这就是白居易记忆中的江南之春的整体印象。

白居易任职杭州、苏州的几年里，几乎游遍了两地的风景名胜，还为当地做了不少实事，对两地产生了很深的感情。在杭州时，他疏浚六井、增筑湖堤，还把管理西湖水的办法写成《钱塘湖石记》刻在石上，留给后任刺史，人们为纪念白居易，将他常去的白沙堤改称"白堤"。在苏州时，他疏浚山塘河，离任后苏州人民为他建立祠堂。但是，十多年之后，当诗人回忆江南的时候，当年的具体生活场景都黯淡下去了，记忆中浮现出来的只是这秾丽耀眼的色彩，这就是当年的江南生活留给白居易最突出的印象，与其说是在写景，倒不如说是在借助被记忆沉淀过的色彩表达一种感觉，那就是对江南生活最温暖最热烈的怀念。

对于一位热爱大自然的人来说，一时一地的自然美会永远停留在他的心里，给他的人生旅途带来最温暖的抚慰，这也正是大自然最珍贵的馈赠。白居易的《忆江南》验证了这一点，也让我们看到了人与自然相依相亲的和谐与快乐。

天

村　行

◉ 王禹偁

马穿山径菊初黄，
信马悠悠野兴长。
万壑有声含晚籁，
数峰无语立斜阳。
棠梨叶落胭脂色，
荞麦花开白雪香。
何事吟余忽惆怅，
村桥原树似吾乡。

注释

壑(hè)：山沟。
籁(lài)：从孔穴中发出的声音，这里泛指声音。
棠梨：即杜梨，一种落叶乔木。

赏析

北宋淳化二年(991)，王禹偁因论妖尼道安之事获罪，被贬为商州(今陕西商州)团练副使。商州地处秦岭南麓，境内山清水秀，风光迷人，自古以来就是文人墨客的胜游之地。古代文人被贬谪荒远，难免情绪抑郁，但却因此摆脱了案牍之劳形，可以纵情流连于山水胜景之中。在偏远之地，美丽的大自然最能安顿迁客的心灵，商州的自然美景也带给王禹偁极大的抚慰。《村行》

作于淳化二年八月，是王禹偁与商山风景进行心灵对话的艺术结晶。

此诗前两联写诗人骑马穿行在山间小路上，初开的黄菊随处可见，散发着幽香。越往山里走，游兴越发浓厚，索性信马由缰，尽情观赏这山乡美景。夕阳西下，千岩万壑间秋声响起，却显得更加幽静。数峰无语，静立在脉脉斜晖中，诗人置身其间，心灵完全融化在苍茫群山中，人与山相对无言，契合无间。钱钟书先生认为：山峰本不能语，王禹偁说它们“无语”并不违反客观事实，“但是同时也仿佛表示它们原先能语、有语、欲语而此刻忽然‘无语’”。作者借“无语”二字暗示山峰也有生命，仿佛诗人与山峰之间曾进行过无言的交流，达成了心灵的默契，故而诗人忘言，山峰无语。“有声”的万壑与“无语”的数峰相映成趣，越发显示出山村傍晚的沉寂，读来饶有情趣，成为千古传颂的名句。

第三联转写山乡的细景：经霜的棠梨叶随风飘落，红艳似火；成片的荞麦花开如雪，阵阵清香扑鼻而来。诗人乘兴而游，胜景触目，吟咏成诗，可是吟完诗句，一丝怅惘涌上心头，何以如此？原来在诗人的眼中，面前的小桥流水、原野平林，多么像自己的故乡！然而事实上此地并非“吾乡”，诗人心中的那份怅惘自不待言说。满目山川，清晖娱人，宦途失意的异乡人有家难归，然而毕竟在此地找到了暂时的归宿。尾联如此一转，情思更加婉转曲折，含蓄深沉，韵味无穷。大自然真是安顿我们心灵的最好归宿。

明　孙枝
西湖纪胜图

望海潮

◉ 柳　永

东南形胜，三吴都会，
钱塘自古繁华。
烟柳画桥，风帘翠幕，
参差十万人家。
云树绕堤沙。
怒涛卷霜雪，天堑无涯。
市列珠玑，户盈罗绮，竞豪奢。

重湖叠巘清嘉。
有三秋桂子，十里荷花。
羌管弄晴，菱歌泛夜，
嬉嬉钓叟莲娃。
千骑拥高牙。
乘醉听箫鼓，吟赏烟霞。
异日图将好景，归去凤池夸。

注释

形胜：地理条件优越。

三吴：《水经注》以吴兴、吴郡、会稽为三吴。钱塘，旧属吴郡。

天堑（qiàn）：天然的险阻，这里指钱塘江。

重湖：这里指西湖，西湖以白堤为界，分为外湖、里湖，故称重湖。

叠巘（yǎn)）：重叠的山峰。

羌管：笛子出自羌族，故称羌管。这里泛指乐器。

高牙：古代将军的旗竿用象牙装饰，故称牙旗。这里指大官的仪仗旗帜。

凤池：即凤凰池。原指皇帝禁苑中的池沼，多代指中书省，这里泛指朝廷。

赏析

我们的祖国幅员辽阔，丰富多彩的自然景观带给人们的美感也是多样的，或壮美，或柔美，词人面对不同的美景，也会写出不同风格的作品。被称为婉约派正宗的柳永在杭州览胜的时候，自创新调，谱写了这首风格豪放的《望海潮》。杭州自古就是著名的大都市，风景秀丽，经济繁荣，人文荟萃，柳永的《望海潮》从多个角度形象地展示了宋初杭州城的富庶与秀丽，堪称是歌咏这座城市的代表性作品。

上片总写杭州城的形胜与繁华。开篇三句："东南形胜，三吴都会，钱塘自古繁华"——字字铿锵有力，以博大的气势概括了杭州城的重要位置与悠久历史。"形胜"、"繁华"四字是点睛之笔，概括全篇。那么，杭州的形胜与繁华主要体现在哪些方面呢？那就到各处去走走看看吧！先看城里，道路两旁柳色如烟，小河上彩桥似画，大街小巷的民房清幽而又雅致，窗上悬挂着挡风的帘子，门前披垂着翠绿的帷幕，屋舍密集，整个杭州城约有十万户人家呢。再到郊外，最好的去处莫过于钱塘江了，那曲曲折折的长堤上树木成行，远远望去如云雾萦绕。钱塘江之潮以排山倒海之势涌向岸边，好像卷起了千万堆霜雪，声响震天则如万鼓齐鸣，场面何其壮观！整个江面望不到尽头，这里的地势非常险要，如同一道天堑护卫着这座美丽的城市。那么，市民生活状况如何？市场上各色商品琳琅满目，珠宝珍玩、绫罗绸缎应有尽

有，家家户户过得殷实富足，那些富豪权贵们更是争奇斗富，尽情享受着太平盛世的欢娱生活。

最能代表杭州的自然胜景莫过西湖，下片专咏西湖。西湖之美在于湖山相映生辉：白堤把西湖分成里湖和外湖，接天莲叶、映日荷花把湖面装点得分外美丽；周围的灵隐山、南屏山等山峰重重叠叠，深秋时节，桂花浓浓的香气弥漫在山间。“三秋桂子，十里荷花”，装扮着西湖的山光水色，令人神往。那么，美丽的西湖给杭州人的生活增添了几多欢乐？不管白天夜晚，总能听到渔翁那悠扬的笛声，还有采莲女子婉转甜美的歌唱，收获的幸福写在他们的笑脸上。据《鹤林玉露》卷一记载，这首词是柳永献赠给两浙转运使孙何的，作为投谒之作，词人难免要唱一点颂歌：成群的马队簇拥着高高的牙旗缓缓而来，一位威武而又风雅的长官来到西湖与民同乐，他醉意浓浓地陶醉在箫音鼓乐中，啸傲流连于山水之间。为何不把这西湖美景绘成图画，来日升官回京时献上朝廷？这句话当然包含着柳永对这位长官的升迁祝福，虽然是奉承话，但却非常自然地融化在整首词中。

这首《望海潮》有如一篇都城赋，柳永以他最擅长的赋家之笔层层铺写开来，由宏观而微观，由陆而水，由远而近，时而气势博大，时而笔触细腻，淋漓尽致地描绘了杭州城这座“人间天堂”的美丽与富庶，处处洋溢着生机与欢乐，仿佛在读者面前展开了一幅和谐盛世的历史画卷。可以说，柳永的《望海潮》为我们提供了城市文明进程中人与自然和谐共存的范本。

天

题西溪无相院

◉张 先

积水涵虚上下清，
几家门静岸痕平。
浮萍破处见山影，
小艇归时闻草声。
入郭僧寻尘里去，
过桥人似鉴中行。
已凭暂雨添秋色，
莫放修芦碍月生。

注释

西溪：浙江湖州的苕溪有东西二源：西苕溪出天目山之阴，东苕溪出天目山之阳，至湖州合流。西溪就是西苕溪。

无相院：即无相寺，在湖州西南黄於山，始建于吴越。

涵虚：水映天空。

赏析

张先以词闻名，因词中擅长写"影"而有"张三影"之称。但他也擅长写诗，诗中同样有出色的写"影"名句，比如这首《题西溪无相院》中的"浮萍破处见山影"。西溪自古就是隐逸之地，历代文人墨客在这里写下了大

量的题咏之作。西溪之胜，首在于水，水道曲折，花木夹岸，张先此诗以其最擅长的写“影”妙笔，写尽了西溪水乡的出尘绝俗之美。

诗中只出现了一个“影”字，却每联都有影，可见“影”字乃此诗之眼。首联写溪涨舟行，暗写水中屋影：一场秋雨过后，小溪暴涨，水与岸平，溪边几家房屋倒映水中，门庭寂静，更增添了江南水乡的清丽风致。颔联上句写山影：水面上覆盖着浮萍，在浮萍的破缺处可见远山的倒影。山影与浮萍一虚一实，在溪面上拼织成一幅摇曳变幻的天然画图。颔联下句写草声：岸边长满了茂密的野草，诗人停舟靠岸，耳中只听得草声窸窣，更觉寂寥无人。

颈联上句照应题面“无相院”，以入郭之尘杂反衬禅院之清幽；下句则写水中人影，溪水清澈，过桥人的身影竟像在明亮的镜面上移动。尾联上句呼应开头，交代秋溪之美的原因所在：正是这场雨平添了几分秋色。面对秋水胜景，诗人突发奇想：此处临水望月必定绝佳，可是溪边芦苇苍苍，千万不要遮挡了月影啊！

一首七律，四处写影：屋影、山影、人影、月影，实写与虚写结合，明写与暗写相衬，淋漓尽致地烘托了溪水之清澈明净。唐人常建说“潭影空人心”，当张先面对着如此空灵的“溪影”，也一定能洗清胸中的一切尘虑俗念吧！

天

木兰花

乙卯吴兴寒食

◉ 张 先

龙头舴艋吴儿竞，笋柱秋千游女并。
芳洲拾翠暮忘归，秀野踏青来不定。

行云去后遥山暝，已放笙歌池院静。
中庭月色正清明，无数杨花过无影。

注释

吴兴：即今浙江湖州。

放：搁置一边，指停止。

赏析

宋神宗熙宁八年(1075)，岁次乙卯，退居故乡吴兴的张先度过了他人生中的第八十六个寒食节，写下了这首《木兰花》，为我们描绘了一幅寒食节的民间风俗画，也留下了一曲迟暮老人恬静和乐的夕阳颂。

寒食节在清明节前一两天，因为两节相近，久而久之，便合为一个节日。寒食是中国古代最重要的传统节日之一，相传是为了纪念春秋时晋国被烧死山中的介子推，节日期间家家禁火，只吃现成食物，故名寒食。由于

时值暮春，景色宜人，自唐至宋，寒食便成为游玩宴会的好日子，宋代邵雍的《春游》诗里就说过："人间佳节唯寒食。"节日期间活动很多，扫墓、踏青、秋千、插柳等等，江南水乡的人们还在此时进行龙舟竞渡。张先这首词的上片仅仅撷取了几个活动场面（竞渡、秋千、踏青），却写出了节日的欢乐气氛。

南宋的周密曾在《武林旧事》中记载了寒食节西湖赛龙舟的情形："龙舟十余，彩旗叠鼓，交舞曼衍，粲如织锦……京尹为立赏格，竞渡争标。内珰贵客，赏犒无算。都人士女，两堤骈集，几于无置足地。"借助上面的叙述，让我们展开想象，感受一下"龙头舴艋吴儿竞"的热闹场面：宽阔的水面上，雄姿英发的吴地健儿们坐在一只只小巧的龙舟上，随着锣鼓节奏齐心协力地划桨，龙舟飞快地冲向对面去夺标赢赏。年轻的姑娘们也放下手头的女红，三三两两结伴来游春。久居深闺，难得外出，真如同出笼的小鸟儿，她们在秋千架上高高地荡起，尽情地欢笑。龙舟吴儿、秋千游女，这些快乐的年轻人沉醉在节日的狂欢中，这是两幅色彩亮丽、生机勃勃的节日画面。

再看游人踏青的情形：江洲上芳草萋萋，花香袭人，游春的妇女们兴高采烈地拾取漂亮的羽毛，好用来做头饰。郊外的春景这样迷人，一直玩到黄昏时分还不愿归去。踏青的游人们来来往往，络绎不绝，都陶醉在这美好的春景和热闹的场面中了。

上片描绘的热闹景象可是来自一位八旬老翁的眼睛，由于年事已高，词人既爱那游春的热闹，更爱独享月夜的清幽，且看下片：天渐渐暗下来，远山的影子已经模糊不清，游人散去，池院里喧嚣一天的歌乐也已经停歇，一切都恢复了宁静。词人回到自家庭院，只见月光如水般泻下，微风过处，点点杨花悄无声息地飘过眼前。皎洁的月光下，飞絮若有若无，地下没有一点踪影，春宵月夜是这样幽静怡人，宛若仙境。末句以写景工绝而被后人称为名句。张先因善用"影"字，曾被人称作"张三影"，此句就是最佳例证之一。

每年春意最浓的时候，人们迎来了寒食节，男女老幼走向郊野水边，尽情拥抱大自然的无限春光，可以说，寒食节变成了人与自然的定期约会，这是多么富有诗意的节日。张先这首《木兰花》，让我们看到了古人对大自然有多么热爱！

天

鲁山山行

◉ 梅尧臣

适与野情惬，千山高复低。
好峰随处改，幽径独行迷。
霜落熊升树，林空鹿饮溪。
人家在何许？云外一声鸡。

注释

鲁山：今名石人山，位于河南鲁山县东北。
野情：爱好天然风物的情趣。
何许：何处。

赏析

宋仁宗康定元年（1040），39 岁的梅尧臣任襄城知县，曾去襄城县西南的鲁山游玩。诗人独行群峰之中，一路变化莫测的秋山美景令其惊喜不已，写下了这首平淡中带有几分清丽的五言律诗。整首诗如同一幅山林独行图，尽管人在群山之中是那样渺小，但给人的感觉却是：诗人已经融入山林的怀抱，难分彼此。

开篇便写道：山路随峰曲折，高高低低，恰好投合诗

人爱好天然景致的本性，万千景观似乎只为迎合诗人的乐山情怀。这一联强调了诗人登山的浓厚兴致和满足感，为整首诗奠定了感情基调。那么，高低曲折的山峰究竟有何等好处，令这位不辞攀登之劳的诗人有如此浓厚的兴致？颔联解答说：正因一路行来峰回路转，才会有随处变换的好景致突现在面前，令人目不暇接，而山间的每一条曲径，似乎都充满了诱惑，令登山人迷失道路。

山间清幽，人迹罕至，周围一片岑寂，山林里的动物们怡然自得，尽享自由。秋深霜降，木叶凋零，山林空荡荡的，视线没有遮拦，故能看见黑熊在慢悠悠地爬树，山涧的小溪边则有麋鹿在饮水。这一联静中有动，动中见静，勾勒出一幅秋林熊鹿图。诗人情惬意适地独行山中，空山不见人，看不到房舍，望不见炊烟，不禁自问“人家在何许”？沉思之际，忽听得一声鸡鸣从云雾中传出，噢！原来山那边别有人家。尾联余味悠长，正符合梅尧臣自己所提倡的诗歌创作主张：“含不尽之意见于言外。”“云外一声鸡”这句尾句恰如幽谷足音，给读者留下了如何探寻“人家”的悬念，可见他的山行尚未停止，魅力无穷的大自然仍在延续着诗人的山野情趣。

采桑子

◉ 欧阳修

轻舟短棹西湖好，绿水逶迤，
芳草长堤，隐隐笙歌处处随。

无风水面琉璃滑，不觉船移，
微动涟漪，惊起沙禽掠岸飞。

注释

西湖：指颍州西湖。颍州即今安徽阜阳。

涟漪：水的波纹。

赏析

这首词里的“西湖”是指颍州的西湖，唐宋以来这里就渐渐成了风景名胜，北宋时期更是东京汴梁的畿辅之地，为南北漕运和商旅要道。晏殊、欧阳修、苏轼、吕公著、赵德麟等都曾在颍州做过太守，颍州及其西湖不断地见于文人笔端。欧阳修四十三岁时做颍州太守，从那时起，他就深深地喜欢上了这里幽美的自然环境与淳厚的风土人情，立志要终老于此。神宗熙宁四年(1071)，历经宦海风波的欧阳修以太子少师的身份致仕，退居颍

州，终于实现了多年的夙愿。颍州的西湖给他的晚年生活带来莫大的安慰，先后写下了十三首《采桑子》，前十首专咏西湖，每首第一句都以“西湖好”三个字结尾，从不同侧面描写西湖美景。

这首词是《采桑子》组词中的第一首，描写春天的西湖之美。上片写堤岸风景，笔调轻松而优雅。“轻舟短棹西湖好”，词人到西湖来游春，轻舟短桨，正好可以慢慢游赏，在无限春光里尽情流连。这第一句就奠定了整首词的感情基调。船儿渐行渐远，绿波荡漾绵延无边，长堤上芳草碧连天。西湖春色惹人心醉，更何况船上演奏的音乐处处伴随，赏心乐事，相得益彰。下片写湖上行舟的悠然境界。无风的水面清澈而又平滑，好似琉璃一般，几乎感觉不到船儿在移动，不过两旁泛起的微微细浪还是惊动了水鸟，它们飞快地掠过湖岸。这如同仙境的画面里折射出欧阳修晚年的那份悠然心态。

这首词以轻舟行进为线索，渐次写出堤岸和湖面的景物特征，并将游人之悠闲意趣融入其中，轻舟短棹、绿水芳草、游人笙歌与惊飞沙禽，一个立体而富有动感的西湖呈现在读者面前，美不胜收，令人流连忘返，“西湖好”得到了淋漓尽致的诠释。

在写下这组词后的第二年，欧阳修就辞世而去，颍州成了他最终的归宿之地。从这首词中，可以看出，对于热爱大自然的词家而言，不论处于哪一个人生阶段，他对自然美的追求与歌颂都不会停歇。反过来说，美丽的大自然也会带给他莫大的抚慰。

天

望太湖

◉ 苏舜钦

杳杳波涛阅古今，
四无边际莫知深。
润通晓月为清露，
气入霜天作暝阴。
笠泽鲈肥人脍玉，
洞庭柑熟客分金。
风烟触目相招引，
聊为停桡一楚吟。

注释

太湖:中国第三大淡水湖。位于江苏省南部,浙江省北部,古称笠泽。

暝阴:昏暗的乌云。

洞庭:太湖岛屿名。洞庭西山是太湖诸岛中最大的一座,岛上盛产柑橘。

分金:指掰食黄橘。

桡(ráo):船桨。

楚吟:原指楚地的歌吟,后泛指歌吟。

赏析

庆历四年(1044),苏舜钦因支持范仲淹的政治改革,被反对新政的保守派借事倾陷,削职为民,遂流寓苏

州，买水石作亭，取名沧浪亭，自号“沧浪翁”。苏舜钦人生中的最后四年便是在这里度过的，苏州附近的山水形胜都留下了诗人的足迹。他性格豪迈，喜欢雄奇阔大的自然景象，其写景诗多以豪放的笔墨赞美大自然的壮丽神奇。当烟波浩渺的太湖涌入诗人的视野，便有了这首雄奇奔放的《望太湖》。

首联将太湖置于广漠的时空中予以观照，宏观地描写太湖的壮美，包含着世事沧桑的感慨，以及对太湖深广莫测的敬畏，深沉的感情以壮语出之，尽显豪放本色。颔联写茫茫太湖上的氤氲水气在晓风残月之时化作清露，润泽大地万物，或升腾霜空凝作阴云，使得上下一片昏暗。这两句在气势上延续首联，进入到更为广阔的宇宙空间。这就是苏舜钦眼中的太湖，波澜壮阔的景象中打入了诗人独具个性的生命体验。

一方水土，一方风物，诗人选择太湖地区最有代表性的物产写入诗中。太湖最有名的水产是鲈鱼，深秋时节，鲈鱼正肥，做成鲈脍洁白似玉。洞庭西山上的柑橘也成熟了，挂在枝头金灿灿的煞是诱人，远方来客争相品尝。太湖物产富饶，又何止鲈鱼柑橘？诗人选择二者入诗，与其文化蕴涵不无关系。西晋时的张翰在洛阳做官，当时朝中乱象已萌，张翰借口思念家乡的莼羹鲈鱼而弃官南归。苏舜钦被逐离官场，闲居江南，太湖的“鲈鱼脍”一定触动了诗人的心弦，可见他对苏州乡贤张翰的人生态度颇为称赏。南国多橘，屈原曾有《橘颂》称颂橘树受命不迁的坚贞禀性。可以说，鲈鱼脍与柑橘这两种物产寄寓了诗人的江湖之思与耿介人格。

尾联写诗人欲呼朋引伴，在烟波苍茫的太湖上开怀畅饮，高声吟诗。仕途失意却不减豪情，亦胸怀个性使之然，自古豪杰之士，莫不如此。波澜壮阔的太湖一旦纳入苏舜钦的视野，与他原本豪壮的心胸交相激荡，便自然而然地产生了这首歌咏太湖的佳作。正所谓诗人得江山之助，江山美景也凭藉诗人的题咏而增色，这些与江山共存的佳作印证了人与自然最具审美意义的和谐关系。

明　项圣谟
山水图

天

淮中晚泊犊头

◉ 苏舜钦

春阴垂野草青青，
时有幽花一树明。
晚泊孤舟古祠下，
满川风雨看潮生。

注释

犊头：古镇名，在今江苏淮阴境内，地处淮河边。

春阴：春天的阴云。

赏析

北宋仁宗庆历四年(1044)，苏舜钦遭人诬陷被削职为民，这一年他携妻儿赴苏州定居。这首行旅诗大概作于此行南下渡淮之时。宦途失意，羁旅行役，难免愁绪满怀，更何况阴云黯淡、风雨阻舟，此番春景极易使人悲不自胜，然而，苏舜钦却以平淡而清丽的笔墨抒写了淮河两岸春天的景象，草碧花明、烟雨潮生的意境中包含着顽强的生命力。

诗题曰“晚泊”，却从白天的舟行写起，诗人一路观

赏着淮河两岸的景色：原野上阴云低垂，看上去像要下雨。春草青青，绵延不绝地遍布两岸，似乎在随船而行。一路惟见岸上碧草，景色未免单调，然而，不时会有一树幽花映入眼帘，在阴暗天色的反衬下，满树鲜花分外明亮，似乎点亮了整个画面，令人欣喜而又充满期待。这两句诗借岸上景色的“不变”与“变”暗示出行船时的观察特点，使静物具有动态美，可称警策。

后两句写傍晚风雨突至，诗人泊舟于犊头的古祠之下，在一川烟雨中细看那汹涌而来的潮水。诗人正值壮年却被削职为民，胸怀大志却无所作为，他的心绪当然是难以平静的，所以，这首诗淡泊中不乏雄奇之气。对变幻莫测的自然现象的描写中隐藏着诗人的人生态度：任它阴云垂野，且看草长花开；任它风雨突至，且看潮起潮落。风雨孤舟，但诗人却能细细赏景，这是何等从容淡定的人生境界！韦应物闲游滁州西涧时写有“春潮带雨晚来急，野渡无人舟自横”之句，与此二句所写的景色相似，但二者的气势大不相同，原因在于两位诗人的性格和写作背景不同。其实，即便是大自然的同一道风景，进入到不同诗人的眼里，也会呈现出各自不同的特点，所以，当气象万千的大自然被写进诗歌，每一首诗都是一道独特的心灵风景线。

天

西楼

◉曾 巩

海浪如云去却回，
北风吹起数声雷。
朱楼四面钩疏箔，
卧看千山急雨来。

注释

疏箔(bó)：稀疏的帘子。

赏析

曾巩是唐宋八大家之一，以写散文闻名，许多人认为他不会写诗，其实他的诗歌成就虽不如散文，但也不乏佳作，钱钟书先生认为他的七绝有王安石诗的风致。这首《西楼》可见出曾巩的七绝水平。此诗描写了海边暴风雨即将来临时的壮观景象，气势磅礴，与诗人高卧楼头、静观闲览的超然姿态形成了鲜明的对照。

唐代许浑有一句千古名句“山雨欲来风满楼”，读来惊心动魄。这首诗截取了山雨欲来时最震撼人心的那一刻：突然间风起云涌，海浪滔天，滚滚而来，又拍岸

而去，一浪高过一浪，狂风呼啸着掠过海面，带来数声震耳欲聋的雷鸣。在这样的天气状况下，人们通常的反应是躲进小楼关好门窗，将大自然的狂暴拒之门外，可是诗人却把四面疏帘高高卷起，等着看急雨中的千山万壑。诗人所居小楼面海背山，地势险要，视野开阔，大海青山可尽收眼底。尽管山雨欲来的场面骇人心魄，诗人却镇定从容地卷帘高卧，聆听涛声雷鸣，闲看雨落千山。“卧看”显得安详淡定，“千山急雨”却是急促动荡的，一动一静之间，诗人雍容自适的胸襟昭然可见。

曾巩对待自然的从容气度，是此诗最大的亮点。他不被自然界变幻莫测的狂暴力量所震慑，反而以超然的态度、开阔的胸襟来包容它，如此才能欣赏到大自然的万千气象，从中获得丰富的人生智慧，达到鸢飞鱼跃的人生境界。

清　高岑
金山寺图

天

游金山寺

◉ 苏　轼

我家江水初发源，宦游直送江入海。
闻道潮头一丈高，天寒尚有沙痕在。
中泠南畔石盘陀，古来出没随涛波。
试登绝顶望乡国，江南江北青山多。
羁愁畏晚寻归楫，山僧苦留看落日。
微风万顷靴文细，断霞半空鱼尾赤。
是时江月初生魄，二更月落天深黑。
江心似有炬火明，飞焰照山栖乌惊。
怅然归卧心莫识，非鬼非人竟何物。
江山如此不归山，江神见怪惊我顽。
我谢江神岂得已，有田不归如江水。

注释

金山寺：寺名，在今江苏镇江西北长江边的金山上。东晋时建，原在长江之中，名泽心寺，唐代始称金山寺。

我家江水初发源："江"指长江。古人认为长江的源头是岷江，苏轼的家乡眉州在岷江边。

直送江入海：镇江一带的江面较宽，古称海门，所以说"直送江入海"。

中泠（líng）：泉名，在金山西，号称"天下第一泉"。

盘陀（pán tuó）：形容石块巨大，突兀不平的样子。

靴文细：波纹像靴子上的细纹。

初生魄：魄是指月缺时光线暗淡而仅有轮廓的那一

部分，每月初三月便形成魄。苏轼游金山在农历十一月初三，所以说“初生魄”。

顽：冥顽不灵。

谢：告诉。

如江水：古人发誓的一种方式。《左传》僖公二十四年载，晋公子重耳对子犯说：“所不与舅氏同心者，有如白水！”《晋书·祖逖传》载祖逖中流击楫而誓曰：“祖逖不能清中原而复济者，有如大江！”

赏析

苏轼入仕后，适逢宋神宗和王安石大刀阔斧地推行新法。他关心国事，屡次上书，直言不讳地批评新法之弊，引起当道的不满和诬陷。苏轼深感在京仕途险恶，主动请求外任。熙宁四年（1071），苏轼三十六岁，被任命为杭州通判，七月离京赴任，十一月初三途经镇江金山寺，拜访了宝觉、圆通二位长老，留宿寺中，得以观赏江上夜景，不由得感慨生平，写下这首七言古诗。

这首诗二十二句，大致可分为三段：“我家江水初发源”至“江南江北青山多”十句，写白日登高远眺，见金山寺的山水形胜而勾起乡思。古人认为长江之水发源于四川岷山，苏轼的家乡眉山正在岷江边，他对源于家乡的江水引以为豪，倍感亲切。一个人失意忧郁时最容易思归，所以当他登高远眺，目光一接触到浩荡东流的长江水，就突发感慨：我家就在江水的发源地，一番宦海沉浮，我竟然从江水发源地漂流到江水入海的地方，这简直难以思议。汪士行讲评此诗说：“起二句，将万里程，半生事，一笔道尽。”长江水陪伴着东坡千里宦游，江水的行程犹如他的宦游历程。他早就听说此地大潮涨起时，浪头足足有一丈高。时为严冬，天寒水涸，江浪排空的壮观已看不到，但浪涛冲刷江岸留下的痕迹证明此言非虚。中泠泉南面堆垛着巨大的石头，水涨而没，水落而出，在惊涛骇浪的冲击下岿然不动。这不与诗人历尽磨难仍不愿随波逐流一样吗？诗人登上金山之巅，痴痴地向家乡的方向眺望，可惜江南江北青山重重，遮断望眼。苏轼心怀乡国，到了傍晚，旅愁更深，思念更苦，崔颢曾说：“日暮乡关何处是？烟波江上使人愁。”凡是羁旅之人都对日暮极为敏感，这里“畏晚”二字传神地表露出这种心理。诗人归心似箭，准备尽快踏上归舟，寺内高僧却极力挽留，于是得以一睹江中落日及

夜景。

从“微风万顷靴文细”至“飞焰照山栖乌惊”，转入描绘江上的暮景和夜景。看，微风轻拂，辽阔的江面上泛起了细密的波纹，片片晚霞在半空中燃烧。上下相映，水天交融，这是一幅多么迷人的图画。渐渐地，天空出现了一钩新月，到二更时分，新月坠落，天空和江面一片漆黑。突然从江心冒出一团光焰，在夜幕下分外耀眼，它照射着金山，惊起原本栖息在巢中的鸟雀。这是古人所谓的“阴火”、“鬼火”，或许是由于某种会发光的水中生物聚集而形成的，诗人特意在诗句下注“是夜所见如此”，强调所言属实。但他着实被这景象惊到了，又不是鬼，又不是人，这到底是什么呢？惆怅懊恼地回到卧室，诗人仍在冥思苦想。

第三段写江上奇景引发的辞官归田的意愿。江山如此壮美奇异，我却冥顽不灵，置之不理，没有及时投入自然的怀抱，仍在浮沉宦海、飘荡尘世。焰火一定是江神给我的警告，他在怪罪我没有及时回归故乡、隐居山林！对于江神的责怪，我无可奈何，他可知我宦海浮沉是身不由己？他可知我仕途挣扎，欲进不得，欲罢不能的困难处境？今我指江水为誓，一旦有了数亩薄田足以养家糊口，我一定及早归隐田园！

此诗立足金山寺，以江水为线索，贯穿古今，糅合虚实，“望乡怀归”始终是其主旨。苏轼终其一生没有真正隐居，即使遭受一贬再贬的政治挫折，诗人仍以旷达乐观的态度迎难而上，那是因为他总是能在自然界中获取精神支撑，总是能以淡泊博大的胸襟容纳一切，做到精神上完全归隐自然、归隐田园。至于事实上的归隐与否，对他来说反倒无关紧要了。

天

西江月

◉ 苏　轼

顷在黄州，春夜行蕲水中，过酒家饮酒，醉，乘月至一溪桥上，解鞍，曲肱醉卧少休。及觉已晓，乱山攒拥，流水铿然，疑非尘世也。书此语桥柱上。

照野弥弥浅浪，横空隐隐层霄。
障泥未解玉骢骄，我欲醉眠芳草。

可惜一溪风月，莫教踏碎琼瑶。
解鞍欹枕绿杨桥，杜宇一声春晓。

注释

弥弥：春水涨满的样子。
层霄：层云。
障泥：马鞯，垂于马身两旁以挡泥土。
玉骢：良马。

赏析

苏轼喜欢游山玩水，山川风物一经他的审美观照，便具有了不同寻常的艺术魅力。在他以山水自然为主题的词中，有时融入历史思考与人生反思，有时又借助和谐宁静的天然美景来表现自己物我两忘、超凡脱俗的胸襟气度，这首《西江月》正是如此。此词作于宋神宗元丰五年（1082）三月，正在黄州贬所的东坡前往蕲水县访

友，途中在桥柱上题下这首词。正是醉眼朦胧中“疑非尘世”的春夜美景催生了这首词。

上片如同一幅春溪月夜醉行图：月光如水般泻下，淡淡的云层隐隐约约地横亘在寥廓的天宇中，微醺的词人趁着月色赶路，行至山间溪桥，只见春水涨满，溪流汩汩流淌着。村酿醉人，美景更醉人，水声月色之美与东坡那颗挚爱大自然的赤子之心合而为一。骏马身上的鞍鞯还没卸下，词人便急于醉眠芳草。一个“醉”字真可谓意蕴丰厚，既是酒醉，更是心醉。醉酒后的东坡对自然美景的那份依恋袒露无疑。

下片写溪月之美，小溪上洒满了皎洁的月光，像是一片洁白的美玉，还是不要前行了吧！别让马蹄踏碎这一片琼瑶。词人以独特的感受和精切的比喻，传神地表现出水之清、月之明，溪月之美统摄在他怜惜美景的深情厚意之中。美景娱人，人惜美景，多么和谐融洽的天人关系。词人索性卸下马鞍，斜靠着在桥上美美地睡着了。杜鹃的叫声将他从睡梦中唤醒，山间又是一番春晓美景。结尾就像杜鹃的啭鸣一样，余音袅袅，令人心旌摇荡、回味无穷。

东坡写作这首词的时候，他的贬谪生活非常艰难，全家人的衣食生计没有着落。然而，当东坡在春夜旅途中面对自然美景时，却忘却了世俗的得失纷扰，将自己的身心完全融入大自然的怀抱，心凝形释，与万化冥合。他以空灵淡泊的心境，为我们描绘出一幅“何似在人间”的月夜仙境图。这就是东坡所具有的胸襟怀抱与艺术气质，人生劬劳，但他却真正做到了“诗意地栖居”，在天地大美中找到了自己的灵魂止泊之所。

现实生活有时是沉重的，但是，当你以超脱旷达的心胸去看待一切时，人生将变得不再沉重。东坡词总能带给人一种超凡脱俗的力量，我们这些生活在各种压力之下的现代人，真应该多读读这样的作品，让焦灼不安的灵魂穿越这喧嚣的水泥森林，回到和谐宁静的大自然中去，那里才是我们心灵的栖息地。

天

登快阁

◉ 黄庭坚

痴儿了却公家事，
快阁东西倚晚晴。
落木千山天远大，
澄江一道月分明。
朱弦已为佳人绝，
青眼聊因美酒横。
万里归船弄长笛，
此心吾与白鸥盟。

注释

朱弦：用练丝制作的琴弦。

青眼：黑色的眼珠出现在眼眶中间，表示好感。

鸥盟：谓与鸥鸟为友，比喻隐退。典故出自《列子·黄帝》："海上之人有好鸥鸟者，每旦之海上从鸥鸟游。鸥鸟之至者百住而不止，其父曰：'吾闻鸥鸟皆从汝游，汝取来，吾玩之。'明日之海上，鸥鸟舞而不下也。"

【赏析】

快阁在江西太和县东边的赣江边上，江山广远，景物清幽，常令登临者心旷神怡，故名“快阁”。宋神宗元丰五年(1082)，黄庭坚在太和任知县，每当办完公务，常到阁上览胜。这首诗便是那时的作品。

痴儿是作者自称。“了却公家事”，谓办完官事。此处用晋代夏侯济的故事。夏侯济写信给傅咸说：“生子痴，了官事，官事未易了也。”意思是劝傅咸对官事不必过分认真，取笑那些必欲解决官事才觉快意的人是痴儿。

晋代的风尚以清谈为雅，以办理具体政务为俗。此诗反用其意，文字乍看似俗，其实语带诙谐，具有自我调侃的意味。诗人此时已经三十八岁，早已过了而立之年，却仍在小小的知县官职上消耗平生，心里不免愤愤不平，但是他仍然尽心尽责地完成烦冗的事务。登上快阁，诗人便逍遥自在地观赏美景，时而东眺，时而西望，甚是惬意。“倚”字用得精妙，到底是说快阁静立在晚晴中？还是说诗人倚靠着快阁？我们分不清，也无须分清，人与自然，在诗人笔下已经浑然一体。

从快阁上远远望去，群山上树木的叶子已飘落，天空因而显得更加空阔辽远。在月光的辉映之下，江水清澈澄明，远望犹如一道白练。真是一幅高华明净的秋江暮景图！在办完一天繁冗的官务后，面对如此美景，诗人的心情为之一振，继而对现实的不如人意深有感触：“朱弦已为佳人绝，青眼聊因美酒横。”这里运用“伯牙摔琴”和“阮籍青眼”两个典故。钟子期是伯牙的知音，钟子期死后，伯牙破琴绝弦，终身不复鼓琴。阮籍能为青白眼，他对俗人甚是不屑，以白眼相对。只有对嵇康那样的绝俗之士，阮籍才现出青眼热情接待。

诗人借用这两个典故，说自己在世上已无知音，惟有美酒值得倾心，于是油然产生隐居的愿望，他想乘船回到遥远的故乡，每日吹吹笛子，怡情养性，与白鸥相伴，过着悠闲自适的生活。这便是这首诗的主旨——在大自然的怀抱里安置心灵，寻求逍遥自在的人生。

登上快阁之前，诗人的心情郁悒，在大自然的抚慰下，才渐趋平和，产生归隐的欲望。但这仅仅是愿望而已，实际上尽其一生，黄庭坚都未能摆脱官场尘网的纠缠，直到最后贬死在宜州，这是他一生的悲剧！然而，从这首诗，我们能感受到诗人是想以回归自然来排遣现实的忧苦。无论在熙熙攘攘的

尘世和明争暗夺的官场受到多大的挫折，只要站在公正无私的自然面前，便能获得暂时的安宁。亲爱的读者，如果您正遭受生活的不平等，正承受压力的折磨，请暂时卸下人为的束缚，走向自然，伟大无私的自然一定会给您抚慰！

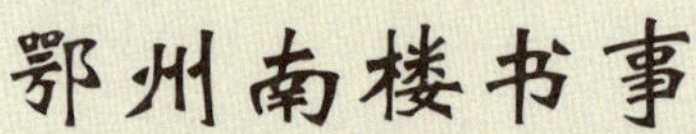

鄂州南楼书事

◉ 黄庭坚

四顾山光接水光，
凭栏十里芰荷香。
清风明月无人管，
并作南楼一味凉。

注释

鄂(è)州南楼:鄂州即今湖北武昌。南楼位于武昌南黄鹤山顶,一名白云楼,又名岑楼。

芰(jì):菱。

赏析

绍圣元年(1094),黄庭坚遭到新党大臣的迫害,以修《神宗实录》不实的罪名,贬涪州(今四川涪陵)别驾、黔州(今四川彭水)安置。崇宁元年(1102)遇赦,内迁知太平州(今安徽当涂),到任九天又被罢免,流寓鄂州。鄂州南楼在黄鹤山顶,是后人为纪念东晋的征西将军庾亮而建的。那里风光迷人,楼阁奇崛,是登临览胜的好去处,黄庭坚到鄂州当年即登过此楼。崇宁二年六月,

他再次登上南楼乘凉，赋诗四首，这是其中的第一首。

诗人登楼后，举目四望，隐约的山峦和平静的湖面融成一体，分不清哪里是山，哪里是水。诗人身倚栏杆，深深呼吸，微风飘来阵阵荷花的香气，沁人心脾。这清风明月，无人能占为己有，又人人得以亲近，正如苏轼《赤壁赋》中所说的："唯江上之清风，与山间之明月，耳得之而为声，目遇之而成色；取之无尽，用之不竭，是造物者之无尽藏也。"山光接水光，是视觉所见，清风送荷香，是嗅觉所闻，所见所闻化作一股"清凉"的感觉，一种摒弃尘虑、寄情山水、逍遥自适的情趣。"清凉"是佛家常用语，指摆脱一切爱憎欲念，从而达到无烦恼的境界。前三句诗所描述的境界，澄明洁净，清新绝俗，完全是一个"清凉世界"。

诗人遭受政治迫害，力图在儒、道、释思想中寻求精神的寄托，并寄情自然，安享湖光山色，明月花香，在自然的博大和纯净中洗涤烦恼，升华思想，从而达到宠辱不惊于心、喜怒不形于色的境界。自然，真是人类精神的最好家园！

天

泗州东城晚望

◉ 秦　观

渺渺孤城白水环，
舳舻人语夕霏间。
林梢一抹青如画，
应是淮流转处山。

注释

泗州：在今江苏盱眙县东北。

舳舻（zhú lú）：大船。

夕霏：傍晚的云霞。

赏析

泗州城始建于北周，地处淮河下游，汴河之口，为南北交通的要冲，加上它依山傍水，岗阜翠绿，是一座“山水朝拱，风气凝萃”的历史名城。可惜泗州城于清康熙年间湮没在浩浩的洪泽湖之中，今天我们再也无法一睹当年泗州城“渺渺白水绕青山”的景观，这首诗成为我们了解古泗州城之繁华的图卷。

北宋时期，淮河独自入海，入海口水深而宽阔。河

水含沙量不大，很少淤积，航运畅通，两岸灌溉便利，是一块沃野千里、资源富饶的土地。秦观于一个傍晚站在泗州东城楼上，俯视远眺，只见泗州城笼罩着一层薄薄的雾霭，淮河像一条蜿蜒曲折的白练绕城而流，河上帆船来来往往，船上的人语依稀可闻。在晚霞的烟光里，远远的树梢上露出一抹青色，那是淮水转弯处的苍翠山峦，静静地屹立在天边。山沓水匝，真是一幅真切生动的水乡暮景图。

秦观的诗词风格柔婉幽微、哀感凄清，然而这里的山水却给人温馨、清新的感觉，“人语”给孤城增添了生气与活力，“青山”为渺渺白水调配了和谐的色彩，把泗州城朦胧而不虚幻、恬淡而不寂寞的境界描绘出来，尽得绝句的婉曲回环之妙。一样的山水，不一样的心情，便有不一样的境界。自然处处是耐人寻味的风景画，亲爱的读者朋友，您心目中的那幅画又是什么样子的呢？

天

雪后黄楼寄负山居士

◉ 陈师道

林庐烟不起，城郭岁将穷。
云日明松雪，溪山进晚风。
人行图画里，鸟度醉吟中。
不尽山阴兴，天留忆戴公。

注释

黄楼：北宋元丰年间苏轼在徐州城东门上所建的楼阁。

负山居士：陈师道的朋友张仲连的别号。

山阴兴：山阴兴指访友的兴致，因东晋名士王徽之在山阴雪夜行舟去拜访戴逵而得名。

赏析

元丰元年（1078），苏轼在徐州担任知州，带领民众成功地抵御洪水，事后建造"黄楼"以作纪念。当时曾广泛征求赋铭，陈师道呈上《黄楼铭》，颇得苏轼欣赏。元祐二年（1087），由苏轼等人举荐，陈师道任徐州州学教授。次年一个雪天，陈师道登上黄楼，因思念朋友张仲连，写

下这首诗寄给他，表现出冲淡旷达、潇洒不群的真淳本性。

开头两联描绘了一幅松山雪霁图。岁末寒冬，刚刚下过一场大雪，诗人站在高楼上极目远眺，林间的茅庐依然历历在目，往日的袅袅炊烟却因天寒而凝滞不升。虽然已是傍晚时分，雪中的景色依然耀眼夺目，透过流云折射出来的阳光，把松枝上的积雪映照得晶莹剔透。寒风吹过溪山，在山谷间回荡着。眼前景色如诗如画，诗人飘飘然地行走其中。独斟几杯美酒，便觉微醺，诗情勃发，不禁对雪吟起诗来，这时飞鸟翩然而过，留下几声清脆的啭鸣与他的吟唱相和。

此情此景，如果能与好友同享，应是别有一番滋味吧？诗人开始想念老朋友，眼前的雪景让他联想起雪中访戴的故事：王子猷居住在山阴，一天晚上下着大雪，他从梦中醒来，打开窗户，命仆人斟酒，独自对雪吟诗，忽然想起好友戴逵，当时戴逵远在曹娥江上游的剡县，王即刻乘船前往。经过一夜航行才到了戴逵家门前，却又立即转身返回。有人问他为何如此，他说："我本乘着兴致前往，兴致已尽，自然返回，为何一定要见戴逵呢？"古往今来，不少文人墨士用"雪夜访戴"这个典故表现高人雅士的逸兴。王子猷冒雪前去寻访旧友，兴尽而返，诗人反用这个典故，他说因为下雪天不得与张仲连相聚，然而想要寻访友人的兴致更加绵绵不绝。言中之意，是他相信张仲连的心灵与他息息相通，千里之外读了此诗，也能感知到诗人远眺思友的情愫。

这首诗语言晓畅，对仗工稳，又意趣横生，韵味深长。严寒的天气、思友不得相见的处境，两种因素合在一起，极易引发愁肠苦绪，诗人却以洒脱的情怀来欣赏雪景的特立高洁之美，以恬淡闲适的精神为自然界增添意趣。人类有时能以主观情感改变自然界的色调，不是吗？

天

感春

◉张　耒

春郊草木明，秀色如可揽。
雨余尘埃少，信马不知远。
黄乱高柳轻，绿铺新麦短。
南山逼人来，涨洛清漫漫。
人家寒食近，桃李暖将绽。
年丰妇子乐，日出牛羊散。
携酒莫辞贫，东风花欲烂。

信马：任马行走而不加以约束。

洛：洛水，源于陕西省洛南县，东流经河南省入黄河。

花欲烂：花开得鲜艳绚烂。

赏析

张耒的诗风格平易舒畅，不事雕琢。这首诗就是其典型代表作，写于任寿安（在今河南宜阳县境）县尉时。此诗平淡无奇，但描写雨后郊外寻春的过程非常生动，很像一幅景物速写。

经历了天寒地冻的严冬，终于迎来了春风，万物欣欣复苏，郊外的草木抽出嫩芽，熠熠生辉，呈现出醉人的

碧绿，秀色可掬。为什么会有如此清新亮丽的景物呢？因为刚刚过去的一场春雨滋润了大地，洗去了尘埃，并迎来熙和的阳光。嫩黄的柳条随风飞舞而显得缭绕凌乱，新生的麦苗成片生长在一起，远望就像铺展开的绿毯子。诗人信马由缰，迎面走向南山，南山似乎也张开怀抱向他迎来。洛水初涨，清流漫漫。春暖花开，桃李像是为了迎接佳节而努力绽放，把盎然春意挂在枝头。这春景中的一草一木，无不预示着丰收在望，村落里男女老少格外喜悦，旭日初升时便把牛羊散放在牧场。尽管手头并不宽裕，为了庆祝即将到来的丰收，村夫村妇携带美酒，在繁花绚烂的春日里共饮对话，祈祷丰年。

“一年之计在于春”，春天里，农民开始耕田、插秧、栽树，能逢上雨水丰润、日照充沛的气候，对于他们来说是一件值得庆贺的事情！自然风调雨顺，农民便太平祥和、幸福康乐。所以，这首诗的珍贵之处，不仅在于以明快流畅的笔墨，描绘出农村的春日里欣欣向荣的景致，更在于诗人与民同乐，从春天里看到丰收希望的心情！

明　陆治
柳阴舟渡图

天

春游湖

◉ 徐 俯

双飞燕子几时回?
夹岸桃花蘸水开。
春雨断桥人不度,
小舟撑出柳阴来。

注释

蘸(zhàn)水:碰到水面。

断桥:春水淹没桥面,无法通行。

赏析

徐俯是黄庭坚的外甥,早年作诗受黄诗影响,晚年极力摆脱艰深晦涩的风格,追求平易自然。这首诗是他晚年诗风的代表作,也是传世作品中最有名的一首。南宋赵鼎臣曾经称赞此诗道:"解道春江断桥句,旧时闻说徐师川。"

这首诗写早春游湖的幽兴,目光所及,皆成佳境,把春天写得美不胜收:燕子是候鸟,它们的飞来,象征着春天的来临。诗人看到成双的燕子自由自在地飞翔,不禁

欣然一问:“双飞的燕子啊,你们是几时回来的?”这亲切的问候,问得突兀,却表现了诗人对春天悄然来临的惊喜之情。夹岸桃花成林,缤纷绚烂,许多枝条斜伸到湖面,一番春雨后,湖里水满波平,花与水互相贴近,桃花倒映在水中,花影与花枝联成一体,从远处望去,仿佛是桃花蘸水而开。这景致美极了!诗人着一“蘸”字,生动传神地描绘出春水涨潮、花影辉映的画面,也使人联想到桃花因为饱蘸水分而更加水灵鲜嫩。平常,湖面上架着小桥,雨后水涨,小桥被淹没了,人走到这里无法直接渡河,这对称心快意的春游来说,本是一件令人沮丧的事情。可凑巧得很,突然有舟人撑着一叶扁舟从柳阴下驶出来,失而复得,诗人的心情该是多么欢欣!

这首诗意境清新脱俗,语言通俗易懂。然而,看似一览无余的小诗,却存在不少争论,争论的焦点是“春雨断桥”这一意象。有人认为水淹没了桥梁,人们渡不了河,这是自然与人类不和谐的表现,与诗的主题不统一。其实,这首诗的优点正在于这一别出心裁的构思上,它收到以虚写实、虚实相生的效果。因为“春雨断桥”,所以才有“舟行柳阴”。桥断、舟小衬托出湖面的空阔,读之如见粼粼的波光。一叶扁舟从浓密的柳阴下驶出,既是一幅美妙绝伦的画面,而且给这次春游平添了一番趣味。有时,自然会跟人类开一点无伤大雅的玩笑,给我们的生活增添一点“柳暗花明”的惊喜,更能引发我们对她的喜爱!

天

二月二日出郊

◉ 王庭珪

日头欲出未出时，雾失江城雨脚微。
天忽作晴山卷幔，云犹含态石披衣。
烟村南北黄鹂语，麦垅高低紫燕飞。
谁似田家知此乐，呼儿吹笛跨牛归？

注释

幔(màn)：帐幔，这里指山间的云雾。
垅(lǒng)：田埂。

赏析

王庭珪生性豪放，正直刚毅。绍兴中，胡铨上书请斩秦桧，王庭珪作诗赞颂胡铨的行为，痛斥秦桧的奸邪害贤，因此被流放夜郎，直到秦桧死后才得以放归，其时已年近八十。诗人的高风亮节贯穿在其诗歌的字里行间，横眉冷对、气壮山河是其诗歌的主要风格。而诗人一旦陶醉在自然的怀抱中，百炼刚即刻化作绕指柔，与山水云树、鸟鸣笛音融成一片，唱出一曲动人的春天赞歌。

民间传说，每年农历二月初二是主管云雨的龙王抬头的日子，从这天起，雨水会逐渐增多，因此把这一天称为“春龙节”。我国北方广泛地流传着“二月二，龙抬头；大仓满，小仓流”的民谚。二月初二之后，天气会逐渐变暖，人们经常在这一天脱下棉袄，纷纷出外踏青。又是一年的二月初二，诗人起了个大早，准备到郊外游春。太阳还在羞涩地探着头，浓雾如同雨丝，却看不见雨脚，把整个江城隐没在它的帷幔之下。但当诗人到达郊外时，山上的雾幔在霎那间被卷了起来，天空出现自在舒卷的白云，姿态万千，好像为山石披上了洁白的衣服。“作晴”、“卷幔”、“含态”、“披衣”，一连串的拟人手法，把瞬间的天气变化写得有情有意，春日即刻可亲可近起来。

春暖景明，百鸟欢腾，村南村北的黄鹂在绿树间欢快地鸣叫，紫燕则贴着麦垅忽高忽低地飞翔。不知不觉已是黄昏，结束春耕的农人唤回贪玩的牧童，双双跨上牛背，吹着短笛归家，悠扬清亮的笛音回荡在田野间。诗人深深羡慕起悠闲自在的田夫，他们才是真正懂得自然情趣的人。

亲爱的读者，这首诗唤起您对游春经历的回忆了吗？新春时节，请您一定抽空到大自然的怀抱中去体验那蓬勃的生机，让青山绿水洗去您的忧愁，陶冶您的灵魂！

天

池州翠微亭

◎岳　飞

经年尘土满征衣，
特特寻芳上翠微。
好水好山看不足，
马蹄催趁月明归。

注释

池州：今安徽贵池。

特特：特意的意思。

赏析

翠微亭位于今安徽贵池的齐山上，相传是晚唐诗人杜牧任池州刺史时，为纪念李白而建造的。杜牧当时写了一首七律："江涵秋影雁初飞，与客携壶上翠微。尘世难逢开口笑，菊花须插满头归。但将酩酊酬佳节，不用登临恨落晖。古往今来只如此，牛山何必独沾衣？"我们把它和本诗参照品读，更能体会到作为抗金英雄的岳飞对自然的独特深情。

岳飞十九岁开始从军，三十九岁被害身亡。一生戎

马倥偬，为抵抗金兵，保卫宋室江山，经年转战疆场，诗歌第一句正是诗人自身生活的概括写照。和杜牧的“与客携壶上翠微”的悠闲文雅不同，岳飞是骑着战马寻芳访胜来到齐山翠微亭，我们眼前浮现的是一位风尘仆仆的将军形象，他在难得的片刻闲暇里，策马登山。翠微亭上引人入胜的美景，让将军纵情其间，日落月出而浑然不觉。然而，即使游兴未尽，对于身为统帅的岳飞来说，是无法像杜牧那样浪漫地“菊花须插满头归”的。怡情山水的雅兴被马蹄声打断，他又要为保家卫国、收复失地而挥戈跃马、驰骋沙场。岳飞终身以“还我河山”为己任，翠微亭上的好山好水，更激发了他收复河山的凌云壮志，闲逸的山水之情顿时化为浓浓的爱国热情，让我们千载之下仍为之动容。

今天，身处和平年代的我们不用南征北战驰骋沙场，便利快捷的交通工具使我们很方便游览祖国的名胜古迹。我们在享有大自然的舒适和畅、家国的和平安宁时，别忘了有许多人正为此付出巨大的努力，应该更加珍惜我们的大好河山和美丽自然！

天

清平乐

五月十五夜玩月

◉ 刘克庄

纤云扫迹，万顷玻璃色。
醉跨玉龙游八极，历历天青海碧。

水晶宫殿飘香，群仙方按《霓裳》。
消得几多风露，变教人世清凉。

注释

八极：指宇宙间最遥远的地方。

《霓裳》：即《霓裳羽衣曲》，唐朝大曲中的法曲精品。

消得：须得。

变教："教变"的倒文，教，使。

赏析

在宇宙中，月亮无疑是最美、最富有诗意的星体，与人类的关系最亲密、最和谐。在中国古代诗词中，咏月佳作不计其数，月已经积淀为蕴涵丰富的审美意象。月有阴晴圆缺，无论新月、满月，还是残月，都受到人们的喜爱和赞美。然而，最能引发世人超凡出尘之想的还是满月，此时月轮最圆，月光最皎洁，天地万物都披上一层银

色的薄纱，令人飘飘然如羽化登仙，精神上进入到一个超越人间的境界。南宋词人刘克庄也曾在仲夏夜的清凉月色中神游天宇，因系念人间的溽暑炎蒸，发出了质朴而又赤诚的愿望："消得几多风露，变教人世清凉。"

此词上片写词人神游天宇的壮观场面：炎夏五月十五的夜晚，朗月高照，泻下万里清辉，整个宇宙一尘不染，似玻璃一般晶莹澄澈。词人沉醉在月光里，酒酣心醉，仿佛跨上玉龙遨游太空，直到那最遥远的天极，下看青天湛湛，碧海沉沉，多么令人快意！

下片写词人神游月宫的情形：阵阵香风袭来，耳畔仙乐飘飘，原来是月宫群仙在演奏《霓裳羽衣曲》。水晶宫殿里清爽怡人，不同于人间的炎炎五月天。于是一心以国家为念的词人顿时想到人间苍生，不由得大发感慨：还需多少风露，才能驱散炎暑，换来人世间的清凉，让黎民百姓也能享受与月宫仙境一样的安宁？在南宋小朝廷偏安于半壁江山的实际情境中，词人的愿望是多么深沉，词人的胸襟也如同这广袤的天宇一样澄澈。就在这个夏夜，词人还写有一首《清平乐》，末句云："醉里偶摇桂树，人间唤作凉风。"意思是说醉时偶然摇动月中桂树，便能为人世间驱走炎热，寄寓了同样的感慨与无奈！

酷暑之夜的月亮带给词人心静体凉的感觉，似乎驱走了白天的炎热，引发了词人浪漫的神游之旅。全篇没有一个"月"字，读来却感觉月华满卷，天上人间，几多感慨寄寓其间！

天

漓江舟行

◉ 俞安期

桂楫轻舟下粤关，
谁云岭外客行艰?
高眠翻爱漓江路，
枕底涛声枕上山。

注释

漓江:或称“漓水”，河流名。位于广西省东北部，桂江的上游。

桂楫:用桂树制成的船桨，是对船桨的美称。

赏析

漓江是一条延绵千里的河流，沿岸奇峰挺立，风景如画。在明代，要穿越层峦叠嶂前往南粤一带，需要长途跋涉，途中还有重重险阻。但是诗人俞安期的看法却截然不同。俞氏本性酣于远游、酷爱自然，有时甚至一出十年。既然一位诗人的价值取向在于享受自然，那么，他在精神上已经傲视重重险阻了。《漓江舟行》一诗，正好折射出诗人热爱自然的禀性。

首句直接点题，表明诗人当下的远游工具。其中的"舟"，诗人以"轻"这个定语来修饰，写得十分形象：既凸显小船沿着漓江顺流而下的轻快情状，也凸显诗人油然而生的轻快心情。"下粤关"表示诗人自北顺流南下，径赴粤关。

次句承接首句，"谁云岭外客行艰"这句诘问句，正好反映出人们的普遍意识：岭外的旅行十分艰辛。不过，酷爱远游、拥抱自然的诗人俞安期，驾着一叶轻舟行驶在漓江之上，而漓江位于"五岭"中的越城岭之南，所以他反诘道：我已经越过五岭，置身于"岭外"，谁说这里的旅行格外艰辛呢？

为了充分表现这种价值取向，诗人在第三、四句中具体地加以说明。

第三句叙写诗人在漓江上，以轻快闲适的心情一枕酣眠。末句中的"枕"字与第三句的"高眠"二字，彼此紧扣，在修辞上构成"拈连"作用。诗人高眠于舟中，他听到轻舟滑过漓江时那清晰入耳的波涛之声，他仰望到青山沿着头顶逝去的画面。这种"枕底"听觉、"枕上"视觉的叙写角度，相当形象地凸显了诗人与漓江天人合一的精神状态：自然山水环抱诗人，诗人投入自然山水。

回顾诗题，"漓江舟行"四字当然没有什么特别。可是，我们看了诗中内容后，便会发觉：诗人不但对自古以来广受称誉的漓江风景表示了衷心的热爱，而且对一般人视岭外为畏途的看法提出了反诘。在诗人眼里，岭外的山水自有清绝之境，岭南的大自然同样是人类美好的家园。诗人在漓江舟中曲肱高卧，枕底听涛，枕上看山，这种全身心地融入自然、欣赏自然的态度，正是这首诗的核心旨意。

蝶恋花

平湖秋月

◉ 莫　播

璧月呈辉湖渌靓，
一色琉璃，倒浸山河影。
花外琼宫明愈莹，人间无此清凉境。

笑撷芙蓉乘舴艋，
醉掬文漪，摇动金千顷。
欲唤坡仙同赋咏，桂花露湿衣襟冷。

注释

渌：清澈。

靓：通“静”。

舴艋：小船。

坡仙：北宋文学家苏轼自号东坡居士，世人称为“坡仙”。

桂花：即“桂华”，指月光。相传月中有桂树，古人就以“桂华”代称月光。

赏析

莫璠隐居杭州西湖，曾作《蝶恋花》词十首，分别吟咏“西湖十景”，此词是其中的第二首，专咏“平湖秋月”。上阕主要写“平湖秋月”的景色。“璧月呈辉湖渌靓”句中

“靓”的字义是“静”。词人以“璧玉”形容秋月，把“璧”、“月”结合成为合成意象，既凸显了月色光辉的特点，又描摹了湖水的清澈平静。光辉的月亮与清静的湖水，相映成趣。月光下的平湖，犹如琉璃一般的柔和平滑、晶莹剔透。正因为月色光辉，湖面清静，山河的倒影才能反映在湖面上，仿佛倒浸在湖水里一样。附近的宫殿也因月色与湖光而显得格外明亮晶莹，好像是白玉雕成的。江南的秋夜，本来已有几分凉意，而眼前的秋色更让他在心理上倍感清凉，仿佛置身于世外仙境。

下阕承接上阕，转而写词人的行为和心理活动。词人面对着眼前的清凉仙境，心旷神怡，他驾着一叶小舟，笑摘秋荷，又乘醉用双手掬取泛着细细漪涟的湖水。他的动作在湖面上激起层层波纹，泛起万道金光。如此良辰美景，词人忽发思古之幽情，想起了宋代大文豪苏东坡。苏东坡意态潇洒，擅长写月，也咏过西湖。他写过“暮云收尽溢清寒，银汉无声转玉盘。此生此夜不长好，明月明年何处看”、“欲把西湖比西子，淡妆浓抹总相宜”的绝妙好诗，面对同一平湖，同一秋月，苏东坡必然会与词人莫璠一样放怀赋咏，所以词人想要招请东坡一同赋咏，共醉秋色。这种美好的期盼，随着酒醒而破灭，词人顿然返回现实：月光如水，露湿衣襟，词人不禁感到阵阵寒意，与前文所写的清凉世界互相呼应。

综观全词，词人表达了对自然的赞叹，书写由自然而生的种种幻想，最后又回归自然。在如此晶莹澄澈的美好环境中，还有什么尘虑俗念不能摒弃呢？大自然真是人生的一帖清凉剂啊！

天

金陵杂感

◉余　怀

六朝佳丽晚烟浮，
擘阮弹筝上酒楼。
小扇画鸾乘雾去，
轻帆带雨入江流。
山中梦冷依弘景，
湖畔歌残倚莫愁。
吴殿金钗梁院鼓，
杨花燕子共悠悠。

注释

金陵：地名，即今南京市。

六朝：三国吴、东晋和南朝的宋、齐、梁、陈，相继建都于建康（今南京），史称“六朝”。

擘阮：擘（bò），用拇指拨弦；阮，乐器名，形似月琴。相传为晋人阮咸所造，故称“阮咸”，简称“阮”。

弘景：陶弘景，隐于句曲山，自号“华阳隐居”。

莫愁：古代女子名，见于梁武帝《河中之水歌》。相传莫愁曾居金陵城西的湖畔，湖遂名“莫愁湖”。

赏析

金陵即今南京，在古代已享有“江南佳丽地，金陵帝王州”（谢朓《鼓吹曲》）的美誉。东吴、东晋和南朝的宋、齐、梁、陈都以金陵为帝京。可惜，这些皇朝国祚偏短，可以说，金陵这个地名暗含“繁华事散”的历史意蕴。诗人余怀生于明季乱离之际，眼前的金陵让他联想到六朝。明初太祖曾定都南京，其后成祖迁都北京，可见明朝定都金陵，也不过几十年而已。诗人正值乱离之际，联想到目前金陵的繁华只是外在的粉饰，背后却潜藏着多少隐忧，于是他百感交集，写下《金陵杂感》一诗。

诗人所写的是半为人境、半为自然的金陵。首联中的“佳丽”指貌美的女子，也即次句“擘阮弹筝上酒楼”的主人公。她们轻拨阮琴，弹奏古筝，登上酒楼。颔联写曲终人散，佳丽们手携画着鸾凤的小扇下楼而去，消失于夜雾之中，而诗人自己也登舟入江，在雨幕中离开金陵。颈联写诗人乘舟入江后，仍对金陵依依不舍，并深情地回首金陵的人事。诗人在明亡后隐居不仕，居于吴门，故以南朝著名隐士陶弘景自比，此句隐含不愿接受清王朝礼聘之意。然而余怀生性风流，于隐居之际仍不忘征歌选曲，故又对金陵的歌舞风流恋恋不已。

前面三联虽然以咏人事为主，但人事的活动始终都置于自然环境之中。除了第二句外，每句诗中都嵌入了自然景物：晚烟、雾、雨、江、山中、湖畔，这些不但是人事的发生背景，而且与人事合成完整的意象，充分表达出诗人对金陵的依恋是兼具人事与自然的。到了尾联，诗人对人与自然的关系的思考进入了一个新的层次：金陵是六朝故都，吴代宫殿里的金钗也好，梁代寺院里的钟鼓也好，都已成为陈迹，因为六代繁华已经一去不复返了。只有自然是永恒的，金陵地处江南，杨花纷飞，燕子轻斜，这样的美丽春光亘古如斯。“悠悠”者，久长也。人事是短暂易逝的，大自然却是永恒的。对于身遭亡国之祸的诗人来说，兴亡之感固然怆然感人，但自然的永恒足以抚慰他的心灵。诗人作《金陵杂感》，但全诗旨趣仍有归依，其旨或在斯乎？

天

西湖绝句

◉ 柳如是

垂杨小院绣帘东，
莺阁残枝蝶趁风。
大抵西泠寒食路，
桃花得气美人中。

注释

西泠(líng)：地名。在今杭州西湖，与西湖、西溪并称“三西”。

赏析

此诗为作者咏西湖八绝句之一，一问世便得到当时文人的广泛称赞，钱谦益曾有诗句云“近日西湖夸柳隐，桃花得气美人中”，反映了时人的一致好评。这首诗短小秀丽，情境幽美。一二句勾勒出一幅清幽景象：低垂的杨柳枝叶拂地，满院清凉，精致的绣帘外残花点点，安静而优雅，只有翩翩飞舞的蝴蝶随风翻转。三四句笔锋一转，点明时间为寒食节，地点为西泠路，此刻人面桃花相映红，桃花的灼灼艳丽与美人交相辉映，美人

更增添了桃花的生机。此处的“美人”，不知是否为作者本人？更重要的是，“美人”使“桃花得气”，人的生命精气与自然融为一体，形成了一种独特的艺术魅力。

柳如是才貌双全，心气极高，仰慕当世豪杰名士，与爱国义士陈子龙有过一段甜蜜恋情，虽然后来迫于男方家庭压力而黯然分手，但始终恋恋不忘这段感情。在陈、柳二人交好时，陈为柳写过三首《寒食》诗，诗中二月桃花、江南寒食、美人芳草、垂杨小院等意象都曾出现过。数年后，柳如是重游西湖，景物相似而人事已非，触景生情，乃仿陈诗中的时令、景物而作此诗，故眷恋满怀，情景交融，真挚感人。

天

摄山秋夕

◉ 屈大均

秋林无静树，叶落鸟频惊。
一夜疑风雨，不知山月生。
松门开积翠，潭水入空明。
渐觉天鸡晓，披衣念远征。

注释

摄山：一名栖霞山，在今江苏南京市东北。

松门：用松枝搭成的柴门。

天鸡：古代传说东南方有桃都山，山上有大树名桃都，树枝蔓延三千里。树上栖有天鸡。每当太阳初升，照到此树，天鸡鸣叫，天下之鸡也随之而鸣。

赏析

顺治十六年(1659)，为逃避清兵迫害，已削发为僧九年的屈大均在南京稽留，游览摄山时写下此诗。屈大均长于近体，尤工五律。这首诗所咏之秋夕，极其空灵。从诗题来看，是写秋夜的山林。一般而言，在诗人尤其是僧人的笔下，自然是无比安宁静谧的。然而作者偏偏

反其道而行之，给我们展示了完全不同的另外一番景色。一二句对树木、落叶、惊鸟的描绘中渲染了秋夜山林的不宁静。一个“频”字，用得极好，生动地形容了山林间夜风不止的情景。三四句则是从人的感受上来进行烘托，形象地描绘了一夕数惊的摄山秋夕。诗人怎么会把落叶声疑作风雨交加？这分明是诗人惊扰不安的心绪的自然流露。五六句描写诗人整夜无法安睡，于是打开柴门，看到了一汪通彻透明的潭水。由于诗人心绪不宁，即使清澈平静的潭水也压不住诗人心中的波澜。但是由惊扰不安的黑夜转入空明平静的潭水，毕竟有几分柳暗花明的意味。也许诗人从这自然景色的变化中得到了什么启迪？天亮时分，他心里又挂念起远行之事（联络反清志士，密谋策划反清）。“披衣念远征”是全诗的画龙点睛之笔，体现了屈原“路漫漫其修远兮，吾将上下而求索”的执着精神。

屈大均是一位民族意识十分强烈的诗人，在明亡后仍不忘故国，十分殷切地盼望恢复。直至康熙二十七年，台湾郑氏被消灭，恢复事业彻底绝望，他才走上消极反抗的隐居道路。此诗打动我们的是，诗中所刻画的山林景象与诗人的内心情感是如此的合拍，从而真正达到了情景交融的胜境。千变万化的大自然真是我们获得灵感的不竭泉源！

天

大风渡江

◉ 王士禛

凿翠流丹杳霭间，
银涛雪浪急潺湲。
布帆十尺如飞鸟，
卧看金陵两岸山。

注释

潺湲（chán yuán）：水慢慢流动的样子。

赏析

康熙十八年（1661）春，王士禛来到南京，写下《大风渡江》四首，此诗为其一。诗人虽然标举“神韵”说，追求冲淡风格，这首诗却是风格雄放，以气势取胜。由此可见，有才情的诗人是并不拘泥于某一种风格的，毕竟诗国的春天是需要百花齐放的。

一二句写的是诗人冒着大风渡江时所见的壮丽景观。江岸上的翠岚红阁，在缥缈的云雾中若隐若现。“凿翠”用杜甫《九成宫》“凿翠开户牖”之意，“翠”指碧绿的山岩。“流丹”用王勃《滕王阁序》“飞阁流丹”之意，代指

楼阁。“银涛雪浪急潺湲”，可见江上风大，卷起千堆雪浪，在这壮伟奇丽的背景下，一幅布帆迎面而来，轻捷快速如飞鸟一般。此时诗人在做什么呢？他是否有一丝惊恐之意涌上心头？“卧看金陵两岸山”，一个“卧”字，胜过千言万语，有画龙点睛的突出效果。我们似乎可以看到，诗人悠闲地斜卧在船舱里，兴致勃勃地欣赏着两岸的山色，尽情享受着这壮美的景观。说到自然的美，人们习惯分为优美和壮美两大类。山林中潺潺流动的小溪固然动人，飞流直下三千尺的瀑布更让人惊心动魄，目眩神摇。而此诗中所写的“银涛雪浪急潺湲”，诗人在“卧看金陵两岸山”时，一定是把这个充满了力与美的自然景观当做鼓励自己勇往直前、迎难而上的动力。亲爱的读者朋友，当您在生活中遇到困难时，当您在工作上遭遇挫折时，去感受那波涛汹涌、永不停息的江上风浪吧！去观看那包罗万象、吞吐日月的浩瀚大海吧！您一定会从那些壮丽的自然景观中得到无穷的勇气与力量。

天

过洞庭湖

◉ 姚 淑

一入洞庭湖，飘飘身似无。
山高何处见，风定亦如呼。
天地忽然在，圣贤自不孤。
古来道理大，知者在吾儒。

【赏析】

姚淑有诗集《海棠居集》，诗风清奇，这种特点也突出表现在本诗中。洞庭湖是古代中国第一大湖，本诗开篇即极写洞庭湖水势之大，舟中人飘飘然，觉得自己似乎已融化消失在这无边无涯的大水中。笔法空灵，表现出女诗人的灵秀之气。接下来的两句续写湖水之大：高山都看不见了，更何况平岸？即使风止住了，耳边犹觉它在呼号。这是身临其境的诗人对湖中大水的逼真感受。下两句更是突兀，奇中出奇。“天地忽然在”这一句用了杜甫《双燕》“今秋天地在，吾亦离殊方”的句意，杜甫此诗作于蛰居已久即将出峡之时，而姚淑写于即将投身反清斗争之时，皆有一份“天地在”之心情。“圣贤自不孤”，

更是巨笔如椽，论其语意，远承《论语·里仁》中的“德不孤，自有邻”，又有女诗人自己之深刻认识。诗人认为反清复明运动此起彼伏，海内自有同志者在，足见吾道不孤。此等大句，非有大胸襟不能道出；非面临洞庭湖此等壮阔之景，亦不能道出。收尾两句，亦是气势不凡。“道理大”一典，出自宋沈括《梦溪笔谈·续笔谈》：“太祖皇帝尝问赵普曰：‘天下何物最大？’普熟思未答，间再问如前，普对曰：‘道理最大。’上屡称善。”而当姚淑写此诗时，世间最大的道理就是“天下兴亡，匹夫有责”。维护民族独立的生存权利与文化传统，这正是古往今来儒者相传之大道。全诗至此完结，气势不尽，余味无穷。

整首诗将洞庭湖的浩瀚气势与爱国志士的远大抱负、崇高的儒者境界融为一体，达到了人与自然的和谐统一。表现了作者进步的人生观，天下兴亡，不仅匹夫有责，匹妇亦有责。此诗写出了行舟洞庭湖的独特体验，以己身的渺小，反衬洞庭湖气势之汹涌澎湃。诗人愿以渺渺一身融入洞庭湖那浩瀚无边的壮阔烟波，与她愿以柔弱之躯投身于波澜壮阔的民族斗争的心迹是一致的。由此可见，自然对人的启迪是多方面的，自然中蕴含着取之不尽、用之不竭的精神源泉，她是人类永远的精神家园。

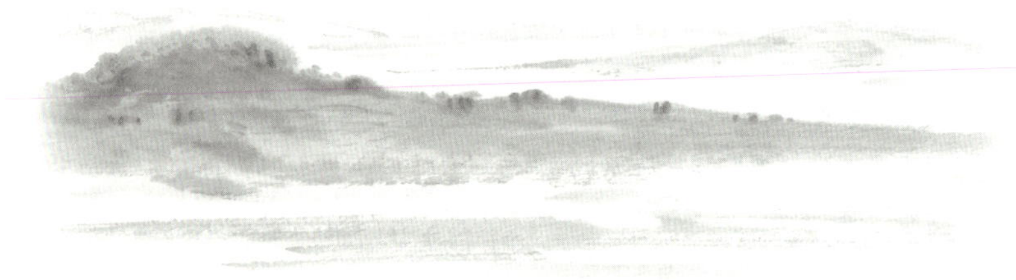

天

晓过鸳湖

◉ 查慎行

晓风催我挂帆行，
绿涨春芜岸欲平。
长水塘南三日雨，
菜花香过秀州城。

注释

鸳湖：鸳鸯湖，也即浙江嘉兴城南的南湖。
长水塘：地名。在今嘉兴市。
秀州：即嘉兴。

赏析

在查慎行的写景诗中，这一首诗写得尤为亲切，因为诗中注入了诗人对家乡的挚爱和依恋之情，鸳湖离查慎行的家乡海宁只有几十里地。诗人写此诗时已经六十四岁了，也许正因到了晚年，思乡的感情才格外醇厚浓郁。首句点明了时间是在拂晓，作者则在船上，正整装待发，“催”字把“晓风”拟人化了，极其生动形象。第二句描写舟行所见。碧绿的湖水涨得飞快，几乎与湖岸持平，

一眼望去，水天一色，分不清哪是湖水哪是湖岸。“绿”字和“涨”字联在一起，赋予了湖水夺目的色彩冲击力和强烈的动感，读者似乎可以感受到那大片碧绿的湖水扑面而来，还带着春天清新的气息。“菜花香过秀州城”一句乃全诗精华所在，有画龙点睛之妙，写出了诗人对家乡最亲切的感受和最真挚的热爱。有人也许会说，春天来了，百花盛开，姹紫嫣红，诗人为什么偏偏写菜花香呢？简直是太普通，太村俗，不能登大雅之堂，可是正是这带着泥土芬芳的油菜花香，唤起了诗人心底浓浓的乡情。菜花不像桃李那样娇艳，也不像梅菊那样清高，她好像是不事妆饰的村姑，表现出一种健康、朴素的美。而且油菜是一种庄稼，是大自然赐给人类的生活资料。菜花香飘不但洋溢着春天的气息，也预告着丰收的喜讯，这怎能不让诗人为之心醉呢？

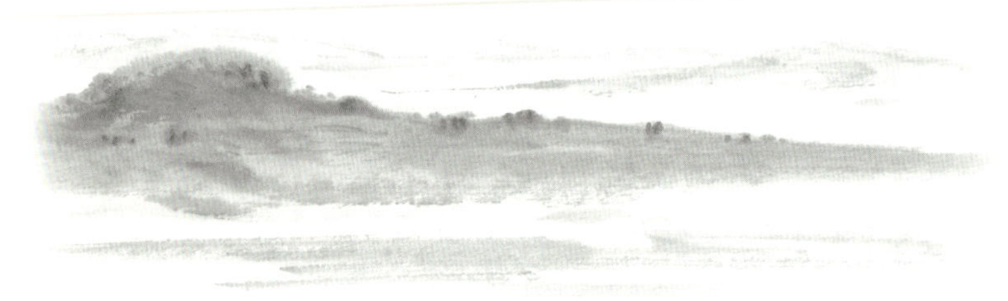

天

西湖泛舟

◉厉　鹗

月下看花不肯红，
沿堤花影压孤篷。
春烟夜半生波面，
仿佛青山似梦中。

赏析

厉鹗性情孤峭，不偕于俗，他的西湖诗词继承了唐代王、孟一派清淡闲远的风格，又“思笔出于宋人”，显得含蓄内敛，形成了独特的风格。故乡杭州的山山水水，一花一木，它们在各个时节的千姿百态，都成为厉鹗描绘的对象。尤其是西湖、西溪一带的迷人风光，全都进入了厉鹗的诗词之中。很多前人未曾注意的景物，在厉鹗的诗中露出容颜；很多前人已经题咏过的景物，在厉鹗的诗中展现新彩。厉鹗的审美情趣偏于柔美，因此更擅长描绘宁静秀美的湖景。

乾隆九年（1744）春二月，作者与几位友人月下泛舟，夜游西湖。当时月色清明，由于月光的强度远逊于阳

光，所以月光下的色彩总是比较暗淡，深色调的物体更是如此，韩愈描写夜景的名句“花不见桃惟见李”就是此意。厉鹗说“月下看花不肯红”，意即月下之花色泽暗淡，以反衬月色之清朗。沿堤花丛繁茂，花影沉沉，盖过了船篷。一二句描写了花、堤、影、篷，然而最主要的是月，没有月色的映衬，这些物体都美不起来。第三句正面描写游湖情景。轻漾的湖水与朦胧的轻烟，相生相依，在月色中更增几分缥缈之气。末句从字面上看，似乎是写青山似梦，其实似梦的何止青山，诗中所描绘的花，堤，湖水，轻烟，甚至无处不在的月光，这一切都像在梦中一样。月下泛舟，一切都具有梦一般的缥缈，梦一般的空灵，使人沉醉。整首诗以清淡之笔写朦胧之美，风格雅致淡远，颇似中晚唐绝句。

厉鹗的一生都很清贫，几十年来，诗人往来于钱塘、扬州之间，靠坐馆和朋友接济维持生活。虽然清贫，但也清闲，他的山水诗，所写不仅仅是风景，而且是对山光水色的深情，且渗入了对人生世事的感悟。正如此诗，诗中有画，画中有人。我们在读此诗时，不仅欣赏到了月下西湖的优美景色，也得到了心灵上的某种感悟。

富春至严陵山水甚佳

◉ 纪　昀

沿江无数好山迎，
才出杭州眼便明。
两岸蒙蒙空翠合，
琉璃镜里一帆行。

注释

富春：古县名，在富春江下游。

严陵：山名，在浙江桐庐县西，东汉名士严光（字子陵）隐居垂钓处。

空翠：空明青翠的山色。

赏析

此诗描写了富春江的沿岸风光。浙江富春江一带，景美如画，“自富阳至桐庐，一百许里，奇山异水，天下独绝”（吴均《与朱元思书》）说的便是这一路的风光。作者过了杭州，乘船沿富春江向西南方逆水缓行。将到严陵濑，诗人站立在船头，尽情观览眼前的奇山异水。第一句描绘了诗人初入富春江的新奇感受。无数好山争相迎

候,令人目不暇接。一个“迎”字,将山水拟人化了,使人倍感亲切。次句写富春江一带的明山秀水比杭州西湖更胜一筹,所以诗人顿时有眼界一新的感觉,也就隐隐流露出旅途中的愉悦心情。三四句写所过之处但见青山夹岸、天山共色的奇观,其中末句尤佳,表达了多重含义:水平如镜,水清如镜,以及两岸的青山和天空在江水中的倒影如在镜中,这些本来很难描写的景色,诗人仅以“琉璃镜里”四字,就一一呈现出来了,令人仿佛身临其境。

富春山水以秀丽明快的景色,倾倒了古往今来的无数游人。此诗看似全是写景,实则处处有情,明媚秀丽的自然风光给诗人带来的愉悦之情实在难以言表。的确,大自然的美丽景色可以带给我们愉悦的心灵享受,抚平焦躁的情绪,安慰受伤的心灵,振奋失落和迷茫的心情,给予我们重新出发的勇气与信念。亲爱的读者朋友,美丽的大自然是我们永恒的心灵家园!

第四辑

天人合一

中华的先民不但把自然视为休养生息的环境，还把自然视为人类精神的家园。先秦的思想界虽然涌现出百家争鸣的局面，但各家各派都从大自然中汲取精神力量和思想启迪。《易经》把天地万物概括为一阴一阳的深刻思想从何而来？相传伏羲氏“仰则观象于天，俯则观法于地，观鸟兽之文，与地之宜，近取诸身，远取诸物，于是始作八卦”。也就是从观察天文气象以及山河、动植等自然现象而总结出宇宙的规律。一句话，变化无穷的大自然正是人们观察、研究的思维对象，也是他们归纳、抽绎的思想源泉。儒家是注重社会的学派，但是孔子何曾轻视自然？《论语》中就记载了“知者乐水，仁者乐山”、“多识于鸟兽草木之名”之类的格言，说明孔子非常重视从自然中获取思想的养料。至于道家，更对自然充满了敬畏和喜爱。老子说：“上善若水。水善利万物而不争，处众人之所恶，故几于道。”(《老子》第八章)庄子则说：“水静则明烛须眉，平中准，大匠取法焉。水静犹明，而况精神！”(《庄子·天道》)这些话中蕴含着深刻的智慧，正是源于自然的启示。正因如此，古代的诗人们非常善于从自然中寻觅思想观念和道德情操两方面的深刻启迪。本辑所选的诗词体现了诗人们在大自然面前领悟出来的深刻思想和美好情操：苏轼遭遇了“乌台诗案”的不测之祸，是赤壁的江山风月抚慰了他那忠而见谤的愤懑，是滔滔东流的大江使他更深刻地领悟了人生的哲理。林则徐因坚决禁烟而被流放到西陲边疆，是天山的皑皑雪峰给他增添了充沛的精神力量。亲爱的读者朋友，当我们在生活中遇到种种逆境时，苏轼那声“一蓑烟雨任平生”的长吟肯定会让我们奔向自然去寻找人生的启示。当我们因思维枯窘而陷入困境时，朱熹的“等闲识得春风面，万紫千红总是春”之句多半会让我们豁然开朗。请到古代诗人为我们构建的那个天人合一的境界中去徜徉、浏览一番吧，我们一定会在那里获得无穷无尽的启示和鼓励。

天

赠兄秀才从军

◉ 嵇　康

息徒兰圃，秣马华山。
流磻平皋，垂纶长川。
目送归鸿，手挥五弦。
俯仰自得，游心太玄。
嘉彼钓叟，得鱼忘筌。
郢人逝矣，谁与尽言。

注释

秀才：汉魏时荐举科目之一，地位较高，获荐人数很少。

息徒：休整步卒。

流磻（bō）：射猎。磻，结于箭尾丝绳上的石块。

纶：钓丝。

太玄：深奥玄妙的道理。

得鱼忘筌（quán）：比喻已达目的，即忘其凭借，"筌"是一种捕鱼的工具。《庄子·外物》："筌者所以在鱼，得鱼而忘筌。"

郢（yǐng）**人**：《庄子·徐无鬼》："郢人垩漫其鼻端，若蝇翼，使匠石斫之。匠石运斤成风，听而斫之，尽垩而鼻

不伤，郢人立不失容。宋元君闻之，召匠石曰：'尝试为寡人为之。'匠石曰：'臣则尝能斫之。虽然，臣之质死久矣。'自夫子之死也，吾无以为质矣，吾无与言之矣。"后用"郢人"喻知己。

赏析

魏晋时期，人们普遍信奉老庄哲学，他们认为，现实社会中的一切现象，都是短暂的、变幻不定的，人若落在功名利禄、道德礼义等陷阱中，便会失去自我的本性，变得卑微鄙陋。只有追求天地之大道，才能达到崇高的人生境界。从这个哲学立场出发，他们重视人的个性的自由发展，反对政治及伦理规范的约束。他们评价人物，注重于自由的心灵、高尚的气质，以及由此表现出来的不同流俗的言谈举止，乃至俊朗的外表。总之，魏晋时期十分注重自由的精神和潇洒的仪态，这些被后人统称为"魏晋风度"。

嵇康是当时玄学家的代表人物之一，他崇尚老庄，讲求养生服食之道，提出"越名教而任自然"之说，主张回归自然。这首诗就表现出他一贯的"任自然"的主张，刻画了一个理想化的人物形象。作者对兄长嵇喜那即将开始的行军旅途的情形进行了合理想象，想象他在行军休息时观察山水的神情意态。虽然是虚拟揣摩之辞，却勾画出诗人心中殷切期盼的一种至乐境界：忘怀尘世的喧嚣纷扰，在天地自然之道中纵情游乐。

诗人使用"兰草"、"华山"来衬托诗歌主人公的理想化形象，与魏晋士人注重仪态修洁有关，也接受了屈原以来的"美人香草"的传统的影响。他假想军队在遍生兰草的野地里休息，马儿在山坡上悠闲地啃食野草。主人公时而在水边的空地上射猎，时而在河边垂钓，时而又随意拨弄着五弦琴，同时目送天边的归鸿渐飞渐远。射猎、垂钓、弹琴、目送归鸿，他并不是专注于一事一物，而是不断地转移目标，甚至同时做着两件事情。换句话说，射到了什么鸟，钓到了多少鱼，弹奏出了哪些音符，是否真在关注归鸿，又是否联想起什么，诗歌中的主人公统统都不在意，所有的动作描写，都只是为了表现一种恬淡自然的心境和悠然萧散的神情。

后面六句，从上文所描写的闲适心境中引申出诗人的创作主旨，原来诗人在意的是，通过这些动作来领略山水中的美妙情趣，体悟天地自然之道，最后"得鱼忘筌"、"得意忘言"。末二句"郢人逝矣，谁与尽言"，表面上看，

理想化了的主人公似乎面临无人理解的困境，从而显得有些遗憾，但实际上诗人是在骄傲地宣布，他已经独得大道，超然世外，并且独自陶醉在这无边的自然大美之中。

这首诗为我们描绘了人在自然界中的一种理想生活状态，不过，这种理想并不像世外桃源那样可望而不可及。道理很简单，只要我们能够减少对财富功名、是非恩怨等“身外之物”的过度关注，只要我们能够长葆一颗宁静淡泊的心，我们就可以像嵇康那样，实现精神的自由，全身心地融进自然，从而体味到无法言传的快意。

明　唐寅
东篱赏菊图

饮酒

◉ 陶渊明

结庐在人境，而无车马喧。
问君何能尔，心远地自偏。
采菊东篱下，悠然见南山。
山气日夕佳，飞鸟相与还。
此中有真意，欲辨已忘言。

注释

结庐：建造房屋。
人境：人类居住的地方，这里指人来人往的尘世。
尔：这样。
心远：精神高远超然，这里指远离尘世。
悠然：悠闲自得。
南山：指庐山。

赏析

《饮酒》是陶渊明的一组诗，共有二十首，但并不是每一首中都写到饮酒的主题。本诗是其中的第五首，抒写了诗人在美好的自然环境中自得其乐的情怀，表达了诗人对自然的由衷热爱。

这首诗有一个逻辑的出发点，便是人应该复归自然。这里所说的“自然”，当然是与“社会”相对而言的。一般的观点都认为，要想复归自然，便应该远离社会，也就是陶诗中所说的“人境”。所以古往今来，许多志向高洁的隐士都选择了隐居山林的生活形态。有些著名的隐士甚至刻意追求人迹罕至的深山老林，仿佛一听到尘世的喧嚣便会影响他们的高洁情怀。那么，陶渊明是如何看待社会与自然的呢？换句话说，陶渊明从同样的逻辑起点出发，是否与传说中的许由、巢父等隐士采取同样的生活形态呢？他有没有为了复归自然而逃离“人境”呢？

仿佛预先知道我们会向诗人提出这个问题，陶渊明开门见山自表心迹：“结庐在人境！”他既没有像传说中的巢父那样在深林中结巢于树，也没有像上古的许由那样住在岩洞里，陶渊明这个著名的“隐逸诗人”偏偏把房屋盖在人来人往的“人境”！那么，人来人往的“人境”会不会车水马龙，喧嚣纷杂？答案竟然是否定的，陶渊明接着就交代说：“而无车马喧。”他居住的人境竟然一点也不喧嚣纷杂，甚至根本听不到车马的声音。诗人自己也觉得这种说法太奇怪了，于是下文就来解答读者的疑惑，他自问自答说：请问怎样才能做到这样呢？答案是：只要内心远离了扰扰尘世，所居住的地方也就变得偏僻冷静了。这四句话表面上平平道出，其实大有深意。人们为什么要逃离尘世、复归自然？理由无非是尘世充满了欲望和争斗，红尘中的芸芸众生争名于朝，争利于市，从而使美好、善良的本性丧失殆尽。而大自然是淳朴、安静、和谐的，所以只有逃进自然并远离尘世，才能找到迷失已久的自我，才能恢复人的本来面目。可是陶渊明一针见血地指出，事情的关键并不在于你居住在什么环境里，而在于你以何种心态生活在那里。因为人的本性属于精神层面而不属于物质层面，假如一个人内心充满了种种欲望，即使他身居深山，也不能保持心态的宁静。相反，如果我们的内心祛除了种种欲念，一尘不染，那么，即使你置身于喧嚣的红尘之中，也仍然能保持宁静、安谧的心态。这正是陶渊明比巢父、许由等隐士更加高明的地方。陶渊明具有更加坚定的意志、更加超越的态度，所以他身居人境而心怀高远，喧嚣的车马声又能奈他何？

内心是如此的宁静，态度是如此的安详，陶渊明便能从容不迫地欣赏自然景物了。诗人信步走到东篱之下，信手采摘了几枝经霜不凋的菊花，他

悠然自得地抬头一望，苍翠的庐山正好映入眼帘。黄昏将临，岚气在夕阳的映照下更加美好，成群的鸟儿结伴飞回山间。面对着这美丽的自然风光，诗人仿佛领悟到了人生的真谛。但是要想把这层意思说出来，却又找不到合适的语言。一句话，陶渊明已经沉醉在那个宁静、安详的自然环境中，他心有所感而口不能言，其实也不需要用任何语言来表达，因为他已经与自然融为一体了。

这首诗把陶渊明对自然的热爱表达得既充分，又优美，成为传诵最广的陶诗名篇。除了给读者以审美的熏陶之外，此诗的最大价值便是为人们指出了如何对待自然的“向上一路”：最重要的是保持内心的宁静、安详和淡泊，保持人类与生俱来但又丧失已久的自然属性，从而打破名缰利锁的束缚，恢复心灵的自由。只要做到了这点，无论你置身于偏远的山林还是喧嚣的尘世，都同样能维持内心的安宁。亲爱的读者朋友，当您反复吟诵此诗之后，是否也对陶渊明所领悟到的“真意”若有所会？您心中是否浮现出一位诗意地栖居在庐山脚下的高洁之士的形象且心怀仰慕？陶渊明热爱自然，因为自然是美好的，自然的内部关系是和谐的，自然具有淘洗人类心灵的奇妙能力。但是人具有很强的主观能动性，复归自然的关键并不在于逃进深山老林，而在于心灵的净化。只要您努力地净化自我的心灵，只要您祛除了对名利的欲望，您就在实际上复归自然了。请永远记住“心远地自偏”这句名言吧！对于栖身于水泥森林的现代人来说，这是我们实现诗意栖居的惟一可行的途径。

元　盛懋
坐看云起时

天

诏问山中何所有赋诗以答

◉ 陶弘景

山中何所有，
岭上多白云。
只可自怡悦，
不堪持寄君。

注释

不堪：不能。

赏析

陶弘景是齐梁间著名的隐者、道士，他备受武帝礼遇，虽然隐居茅山不愿出仕，但是朝廷经常派人前往咨询，时人称为"山中宰相"。根据诗题可知，梁武帝曾下诏问陶弘景，山中有什么让他如此迷恋而不愿意出仕？这是一个棘手的难题，陶弘景此诗却给予了相当巧妙的回答，借此向皇帝表明其不贪恋功名富贵的高洁志趣。

"山中何所有？"应该是梁武帝的原话。面对皇帝戏谑式的追问，机智的道人回答得非常巧妙："岭上多白云。"他说茅山中别无他物，只有岭上随意飘荡、卷舒自

如的朵朵白云。

陶弘景本无心为诗，却以古朴素淡、如话家常的五个字，描绘出一幅真实又优美的画卷：荒山野岭中少有人迹，只有诗人和几个修道的徒弟，修身炼丹之余，悠闲自得地仰观山峰上的朵朵白云。“只可自怡悦，不堪持寄君”二句，强调了欣赏自然美景时的自得之乐，只能意会却难以用语言来传达，更不用说将此乐趣贡献君王了。作者的言下之意很明显，坐在高高的金銮殿上一呼百诺的君主，又如何能理解隐士在白云岭上那逍遥无待的快乐呢？

陶弘景所以在茅山诸多景物之中拈出“白云”意象，来回答梁武帝的诏问，不仅因为他对白云情有独钟，还因为白云意象包含了行踪无定、去来无迹、自由自在、了无挂碍的意蕴，与魏晋以来道家孜孜以求的人生境界相吻合。即使是世俗之人，也很容易领悟到其中的旨趣。亲爱的读者朋友，当您的双眼疲倦于书本或文件时，请暂时把目光转向空中的朵朵白云吧！

天

春江花月夜

◉ 张若虚

春江潮水连海平，海上明月共潮生。
滟滟随波千万里，何处春江无月明。
江流宛转绕芳甸，月照花林皆似霰。
空里流霜不觉飞，汀上白沙看不见。
江天一色无纤尘，皎皎空中孤月轮。
江畔何人初见月？江月何年初照人？
人生代代无穷已，江月年年只相似。
不知江月待何人，但见长江送流水。
白云一片去悠悠，青枫浦上不胜愁。
谁家今夜扁舟子？何处相思明月楼？
可怜楼上月徘徊，应照离人妆镜台。
玉户帘中卷不去，捣衣砧上拂还来。
此时相望不相闻，愿逐月华流照君。
鸿雁长飞光不度，鱼龙潜跃水成文。
昨夜闲潭梦落花，可怜春半不还家。
江水流春去欲尽，江潭落月复西斜。
斜月沉沉藏海雾，碣石潇湘无限路。
不知乘月几人归，落月摇情满江树。

注释

滟滟(yàn):水光貌。

芳甸(diàn):芳草丰茂的原野。

霰(xiàn):雪珠。多在下雪前或下雪时降落。

月华:月光,月色。

赏析

张若虚的《春江花月夜》千百年来倾倒了无数读者,诗人因此被后人称誉为"孤篇横绝,竟为大家"。

诗虽题为"春江花月夜",所写景物也以这五种事物为主,却以"月"为主线,贯穿全篇。前四联写"明月"初生之景;第五联写"孤月"高悬,承上是继续描写月华纯净如水,江天浑然一色,启下则是过渡到下面三联,诗人望月遥想,导致对人生哲理的参悟和对宇宙奥秘的探索;"白云"以下诸联,分三层描写"孤月",由皓月当空到斜月西倾再到月落,抒写月光之下游子、思妇的两地思念,借男女月夜相思,描绘出动人的良辰美景,开拓出奇妙孤绝的艺术境界。全诗情思幽远,哲理深刻。虽然诗歌主旨仿佛游移不定,层与层之间也似乎判然可分,但事实上,全篇情、景、理水乳交融,各部分也互为照应,全诗外文绮交而内意脉注,浑然一体。

开篇八句描写春江潮起,势如大海,一轮明月在潮水的涌动之下跃然江上。江水横流万里,月光随着波光浮动,哪一处美景不在这明月的朗照之中呢!宛转曲折的江水,环绕着花草丛生的江心小洲,月光空明澄澈,笼罩着小洲上绚烂茂盛的花树,仿佛为花树撒上了一层洁白的雪珠。"春"、"江"、"花"、"月"、"夜"这五种事物至此全部自笔端泻出,相互渲染烘托,营造出优美静谧的意境,也把月光映衬得充满活力。在优美的意境之中,诗人的情感倾注于明月,于是着力描写月华的皎洁清冷,如同空中的流霜。而小洲上的白沙已和月光融合成一片,无法分辨。皓月当空,水天一色,了无纤尘。整个世界幽美恬静,如童话般美妙,置身其中,又如何不令人冥思遐想?诗人不禁追问:洪荒远古中第一个在江畔欣赏这明月的人是谁呢?这江月又是什么时候第一次照耀了江边的人呢?宇宙无穷、人生有限,诗人由此而引发哲理之思:人生虽然短暂,但薪尽火传生生不息。江月虽亘古长存,但岁岁

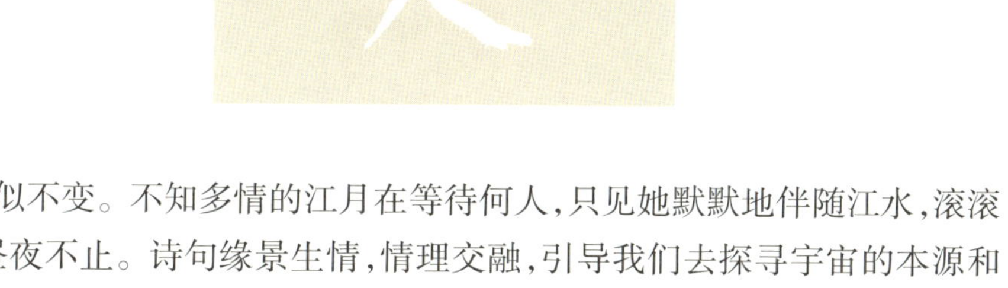

年年相似不变。不知多情的江月在等待何人，只见她默默地伴随江水，滚滚东流，昼夜不止。诗句缘景生情，情理交融，引导我们去探寻宇宙的本源和人生的真谛。

接下来诗人的笔触由探寻人生真谛转为抒写人间离情。仰望天空，白云如不系之舟悠然而去，面对此情此景，青枫浦上的诗人黯然销魂。这澄澈静谧的月色，会引起多少人的别离之思啊！诗人联想到明月之夜乘着扁舟渐行渐远的游子，以及深闺中望月怀远的思妇。这两个典型意象说出了月夜的相思情愫的普遍性，从而使读者内心产生更深沉的共鸣。

月光随着时光的流逝慢慢地挪移脚步，不忍离去，也许是想多陪陪那在深闺中辗转难眠的思妇吧，所以久久地照着思妇的妆镜台。思妇不愿独对明月，但多情的月光依然透过帘栊，洒在捣衣砧上，任凭思妇怎么卷帘、拂砧，月光还是无处不在。思妇与游子千里相望却杳无音讯，惟有梦想自己能像眼前的月光一样，一路追随、陪伴在他周围。她多么想请天上的鸿雁与江中的鲤鱼代捎书信，可是雁迷长空，鱼潜水底，两地相思无法传递，因此，思妇心中更多的是牵挂！

最后八句，诗人的思绪由思妇转向游子。"闲潭"、"落花"的意象暗示着春光将逝，春梦无痕，"可怜春半不还家"既是游子的感叹，又曲折地传达出思妇内心的期待与失落。游子久久伫立在青枫浦上，从明月初升到孤月高悬，再到落月西斜，时光一点点随江水流逝，又一个月夜渐渐隐去，又一个春天即将结束。海面上升起了越来越浓密的雾，月亮便渐渐隐没在浓雾之中，一如游子此时落寞的心情。放眼远望，碣石、潇湘天各一方，回家的路途是如此的遥远漫长！在这美好的春江花月夜里，不知道究竟有几个人能够乘着月色回到自己的家中！眼前的离情随着落月的残光洒满春江、洒满花树，更洒落在游子思妇的心头，丝丝缕缕的情思让诗人自己也深深地陶醉了。

此诗在艺术构思和表现手法上均超出了以前那些纯粹的写景咏物诗，诗人凭借着独特的构思和高超的技巧，把月光下的一切景物和望月怀远的人物，有机地组成一幅美丽的图画，创造了一个如梦似幻、深邃幽美的神奇诗境。这首诗赞叹了大自然，讴歌了爱情，同时又包含对人生哲理、宇宙本源的探索追寻，使整首诗作充满了艺术感染力。

就人与自然的关系而言，这首诗也十分具有启发意义。原来，山水自然不仅可以让我们从繁冗纷杂的尘世琐事中解脱出来，放松身心，怡情养性；还可以帮助我们积极思考，使我们的眼光更加开阔深邃，思维也更加敏锐深刻。如果您是一位长年漂泊在外的游子，肯定会对月夜相思的内涵有着更深刻的感触和体会，那一轮亘古如斯的明月，永远高悬于每一个中华儿女的心头，无论您身在哪里，都会在月光的牵引下梦回故乡。

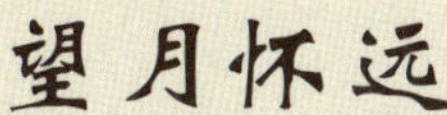

望月怀远

◉ 张九龄

海上生明月，天涯共此时。
情人怨遥夜，竟夕起相思。
灭烛怜光满，披衣觉露滋。
不堪盈手赠，还寝梦佳期。

注释

遥夜：长夜。
竟夕：终夜。

赏析

《望月怀远》这首诗，系月夜怀人之作。

首句开门见山，描写一轮明月从海上冉冉升起，意境阔大，气象雄浑，与次句的天涯怀远桴鼓相应。

次联写阻隔两地的恋人相思情浓，整整一个晚上都因相思而辗转反侧，孤枕难眠。颈联即借主人公的行动来表现其内心相思的痛苦。主人公把失眠归因于烛火明亮，于是吹灭蜡烛。但皎洁空明的月光仍洒满房间的各个角落，越发不能入睡，于是披衣而起，在月下徘徊良

久，夜已很深，冰凉的露水打湿了衣服。这一联通过对诗歌主人公一系列行为的描写，形象而贴切地表现出内心深深的思念。

深夜难眠的恋人，在月光下踯躅，在思念中徘徊，于是想送给远方的爱人一件表达心意的信物，但是送什么好呢？就送这月光吧，此时只有这千里共享的明月才能传达真挚的情意，但是这满手的月光如何寄赠远方呢？所以不如回屋就寝，或许还能在梦中见到对方，聊解相思。

此诗在大自然的雄浑景象的衬托下，表现了人间缠绵缱绻的相思之情。整首诗歌以明月起兴，情致深婉，余韵袅袅，令人回味无穷。

登鹳雀楼

◉ 王之涣

白日依山尽，
黄河入海流。
欲穷千里目，
更上一层楼。

注释

鹳(guàn)雀楼：唐代河中府的名胜，楼共三层。原址在山西蒲州府(今永济县)，前瞻中条山，下瞰黄河。后为河水冲没。

赏析

此诗一说为朱斌所作，题为《登楼》，是一首写登高的名篇。诗人登高远望，所见气象非凡，眼界大开。因其写景传神、说理透辟，千百年来深受读者喜爱。

首联即从登楼所见写起，气势恢弘。诗人登上二楼，凭栏远眺，傍晚的太阳已失去了它耀眼的光辉，正沿着中条山渐渐下落。山脚下的滔滔黄河正波浪汹涌地朝大海东流而去。诗人对楼前景象进行了写意式的粗笔勾

勒,但意境雄浑壮阔,读来有如身临其境。白日西沉,黄河东去,诗境宏大阔远,原本浑厚朴实的大地,瞬间变成了使人胸胆开张的充满活力的世界,从而产生强烈的艺术感染力。

但是,下面两句并没有像一般的登楼观览作品一样去抒发情感,而是直接引入说理。要想穷尽千里视野,就请再登上一层楼吧!全诗至此,便戛然而止。除了逐渐下沉的夕阳和奔向大海的黄河以外,在鹳雀楼上还能看到什么,会有什么样的感慨,诗人都没有具体交待,一切都留给读者去发挥想象或去亲自体验。

这首诗四句话两两对仗,语言平白如话,但读来却不觉诗味淡薄,反而更加突显出其充沛的气势与深刻的哲思。试想,祖国河山美丽如画,如果我们在闲暇之余能登临山水,在大自然中获得启发和感悟,那么我们观察人生的视野定会"更上一层楼"!

明　李在
归去来辞——云无心以出岫图

天

独坐敬亭山

◉ 李　白

众鸟高飞尽，
孤云独去闲。
相看两不厌，
只有敬亭山。

赏析

敬亭山在宣州(今安徽宣城)，宣州自六朝以来向为江南名郡，谢灵运、谢朓均做过宣城太守。李白亦对此地特别钟爱，一生曾七次游宣城。此诗作于唐玄宗天宝十二载(753)秋游宣城时。

此时李白已经过了十年流浪漂泊的生活，饱尝人间冷暖、世态炎凉，早年经世济国的抱负也消沉了许多，内心深处多了一些孤独落寞之感，但诗人毕竟没有完全对生活失去热情，而是在与大自然的亲近融合中找到了自己的归宿。这一切都在这首小诗中得到了很好的体现。

“众鸟高飞尽，孤云独去闲”，写出了诗人独坐敬亭

山仰望天空之所见。诗人独自一人坐在山前,无所事事,四处搜寻,只见那么多的鸟儿都高高地飞向天空,消失在苍穹之中。还有一片孤云,悠然地飘向远方。鸟尽云去之后,只剩下空旷无边的青天。此时诗人真是落寞到了极点。也就是在这种情境下,诗人把视线转向敬亭山,高峻的敬亭山依然是那样安详,它以秀美的身姿迎接诗人忧郁的眼神,这让诗人怦然心动,于是发出"相看两不厌,只有敬亭山"的感叹。

这首小诗写的是诗人瞬间的心灵跳动,表现了诗人与大自然刹那间的心会神交。

明　史文
松阴抚琴图

听蜀僧濬弹琴

◉李　白

蜀僧抱绿绮，西下峨眉峰。
为我一挥手，如听万壑松。
客心洗流水，余响入霜钟。
不觉碧山暮，秋云暗几重。

注释

绿绮：琴名。

挥手：指弹琴。

霜钟：秋天的钟声。

赏析

这首诗写李白听一位法号叫“濬”的蜀地僧人弹琴及听琴后的感受，是唐代描写音乐的名作之一。

首联写蜀僧怀抱着绿绮琴，从峨眉山上走下来。这两句诗表面上仅是简单的叙事，然而“绿绮”乃是蜀中才子司马相如的琴，峨眉山也是蜀中名山，这就暗示着僧人的身份和琴技均不同凡响。

颔联从正面描写弹琴的经过。一个“挥”字形象地

表现了蜀僧弹琴时潇洒的动作和气定神闲的姿态。在诗人耳中，这琴声就像万壑松涛那样，单纯而又深沉，低沉而又雄浑。

后面两联写诗人听琴的感受。琴声使自己的心灵像被流水洗过般地澄净清爽，这分明是由于弹琴者怀着高山流水的高远情思啊！弹奏终止以后，袅袅余音飘向远方，与遥远的钟声融合在一起，归于一片混茫，久久萦绕在诗人耳畔。不知不觉间，远处的青山已隐入暮色，层层秋云也变得更加浓重。

弹琴和听琴都是文化活动，与自然没有直接关系。可是李白的这首听琴诗却不同寻常，从峨眉山、万壑松到流水、霜钟及碧山秋云，几乎每联诗中都出现了自然意象，倒好像是一首写景诗。细读此诗，我们不难领悟到人与自然的密切关系：琴声来源于自然，又以逼真自然界的天籁为最高艺术境界。人们从自然中获取力量和启迪，也以回归自然、拥抱自然为最高境界。是什么使蜀僧与李白产生了深深的共鸣？正是琴声中蕴含着的高山流水。

望 岳

◉杜　甫

岱宗夫如何？齐鲁青未了。

造化钟神秀，阴阳割昏晓。

荡胸生层云，决眦入归鸟。

会当凌绝顶，一览众山小。

注释

岱宗：指泰山。岱是泰山的别称，因泰山为五岳之长，故称岱宗。

夫：语气词，无实义，用以引起下文。

齐鲁：周代的两个诸侯国，齐在泰山之东北，鲁在泰山之西南。

未了：没有尽头。

造化：指大自然。

钟：凝聚。

神秀：神奇秀丽。

割：区分。

决眦(zì)：眼眶裂开，意指竭力睁大眼睛。

会当:终究要。

赏析

唐玄宗开元年间,青年杜甫在齐、赵一带过着“裘马清狂”的漫游生活。这首《望岳》就写于其时,它是现存杜诗中写作年代最早的一首,体现了青年杜甫胸怀大志的精神面貌,同时也表现了杜甫对大自然的热爱和敬畏。

泰山雄踞齐鲁,名扬海内。古代的许多帝王都不远千里前来朝拜,在泰山上举行封禅大典。可以肯定,出生于河南巩县的杜甫早在少年时代就熟知泰山的威名,早从历代的典籍中获得了有关泰山的知识。所以当诗人亲身前往齐鲁大地瞻仰泰山时,他心中其实已经存在着一座意念中的雄伟山岳。然而毕竟闻名不如亲见,所以诗人仍然忍不住诘问一声:泰山到底怎么样啊?这个问句虽然很简单,但是绘声绘色地传达了诗人内心对泰山的热切向往,他太想亲眼看到泰山了。于是第二句就推出了泰山的雄姿:它横亘在齐鲁大地上,拔地而起,直插苍穹,即使走出齐国和鲁国的边境,还能望到它那青黛色的身影!

杜甫笔力雄强,写景造境常有想落天外的奇思妙想,而且特别善于描写境界阔大、气魄雄伟的景物。此诗对泰山的描写就是从整体落笔,甚至有意略去局部的细节:大自然把其全部神奇灵秀都凝聚在泰山身上,天色的昏暗和晓亮都由泰山来划分。如果说这两句诗是把自然和泰山都人格化了,自然能体现其意志,泰山能有所动作;那么下面两句则把诗人自我与泰山融为一体。诗人放眼望去,层层云气从泰山的峰峦间喷薄而出,他的心胸也随之激荡奋发。暮色渐临,鸟儿飞回山间,它们的身影显得越来越小,诗人的目光也随着它们一起远去,直到眼眶欲裂。与其说这是形容泰山雄伟奇峻且充满生机,不如说是诗人在抒发胸中的豪情壮志。当然,正是泰山的雄伟激发了诗人的豪情。

最后两句是传诵千古的名句。杜甫远眺泰山,忽发奇想:自己终将登上泰山绝顶,纵目俯瞰,众山都显得十分渺小!清人浦起龙评论说:“杜子心胸气魄,于斯可观。”的确,登上高山绝顶俯瞰众山,一定会觉得它们都很低矮。人生也是如此,一旦你攀登上最高的人生境界,就会觉得那些庸俗、卑鄙的人们是多么渺小。杜甫后来的人生道路就好像是登攀泰山,他用艰苦卓绝的努力登上了诗国的巅峰，从而傲视千古诗坛。这首《望岳》正是青年杜甫即将开始人生征程时发出的激昂宣言。

亲爱的读者朋友，当您攀登泰山时，一定会注意到从山脚到山顶，一路上有多处山岩铭刻着“会当凌绝顶，一览众山小”的诗句。这两句诗既会鼓励您沿着那盘旋艰险的山路努力登攀，也会鼓励您在曲折坎坷的人生道路上奋勇前进。自然是人类的生存环境，每个人都生活在自然中间。我们的生活资料都来于自然，我们的精神力量也存在于自然。青年杜甫正是从泰山这座凝聚着自然精华的大山中获得了人生的启迪，从而信心百倍地踏上了人生征途。让我们像杜甫一样，到大自然中去体会生命的脉动，去寻找人生的真谛吧！

天

题破山寺后禅院

◉常　建

清晨入古寺，初日照高林。
竹径通幽处，禅房花木深。
山光悦鸟性，潭影空人心。
万籁此俱寂，惟余钟磬音。

赏析

破山寺在今江苏常熟虞山，又叫兴福寺，是六朝齐代倪德光舍宅而建。常建早已对这座历经百年的古寺心驰神往。

首句点明时间，二句写入寺所见，作者没有写古寺佛殿的宏伟与庄严，而去写那初升的太阳和高耸的树林，说明诗人此行的主要目的不在礼佛，而在观景，所以更留意寺外清幽绝俗的自然环境。接下来作者采用移步换景之手法写禅房的幽静：在茂密的竹丛中间有一条小径，延伸到很远的地方，寺院的禅房正在幽深的浓密花丛之中。“深”字不仅写出了禅房的幽深清雅，也体现出诗人自己内心深处的幽远情怀。阳光明媚，连鸟儿

也怡然自乐。其实，这哪里是鸟儿之乐啊，这是诗人之乐！此时此刻，诗人早已把自己的主观感受寄寓于那些或飞或鸣的鸟儿。如果说这是从侧面写诗人之乐的话，那么，“潭影空人心”则是正面写诗人在这特定环境之下的感受。这山光水色使人杂念顿消，心净若空，产生了强烈的遁世之感。诗人既已达到了“心与境静”的境界，便觉得山间万籁俱寂，只有那悠扬的钟声从寺里传来，仿佛在诉说着淡泊幽远的情思。

这首诗通过写清晨游寺的经过，诗人层层深入，着力营造了一个幽深静寂的意境，在这过程中，诗人内心的杂念也被这环境的幽深明净一层层地剥除，最终，归于宁静，归于清纯，归于人与自然的合一。

天

春山夜月

◉ 于良史

春山多胜事，赏玩夜忘归。
掬水月在手，弄花香满衣。
兴来无远近，欲去惜芳菲。
南望鸣钟处，楼台深翠微。

赏析

于良史诗多写景，构思巧妙，形象逼真，《春山夜月》就是其代表作之一。

首联点题，叙述观赏春山月夜的缘起：春天的山中有太多的美好事物，诗人沉醉于游玩欣赏，以至于忘记了时间，天都黑了还没有回家。

“掬水月在手，弄花香满衣”就是山中胜事最集中的体现：一轮明月高悬山巅，皎洁的月光映照着泉水，十分可爱，诗人喜不自胜，伸出手去掬一捧清泉在手，无意间发现月光亦在手中了。山中树木茂盛，繁花似锦，诗人情不自禁地摘下几朵玩赏，没想到竟在衣服上留下了浓浓的花香。泉映月色，衣染花香，怎能不让人为之沉醉，怎

能不让人流连忘返？这两句诗中视觉、触觉、嗅觉并用，通过独特的感受和丰富的想象，把春山月夜之景写得如梦如幻。

诗人完全沉醉在山中月下的美景之中，不禁感慨万分：只要兴致所至，哪里还在乎路程的远近。转念之间又想到自己将要离去，对面前的一草一木更加依依不舍。正在去留不定之际，南来的晚风送来了一阵钟声，举首远眺，只见几座楼台隐现在一片苍翠的树丛之中。结尾意境深远，回味无穷。

此诗将山中花月等自然胜景与自己赏花观月的独特体验完美地融合在一起，珠圆玉润，水乳交融，达到了很高的艺术境界。

天

雨后晓行独至愚溪北池

◉ 柳宗元

宿云散洲渚，晓日明村坞。
高树临清池，风惊夜来雨。
予心适无事，偶此成宾主。

注释

愚溪北池：在永州，池水清澈，有沟渠与愚溪相通。
宿云：夜晚的云。
村坞（wù）：村落。
偶：遇见。

赏析

这是一首描写雨后景色的五言古诗。前两联描写雨后云破日出之开朗景象：低压在洲渚上的黑云逐渐消散，一轮红日喷薄而出，金色的阳光把村坞照得一片明澈。高大的树木紧临着清澈的池塘，晨风一吹，残留在树叶上、枝桠间的雨水纷纷飘落，洒入池塘。第三联以直抒胸臆作结。正巧此时诗人心中无思无虑，空无一

事，遇到上述奇妙之景，便如宾主相得，达成了深深的默契。

这首小诗好在何处？首先，它的写景手法极其简练、朴素。树上积雨，风吹雨落，诗中直叙其过程，不作任何形容，便写得栩栩如生。正如一幅高手所画的素描速写，虽无色彩而异常精美，读之宛若亲睹其景。其次，它的抒情点到为止，尽得风流。诗人只说他心中“无事”，此外不赘一言，而恬淡闲适、悠然自得等内涵尽在其中。诗人只说他与清景“成宾主”，而情投意合、水乳交融之情状清晰可感。诗人并未明言孰为宾、孰为主，我们不妨作多样化的解读。高树清池原在村坞之中，诗人则独行至此，则是清景为主而诗人为宾，是大自然这位热情好客的主人敞开胸怀接纳了这位远道而来的迁客。诗人心中原无一事，偶逢清景，便敞开心扉以接纳之，则是诗人为主而清景为宾，是诗人以热爱自然的情怀去拥抱偶然相遇的景物。无论孰宾孰主，反正诗人与自然已结成了亲密无间的知己。亲爱的读者朋友，您是否愿意结交这样的一位知己呢？

天

渔翁

◉ 柳宗元

渔翁夜傍西岩宿，
晓汲清湘燃楚竹。
烟销日出不见人，
欸乃一声山水绿。
回看天际下中流，
岩上无心云相逐。

注释

傍：靠近。

欸乃：象声词，摇橹的声音。

赏析

唐宪宗元和元年(806)，柳宗元因参与永贞革新而被贬永州，一腔抱负化为烟云，他承受着政治上的沉重打击，寄情于异乡山水，作了著名的《永州八记》，并写下了许多吟咏永州风景的诗篇，《渔翁》就是其中的一首代表作。

全诗共六句，按时间顺序，分三个层次。“渔翁夜傍西岩宿，晓汲清湘燃楚竹。”这是从夜晚到拂晓的景象。渔翁是这两句中最引人注目的形象，他夜宿山边，晨起

汲水燃竹，但是这个忙碌的身影始终伴随着美丽的自然环境：西岩、清湘、楚竹……这是一个清幽绝俗的山水灵境，渔翁得以劳作、栖息于斯境，何其幸也！“烟销日出不见人，欸乃一声山水绿。”这是最见功力的名句，也是全诗的精华。太阳升起，云雾渐消，此时渔舟早已离开岸边，只有一声柔橹在青山绿水中轻轻地回荡。“回看天际下中流，岩上无心云相逐。”日出以后，视野更为开阔。此时渔船已进入中流，回首骋目，只见山巅上正飘浮着片片白云，好似无思无虑地前后相逐。

这首小诗情趣盎然，诗人以平淡而清丽的笔墨构画出一幅令人迷恋的山水晨景，举止潇洒的渔翁和充满生机的自然景象和谐地融为一体，人类的活动与大自然自身的律动是如此的合拍，这一切都表达了诗人向往自然、拥抱自然的志趣。

天

宿甘露僧舍

◉ 曾公亮

枕中云气千峰近，
床底松声万壑哀。
要看银山拍天浪，
开窗放入大江来。

注释

甘露僧舍：僧舍指寺院。甘露寺，在今江苏镇江北固山上，下临长江。

赏析

位于江苏镇江东北的北固山北临长江，陡壁如削，形势险固，故名“北固山”。南朝大同十年（544），梁武帝登临北固山，留下“天下第一江山”的石刻。久负盛名的甘露寺就建在北固山主峰之上，寺宇虽然不大，然居高临下，颇有飞阁凌空之势。面对江山胜景，怎不令人心生豪情？北宋名相曾公亮夜宿甘露寺时，云气涛声令其震撼不已，于是写下了这首气势不凡的《宿甘露僧舍》。

前两句写山之雄壮：诗人夜宿甘露寺的临江僧房，只觉云气缭绕，如烟如雾，连枕头都是凉丝丝的，似乎门外千峰都近在咫尺。卧听江涛阵阵，似乎万壑松声都自床底传来。其实北固山并不高，但峭壁直插江中，甘露寺雄踞其上，临江而立，遂有出尘飞天之势。此时诗人身在室内，但充盈僧舍的江涛声和云水气自然令人生出烟江叠嶂的想象。

后两句写江之壮阔：如果想看大浪滔天的奇景，不必出户上楼，只要把紧闭的窗户打开，那烟波浩渺的大江自会一下子扑进窗户，一座座高接云霄的银山排涌而来。北固山与甘露寺固然是天下闻名的胜景，然而，诗人的着眼点却全在长江，全诗句句是写长江。诗人先从静夜的感觉写起，枕上的水汽，床底的涛声，让人浮想联翩，思绪已经飞出窗外。诗人抵挡不住这非凡气势的召唤，于是有了开窗瞭望的迫切愿望，“开窗放入大江来”，所有的想象都化为现实，前面的铺垫在此达到高潮，这就是长江那令人震撼的壮美。短短四句写活了长江。

诗人未出户外而北固山、甘露寺之形胜自在心中，诗人亲近自然，而大自然亦响应其心灵的召唤，向他展示出别人见不到的一面。宋代理学家程颢说：“万物静观皆自得，四时佳兴与人同。”指出了一条亲近自然、与自然会心的“静观”途径。曾公亮此诗就是静观自然的一个范例。伴随着城市化进程的加快，人类自农业文明时期所培养起来的对大自然的审美触觉正日趋退化，让我们从曾公亮的诗中汲取如何沟通自然的启示吧！

天

晚泊岳阳

◉ 欧阳修

卧闻岳阳城里钟，
系舟岳阳城下树。
正见空江明月来，
云水苍茫失江路。
夜深江月弄清辉，
水上人歌月下归。
一阕声长听不尽，
轻舟短楫去如飞。

注释

一阕(què)：一首乐曲。

赏析

岳阳，古称巴陵，又名岳州，南临洞庭，北扼长江，自古以来就是南北交通的咽喉之地。这座城市因岳阳楼、洞庭湖而闻名天下，是历史悠久的文化名城，历代著名文人如李白、杜甫、孟浩然、范仲淹、张孝祥等，都曾驻足于此，被洞庭湖的万千气象所折服，留下了脍炙人口的篇章。宋仁宗景祐三年(1036)五月，欧阳修因疏救范仲淹被贬为峡州夷陵(今湖北宜昌)县令。欧阳修携家人沿水路前往贬所，溯江而上，于九月初四夜泊岳阳城外的洞庭湖口，月下难眠，写下了这首七言短古《晚泊岳阳》。

诗中写道:行舟江上,诗人静卧船中,突然听到远处传来的钟声,原来已到岳阳城了。半夜停船靠岸,系舟树下,诗人放眼望去,江上烟霭沉沉,云水苍茫,难辨东西,一轮皓月悬于空江之上,徘徊不去。在诗人眼里,苍江明月跟自己一样前路茫茫。夜色深沉,月光泻于江上,空旷无垠,万籁俱寂,沉吟之际,忽听得江上传来一阵棹歌声,悠扬婉转,令人心驰神往。然而轻舟短楫迅疾如飞,很快便消失在烟水苍茫中。一曲歌声尚未听完,空留袅袅余音,牵动诗人的无限愁思。

这首诗从城里钟声写起,以月下歌声作结,以静夜的声响作首尾照应,淡淡地渲染出诗人江湖漂泊的寂寞与哀愁。烟波江上,易使人愁,全诗不见一个愁字,却写出了难以释怀的羁旅愁思,真可谓一唱三叹而有遗音。被贬夷陵的这一年,欧阳修三十岁。虽然他在夷陵贬所仅一年多便迁移别处,然而对于这位日后的文坛领袖而言,贬谪夷陵恰是他文学事业的开始,正如袁枚《随园诗话》卷一里说的:“庐陵事业起夷陵,眼界原从阅历增。”袁枚所说的“阅历”当然主要指贬谪生涯带来的磨练,但又何尝不可解作在山巅水涯所领悟的人生真谛?这首《晚泊岳阳》便是诗人在大自然的怀抱中获得启迪的明证!

天

登飞来峰

◉ 王安石

飞来峰上千寻塔，
闻说鸡鸣见日升。
不畏浮云遮望眼，
自缘身在最高层。

注释

飞来峰：杭州西湖灵隐寺前的灵鹫峰。传说东晋时印度高僧慧理以为它很像天竺国的灵鹫山，并说“不知何时飞来”，故而得名。

千寻：古以八尺为一寻，这里形容宝塔之高。

自缘：自然因为。

赏析

王安石的诗歌，大致可以罢相(1076)划界而分为前期和后期，前后两期在内容和风格上有较明显的区别。前期的诗歌长于说理，立意新颖，志气昂扬；后期的隐居生活让他心境淡泊，诗作多精工巧丽，意境幽远清新，抒发闲散恬淡的情趣，表现了对自然美的歌颂和热爱。宋

仁宗皇祐二年（1050）夏，他从浙江鄞县的知县职位上任满回江西临川故里，途经杭州写下这首诗。当时他30岁，初涉宦海，年少气盛，抱负不凡，于是借登飞来峰发抒胸臆，寄托壮志，是前期诗作的典型代表。

这是一首登高览胜之作，因诗人非同寻常的胸襟怀抱而写得出类拔萃。起句写飞来峰的地势。峰在杭州西湖灵隐寺前，而峰上更有千寻之塔，山高高耸立，塔直插云间。若是在平地，鸡鸣时分日尚未出。但飞来峰地势极高，故相传鸡鸣时已可见到太阳升起。在北宋仁宗时期，国家表面上平安无事，实际上积弊日深，"冗吏"、"冗兵"、"冗费"使国家积贫积弱。王安石怀着变革现实的雄心壮志，希望有朝一日扭转乾坤，施展治国平天下的才能。正如罗大经在《鹤林玉露补遗》中所说，"荆公少年，不可一世"。所以当他登上塔顶，就联想到鸡鸣日出时天下光明灿烂的奇景，通过对这种景象的憧憬，表示了对前途的展望，气概非凡。

山和塔虽高，却不是高不可攀的，诗人站在塔顶上俯视山下，世界万物，尽收眼底，那飘荡的云朵再也挡不住视线。这首先是诗人的眼前实况，其次是他登塔的切实体会。他的体会与前人有异曲同工之妙，唐代王之涣的"欲穷千里目，更上一层楼"，杜甫的"会当凌绝顶，一览众山小"，都是说要想望得更远就必须站得更高，王安石则反过来说自己已经站得很高，所以一定能看得更远，这无疑是他的豪迈气魄和坦荡胸怀的抒发。此外，古人常用"浮云"比喻奸邪小人，与贤士忠臣相对立，如陆贾在《新语·慎微篇》中说："故邪臣之蔽贤，犹浮云之障日也。"李白诗中也说："总为浮云能蔽日，长安不见使人愁。"李白之意是，由于皇帝听信了小人的谗言，自己才不得不离开长安。此诗的"不畏浮云遮望眼，自缘身在最高层"反用李白句意：我不怕浮云遮住我远望的视线，因为我站得最高，望得最远。这是多么有气魄的豪迈声音啊！后来王安石在宋神宗登基后做了宰相，任凭保守势力怎么反对打压，他始终坚持变法。有此等胸襟气度，方能有如此征服高山不畏浮云的气概！大自然的雄伟壮观有时候让人敬畏膜拜，自觉渺小；有时却能激发人们的万丈雄心，英勇无畏。王安石的这首诗便属于后一种情况。

天

六月二十七日望湖楼醉书

◉ 苏　轼

放生鱼鳖逐人来，
无主荷花到处开。
水枕能令山俯仰，
风船解与月徘徊。

注释

望湖楼：杭州钱塘门外西湖边的一座酒楼。

水枕：放在船上随着波浪高低起伏的枕头。

赏析

宋熙宁四年（1071）十二月，苏轼到达杭州任通判。他的生活有了很大的改变，明媚的山川怡养他的身心，心情也舒畅了许多。熙宁五年六月二十七日，他游览西湖，在船上看到奇妙的湖光山色，再到望湖楼喝酒，酒兴酣畅，写下五首绝句。这是其中的第二首，写他和水底鱼鳖、湖面荷花以及岸上青山、天上明月怡然共处的情景。

北宋天禧年间，朝廷以杭州西湖为放生池，相当于现在的自然保护区。西湖既是禁捕区，也是禁植区，私

人不可以在湖里种植。诗的开头就写出了这个事实，“放生鱼鳖逐人来，无主荷花到处开”，西湖里被放生的鱼鳖等物悠闲自在，不但没受到人类的威胁，还与人类建立深厚的友谊，经常有人投放食物引它们现身，与它们嬉戏，所以它们从不怕人，而且会追着人的踪迹走。至于满湖的荷花，没有谁特意种植，也没有人恶意采摘，它们自然生长，东边一丛，西边一簇，自开自落，显出一派野趣。鱼鳖相随，莲花摇曳，这不是一幅戏鱼赏荷图吗？

“水枕能令山俯仰”，山本是岿然不动的，为何苏轼偏说“山俯仰”呢？原来他躺在船上，如同头枕着波浪。波浪上下起伏，他放眼望去，平日岿然屹立的青山忽高忽低、一俯一仰。多么奇妙的体验啊！诗人把这独特的感受归因于“水枕”，仿佛“水枕”真有神力，可以浮起整座山脉。小船在湖面上随风飘荡，一轮明月在天上相随，仿佛是小船邀来明月一起徘徊，依依不舍。我们都有赏月经验，人行月亦行，仿佛一路相随，因此李白说：“暮从碧山下，山月随人归。”苏轼则更进一步，说小船与月亮互相追随。不但明月有情，连一叶扁舟也成了通人性、有情感的物体。于是诗人与小船、明月莫分物我，他与整个大自然都融为一体了。

诗人在这里为我们呈现的并不是名山大川独有的美景，而是十分寻常的景色，如果您在天晴月圆的时候走到郊外的鱼塘，撑起一叶竹排泛于水面，便能品味到这种美。关键在于用心体验，用心珍惜，暂时忘掉机心，与自然融为一体，与花草虫鱼、风水云月陶然共乐。亲爱的读者，当您泛水游湖时，多想想这首诗吧，它一定会增添许多游赏的乐趣！

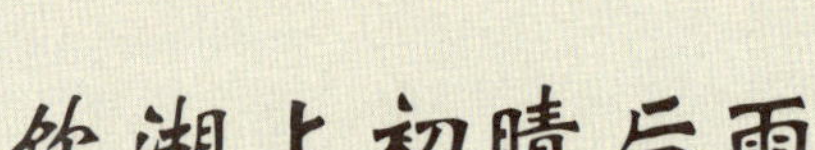

饮湖上初晴后雨

◉ 苏　轼

水光潋滟晴方好，
山色空濛雨亦奇。
欲把西湖比西子，
淡妆浓抹总相宜。

注释

潋滟(liàn yàn):水波荡漾的样子。
空濛:细雨迷茫的样子。
西子:即西施,春秋时代越国著名的美女。
相宜:合适。

赏析

从宋神宗熙宁四年(1071)到熙宁七年(1074),苏轼在杭州任通判,期间经常到西湖游览,写下大量赞颂西湖风光的诗,这是其中最为脍炙人口的一首。诗人游览西湖,先是天晴,后来下雨了,要描写这瞬息万变的水光山色着实不易,苏轼却能另辟蹊径,写出这样精妙绝伦的小诗。它在构思上别出心裁,所采用的手法,不是

照实写形，而是虚写摹神；不是着力去刻画风光，而是让读者去自由想象。读了此诗以后，我们都会觉得西湖真是美不可言！阳光倾泻在满湖碧水之上，细浪粼粼，泛着点点金光，如此赏心悦目的美景，怎么看都看不厌。忽然濛濛细雨来了，刚才的景色不见了。大家或许会有点失望吧？且别急，请看诗人怎么写西湖的雨景。细雨微茫，仿佛是一袭轻纱，把奇山异水轻轻遮盖，于是四周的青山都变得朦朦胧胧，隐隐约约，那又是多么奇妙的审美感受啊！

前面两句已把西湖或晴或雨的美景尽行写出，那么后二句还怎么推进？诗人妙笔生花，创造了一个妙手偶得的譬喻——"欲把西湖比西子，淡妆浓抹总相宜"。世界上最美的事物，人们常常无法直接描述。荷马史诗《伊里亚特》中，有一个美女海伦，她美到什么程度呢？荷马没有直接描写她的外貌，只说为了争夺她，竟然引起了特洛伊战争。特洛伊的长老们一看到海伦，就感叹说值得打那一仗。中国古代诗歌也常以侧面描写的手法来咏美丽绝伦的事物。比如乐府诗《陌上桑》写民间美女罗敷："行者见罗敷，下担捋髭须。少年见罗敷，脱帽著帩头。耕者忘其犁，锄者忘其锄。来归相怒怨，但坐观罗敷。"这一段文字从形形色色的观者的反应，来衬托罗敷的美，罗敷到底是什么样子的呢？我们不清楚，我们只知道她美得让人忘记烦恼，忘记耕种，还有什么比这更美的呢？西湖瞬息万变，姿态迭出，美不胜收，即使是现代的摄影机，也无法把它的美如实反映出来，何况是短短的一首七绝呢？于是诗人避实击虚，用古代公认的美人西施为比喻，让人们自己去想象。相传西施因害心病而时常皱着眉头，却依然美丽动人。也就是说像西子这样的绝世美人，不论怎样打扮，淡装也好，浓抹也好，都会被认为妆束合宜。把西湖比作西子，西湖便具有西子同样的美丽。诗人妙手天成的一个比喻，遂成为西湖的定评。从此，人们常把"西子湖"作为西湖的别称。正像武衍在《正月二日泛舟湖上》中所说："除却淡妆浓抹句，更将何语比西湖？"

我们欣赏此诗的奇妙之后，更要为苏轼的胸襟折服。多少人爱慕西湖碧波荡漾的一面，可一旦下雨，游人都争相避雨，谁会爱那空濛的山色呢？苏轼常从不被人们看好的自然景象里悟透人生哲理，西湖的忽晴忽雨，颇似人生的顺逆变化。人处顺境之时，固然可喜可贺，然而每个人的一生都不可能一帆风顺的，当我们处于逆境之时，是否能够安然处之？也许西湖的晴雨皆宜正可以给我们提供深刻的启迪呢！

天

题西林壁

◉ 苏 轼

横看成岭侧成峰，
远近高低各不同。
不识庐山真面目，
只缘身在此山中。

注释

西林：西林寺，在江西省的庐山上，位于庐山七岭西面。

缘：因为。

赏析

宋神宗元丰七年(1084)，苏轼得到“量移”的处置，由黄州移往汝州(治所在今河南临汝)，仍任团练副使。四月，他从黄州出发，沿江东下，到九江后稍游庐山，然后前往筠州看望弟弟苏辙，其后又回到庐山，畅游十余日。苏轼两度来游庐山，写下十余首赞美庐山的诗，如《初入庐山五言绝句》三首、《瀑布亭》、《庐山二胜》等，《题西林壁》写于最后，是对庐山全貌的总结性题咏。

首句写游山所见。立于山中，横看则山岭延绵不绝，侧看则峰峦突起，耸入云端。若是分别从远处和近处看庐山，则山峰千姿百态，气势各不相同。为什么不能确定庐山的真实面目呢？只因为身处在重峦叠嶂、云雾缭绕的山中。也就是说，只有远离庐山，跳出庐山峰岭的遮蔽，才能把握庐山的总体面貌。

这是一首哲理诗，历来被视为宋代理趣诗的代表。它不以形象取胜，却堪称庐山的总评和定评。此诗还总结出所有登山者的普遍体验，把深刻的人生哲理寄寓其中，闪耀着智慧的火花。一千多年来，中国人在登山时总会不由自主地想起这一首诗。它到底告诉我们什么道理呢？

前两句告诉我们，站在不同的角度看事物，能够得出不同的结论。如果执着于一己之见，就像盲人摸象，往往只能认识到事物的一个片面。后两句更深一层：纵然一直在变换角度，依然不能认识庐山的真实面目，因为一丘一壑，一峰一峦，都在庐山之中，得知一隅，却很难窥其全貌。也就是说，即使并不局限于一个角度，能够进行换位思考，依然不能看透事物的本来面目。人应该跳出自己所处的立场，站在旁观者的角度，才能看清事情的原始本末，正所谓“当局者迷，旁观者清”！

这首诗写登山的所见所感，融入生活的智慧、处事的哲学，蕴含着深刻的反思精神。它能如此脍炙人口，正得益于苏轼能够虚心地与自然相处，并从自然中获得人生的启迪。自然，真是人类的良师！

天

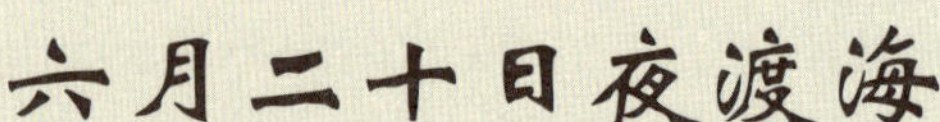

六月二十日夜渡海

◉ 苏　轼

参横斗转欲三更，苦雨终风也解晴。
云散月明谁点缀，天容海色本澄清。
空余鲁叟乘桴意，粗识轩辕奏乐声。
九死南荒吾不恨，兹游奇绝冠平生。

注释

参(shēn)横斗转：参、斗是二十八宿中的两个星宿。北斗转向，参星打横，指天快亮的时候。

苦雨：久下不停的雨。

终风：大风，暴风。

鲁叟乘桴(fú)：鲁叟指孔子。桴是木筏。《论语·公冶长》："子曰：'道不行，乘桴浮于海。'"意指避世隐居。

轩辕：即黄帝。

南荒：南方荒凉遥远的地方。

赏析

绍圣元年(1094)，宋哲宗全面恢复新法，重用蔡京、章惇等人，打击元祐旧臣，对旧党进行疯狂的报复。苏轼为人正直，又声名显赫，便成为重点的迫害对象，先由定州南贬英州（今广东英德），再到更偏远的惠州。四年之后又被贬往有“天涯海角”之称的儋州。儋州地处海南岛的西北角，夏天酷热，冬天阴冷，空气和水源中都含有毒素，是名副其实的瘴疠之地。年轻人尚且不能忍受那里的环境，何况年已六十二岁的苏轼？章惇等人置苏轼于死地之心，路人皆知。直到哲宗元符三年（1100），苏轼才以六十五岁的高龄获赦北归，并于六月二十日渡过琼州海峡，连日来的风雨突然停止，天空云散月明。诗人感慨万千，写下此诗。

小船航行在黑夜的海上，苏轼步出船舱，抬头仰望星空，参横斗转，时近三更，黑夜即将过去，乌云也消散殆尽，只有皎洁的明月当空照耀。天容海色一片澄清、静穆。这两联诗写景高旷明净，境界开阔，意蕴深远，暗喻着诗人的政治遭遇及朝政的变化。《晋书·谢重传》中记载：谢重在司马道子家做客，正值月色明净，道子认为极好，谢重却认为不如有微云点缀。道子开玩笑说：“你自己心地不干净，还想将天空也弄得污秽吗？”飘风云霓在古代文学传统中象征着奸邪小人，屈原的《离骚》中就借云遮雾绕比喻小人得志、贤良遭谗。此诗也把章惇之流比喻为滓秽太清、弄出满世界苦雨终风的乌云。如今终于拨开云雾见青天，诗人得以生还，正如眼前云散月明、天宇澄清之境！

《论语·公冶长》中载：孔子失意时慨叹道：“道不行，乘桴浮于海。”意思是说，如果“道”在海内得不到施行，我就坐上木筏漂流到海外去。苏轼具有远大的政治抱负，曾多次向朝廷上书讨论国事，但终被流放海南岛。海南岛生活环境极其恶劣，“食无肉，病无药，居无室，出无友，冬无炭，夏无寒泉。然亦未易悉数，大率皆无耳”。海南岛是黎族聚居地，他们的语言，在北方人听起来如同鸟语。他们不爱耕种，而以卖香为生。生病不请医生开药方，而是杀耕牛，让巫师祈祷祛魔，完全是化外之地。苏轼到贬所后，尽自己的微薄之力，兴办教育，提高当地文化水平。又劝导当地百姓务农耕作，协调黎、汉百姓的关系。虽然有心行道，然而作为贬官，他的力量有限，又能有多少作为呢？可见，“空余鲁叟乘桴意”是他总结海南之贬而发出的感慨。“粗识轩辕奏乐声”，以黄帝奏乐来形容壮伟的波涛声。虽然在南荒九死一生，诗人却并不怨恨，因为在海南的磨难堪称奇特不凡，是他这一生中最值得

纪念的漫游。是啊！敌人处心积虑欲除之而后快，把他一贬再贬，他却以花甲之年，在那样恶劣的环境下生还北归，这简直就是一个奇迹！这是一个伟大的胜利，是光明对黑暗、善良对凶恶、正直对奸邪、文明对野蛮的全面胜利！

苏轼把人生的经历融入到渡海时所见的景象，向我们传达刚毅坚韧的精神和旷达超脱的胸襟，永远激励着后人勇敢面对困境，并顺利走出逆境！

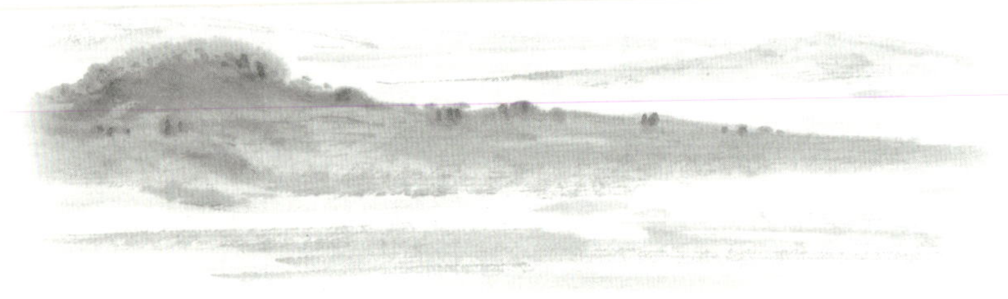

天

定风波

◉ 苏　轼

三月七日沙湖道中遇雨。雨具先去，同行皆狼狈，余独不觉。已而遂晴，故作此。

莫听穿林打叶声，何妨吟啸且徐行。
竹杖芒鞋轻胜马，谁怕？
一蓑烟雨任平生。

料峭春风吹酒醒，微冷。
山头斜照却相迎。
回首向来萧瑟处，归去。
也无风雨也无晴。

注释

沙湖：在黄州（今湖北黄冈）东南三十里处。
芒鞋：草鞋。
料峭：形容风寒。

赏析

此词作于宋神宗元丰五年（1082），这一年苏轼四十七岁，是他被贬到黄州的第三个年头。他在那里结交了许多平民朋友，有了足以为全家人遮风挡雨的住所和东坡上那片土地，他已经逐渐适应了黄州的陇亩生涯，渐渐随遇而安了。由于苏轼在黄州的经济比较拮据，他开始考虑为全家老小谋取衣食的久留之计了。听说三十里外的沙湖土地肥沃，适合种稻，于是，三月七日那天，东

坡在朋友的陪同下前往沙湖相田。出门时风和日丽，没想到半道遇雨，可是雨具早被家童带着先行了，大家被淋得狼狈不堪，只有东坡泰然自若，啸歌而行。下午雨过天晴，众人踏上归途，又经过来时风雨萧瑟的地方，只见那儿静谧如常。虽然这次出行没有买到田，却催生了这首寄寓人生哲理的绝妙好词。

上片写词人意外遇雨后洒脱从容的气度，勾勒出一幅“东坡行吟图”。开篇便劝勉同伴不要去听那风雨吹打树叶的声音，而应吟啸着缓步前行，因为脚穿草鞋，手扶竹杖，比骑马还要轻快呢。人生旅途中，这么一点风雨有什么好怕的呢？词人由自然界的风雨无常联想到人生的遭遇，经历仕途磨难之后，才发现一蓑烟雨、笑傲天地间是何等潇洒自由。现实人生是不自由的，但东坡却摆脱了人生风雨的羁绊，得到了精神上的解脱与自由。

风雨中的东坡坦然自若，雨过天晴之后又如何呢？下片写道：雨后春寒料峭，吹走了人的酒意，微微感觉到有点冷，然而山头的斜阳却迎面相照，好像在迎接大家归来，令人顿生暖意。回头看看来时的那段风雨路，真是阴晴难料啊！这次意外遇雨、阴晴变幻的行程极大地触动了词人的心灵，使他对自己的人生进行了深刻的反思，如同经历了一次精神上的洗礼，词人豁然开朗，清醒地选择了“归去”。无论风雨阴晴，在词人眼里都已经不那么重要，东坡真正进入了一种宠辱不惊、忧乐两忘的自由境界，正如陶渊明诗里所说的：“纵浪大化中，不喜亦不惧。”东坡在大自然的变化中获得了生命的启迪，实现了心灵的安顿。

东坡写下这首词的时候，也许并没有预料到，此后还会遇到更大的政治风雨。元祐九年(1094)，年已五十九岁的东坡被贬到荒僻的惠州，三年后，又被贬至隔海相望的儋州(今海南省)。东坡告别了刚刚团聚不久的家人们，坦然渡海，并写下了这样的诗句：“回首向来萧瑟处，也无风雨也无晴。”从前写过的词句又出现在诗里，其间已隔着十五年的沧桑。东坡以更加刚健的心态再次面对人生中暴风雨的来临，他那潇洒从容的人生态度真正经受住了苦难的考验。真要感谢沙湖道中那场意外的雨，变化莫测的自然界带给东坡受用终生的人生启迪，也让读者从中汲取到战胜挫折、超越得失的精神力量。

浣溪沙

◉ 苏　轼

游蕲水清泉寺，寺临兰溪，溪水西流。

山下兰芽短浸溪，松间沙路净无泥。
萧萧暮雨子规啼。

谁道人生无再少？门前流水尚能西。
休将白发唱黄鸡。

注释

蕲水：今湖北浠水县。

萧萧：同"潇潇"，细雨貌。

子规：即杜鹃鸟。

休将白发唱黄鸡：唐人白居易《醉歌》："谁道使君不解歌，听唱黄鸡与白日。黄鸡催晓丑时鸣，白日催年酉时没。腰间红绶系未稳，镜里朱颜看已失。"

赏析

北宋元丰五年(1082)，苏轼前往黄州东南三十里的沙湖买地，顺路寻访附近的一位名医。苏轼此行没能买成田地，但得便游览了当地著名的古刹清泉寺。清泉寺位于蕲水县境内，本因兰溪而得名，因为寺庙就建在兰

溪旁边。使苏轼惊讶的是，这条兰溪不像中国的多数河流那样向东流，它竟是朝西流淌的。于是苏轼诗兴大发，挥毫写下了这首《浣溪沙》。

苏轼性喜游览山水，他的弟弟苏辙曾回忆说："昔余少年，从子瞻游。有山可登，有水可浮，子瞻未始不褰裳先之。有不得至，为之怅然终日。至其翩然独往，逍遥泉石之上，撷林卉，拾涧实，酌水而饮之，见者以为仙也。"可见苏轼自幼热爱自然，他那潇洒绝俗的性格在大自然的怀抱里才能得到最稳妥的安顿。等到他因为直言无忌地批评朝政而招来了"乌台诗案"的大祸，在御史台的监狱里熬过了一百三十个日日夜夜，后来又被发配到黄州，他的身份已是"不得签书公事"的罪官，他不再有公务缠身，他有更多的时间和精力去接近自然。在古人看来，远离魏阙就意味着接近江湖，何况苏轼已对风波险恶的宦海产生了整体性的厌恶，他必定要以十倍的热情投入大自然的怀抱，从而用更加细腻的眼光去观察山峦江河和草木虫鱼的奥秘，用更加体贴的胸怀去体悟隐藏在风雨云霞中的生命律动。于是，黄州的山山水水都得到了苏轼的吟咏从而名扬海内，蕲水兰溪这条默默无闻的山溪也因苏轼的这首《浣溪沙》而广为人知了。

兰溪周围的景物是多么幽美！溪边长满了兰草，松林间的山路竟然毫无泥滓，因为潇潇细雨和潺潺清泉把一切都冲洗干净，整个环境堪称一尘不染。然而此词吟咏的重点还不是这个幽静的环境，而是那条向西流淌的兰溪。中国的河流大多是东流入海的，而滔滔东流的河水常被古人视为时间的象征。孔子曾在河边感叹："逝者如斯夫，不舍昼夜！"到了汉代，就产生了"百川东到海，何时复西归？少壮不努力，老大徒伤悲"的人生格言。然而眼前的这条兰溪却是向西奔流的！于是苏轼从中得到了深刻的启迪：谁说人生不可能复归少壮？寺门前的这条清溪不是正向西奔流吗？请不要再像白居易那样悲歌"黄鸡"、悲叹白发吧！那么，人生到底如何才能实现"再少"呢？苏轼并没有明言。如果考察苏轼的整个人生，我们不妨猜想他的意思是以自强不息的精神来对待人生，从而老当益壮，使人生的任何阶段都焕发出生命的耀眼光芒。自然真是人类的最好导师，"百川东到海"的格言是自然赋予人类的，"谁道人生无再少"的格言竟然也是源于自然的启迪。

天

登拟岘台

◉ 陆　游

层台缥缈压城堙，依杖来观浩荡春。
放尽樽前千里目，洗空衣上十年尘。
萦回水抱中和气，平远山如蕴藉人。
更喜机心无复在，沙边鸥鹭亦相亲。

注释

拟岘(xiàn)**台**：在抚州(今属江西)，因其地山川地形像湖北襄阳的岘山而得名。

堙(yīn)：用土堆成的山。

萦(yíng)**回**：回环旋绕。

蕴藉：含而不露。

赏析

淳熙五年(1178)春，陆游五十一岁时，受到宋孝宗的召见，但并未真正得到重用，只是被派到福州、江西做了两任提举常平茶盐公事。任职江西期间，陆游经常登临拟岘台，他的诗集中留下五首咏拟岘台的诗歌。在走南闯北、游遍祖国山河的陆游心目中，拟岘台上的风光

可称得上一绝，可见此处的风物绝非寻常。

首联点题，拈出拟岘台的地形和登临的时序。城堙依山，本来是非常高大险峻的，然而重台雄踞其上，城堙顿显矮小。台阁高耸入云，远远望去，飘飘渺渺，若隐若现。“欲穷千里目，更上一层楼”，诗人拄着手杖登上层台，观赏那浩荡广大的春色。临风举杯，极目远眺，顿觉心旷神怡，十年来的俗念尘虑一洗而空，还他一个淳朴的自我。“洗”字将浩荡的春意比喻为流水，化静为动，贴切地描绘春意的深广；而且传达出诗人内心强烈的情感变化，传神地揭示出春色给他带来的心灵震撼，使他尘虑为之一空，心灵进入了澄明之境。

王国维《人间词话》云：“有我之境，以我观物，物皆著我之色彩。”诗人的尘虑洗涤一空，又逢上春日可爱，所见的景物都带上了自身恬淡心态的烙印：萦回曲折的江水潺潺流去，毫无汹涌激荡之势，倒是充满融和之气；平夷远阔的峰峦磨平了峻峭陡拔之态，呈现出蕴藉温雅之姿。这时沙滩边的鸥鹭，也看得出他心境平和，毫无机心，纷纷飞来与他相亲相戏。

春日登临，心头恬静，因此觉得山水都那么冲淡悠然。可见，自然总能根据你的心情，给你提供不同的安慰。走近自然，面对着风光传情入景，或者托景言志，把心里郁积的情绪宣泄出来，都是疗养心灵的绝妙方法！

春日

◉ 朱　熹

胜日寻芳四水滨，
无边光景一时新。
等闲识得东风面，
万紫千红总是春。

注释

四水：原作"泗水"，误。泗水在山东，南宋时属金，而南宋境内之水无名"泗"者。其实"四水"就是霅溪的别名，在湖州。

等闲：轻易，随便。

赏析

本诗是一首游春诗。诗中描绘了四水之滨春天的美好景色，群芳争艳，万紫千红。"胜日"指晴日，点明天气。"四水滨"点明地点。"寻芳"，即是寻觅美好的春景。第二句描写春景：大地春回，万物复苏，给人焕然一新的感受。后两句写"寻芳"所得。"等闲识得东风面"，诗人对东风作了人格化的描写，当你一旦感受到拂面的东风时，

它已经给大地披上了全新的春装。这万紫千红的景象全是由春光点染而成的,人们从这万紫千红中认识了春天,也就认识了东风的面貌。“万紫千红总是春”,色彩绚烂,意境宏大,是描写春光的神来之笔。它如今已经成为脍炙人口的名句,并被赋予了新的含意,成为一切繁荣景象的象征。全诗赞美了春天的繁荣,充满了蓬勃的生机和旺盛的活力,格调健朗,令人感奋激昂。仅从字面看,也算得上是写景抒情的佳作了。诗人沐浴在万紫千红的大好春光里,在他的眼中,大自然处处饱含着无穷的生命力,呈现出一派欣欣向荣的景象。

但是我们可别忘记诗人是一位伟大的思想家。此诗不仅仅是一首普通的游春诗,诗人在其中蕴含了深刻的哲理。诗中首句所说的“四水”,原作“泗水”,而“泗水”曾是孔子讲学传道之地,所以有人认为,这里的“泗水滨”是暗指孔门,代指孔子儒学;“寻芳”则是指探求圣人之道。这种解读把全诗旨意局限于儒学范围,而且所写内容皆成虚拟状态,不妥。其实此诗只是一次游春的实录:四水就是湖州的霅溪,绍兴二十一年(1151)春,朱熹赴湖州拜见叔父朱槔,得游霅溪,遂作此诗。当然,诗中确实蕴涵着精警丰富的言外之意:诗人在一个风和日丽的春日来到水边寻芳,“芳”既指花,也泛指美丽的春色。但他终于发现了其实根本不用到处寻觅,原来此时东风浩荡,春色无边。形形色色的似锦繁花都洋溢着春意。读者也可以从中领悟到丰富的启示:一切自然景物,乃至一切日常生活,无不包含着深刻的哲理。只要我们努力寻找,就到处都能找到真理。然而这个哲理如果用哲学讲义式的语言写出来,难免枯燥乏味,本诗把哲理融化在生动的形象中,不露说理的痕迹,这便是朱熹的高明之处。当然,如果读者全不理会那些哲理,只把它当作一首游春诗来欣赏,那也是读者的权利。所谓仁者见仁,智者见智,有人看到了无限秀美的自然风光,也有人进而发现了风光背后蕴涵的哲理和智慧。总之,美丽的大自然包含着无穷无尽的智慧,它永远是人类的良师益友。

天

观书有感

◉朱　熹

半亩方塘一鉴开，
天光云影共徘徊。
问渠那得清如许，
为有源头活水来。

注释

方塘：方形的水塘，原址在福建尤溪城南南溪书院内，又称半亩塘。

鉴：镜子。古人以铜为镜，包以镜袱，用时打开。

渠：它。这里指方塘。

赏析

《观书有感》是朱熹脍炙人口的名诗。这首诗谈读书的好处，但并没有用直说道理的方法来陈述，而是从自然界和日常生活中捕捉形象来显示哲理，读来颇觉亲切。全诗以方塘作比，形象地表达了一种微妙难言的读书感受。首句写半亩方塘像一面镜子被打开，形容方塘极其清澈。第二句写的是清澈方塘中倒映的美好景致，

天光和云影一齐映入水塘，不停地晃动，犹如人在徘徊。“天光云影”，比喻书中的内容丰富多彩。三、四句诗人自问自答。诗人问那方塘的水怎么会这样清澈，答案是有活水从源头不断流来。这幅美丽的自然风光图卷，已经令人感到清新明快了，更让人拍案叫绝的是，一看题目，是观书的感想，顿时这优美的意境与读书悟得的精妙道理融为一体，既生动可感，又清晰可知，遂成绝唱。此诗形象地表达了诗人深切而独特的读书感受，诗人认为读书不仅能够获得丰富的知识，而且有着无穷的乐趣。而自己的思想所以如此清澈，就因为有源头活水不停地灌注，这就是读书的好处。以池塘要不断地有活水注入才能清澈，来比喻思想要不断地从读书中获得启迪才能活跃，免得停滞和僵化。整首诗中无一字说到读书，却处处都在讲读书的好处，这就是精妙之所在。

这首诗所表现的那种读书有得时思路清新活泼而自由自在的境界，正是作者作为一位大学问家切身的读书感受。这种感受虽然仅就读书而言，却寓意深刻，内涵丰富，富有启发意义。特别是“问渠那得清如许，为有源头活水来”两句，借水之清澈是因为有源头活水不断注入，暗喻人要心灵澄明，就得认真读书，时时补充新知。因此人们常常用这两句诗来比喻不断学习新知识，才能达到新境界；也用这两句诗来赞美一个人的学问或艺术的成就，自有其深厚的渊源。而这种种哲理都源于一个倒映着天光云影的半亩方塘，大自然真是储藏着无穷思想源泉的宝库！

天

念奴娇

过洞庭

◉ 张孝祥

洞庭青草,近中秋、更无一点风色。
玉鉴琼田三万顷,着我扁舟一叶。
素月分辉,明河共影,表里俱澄澈。
悠然心会,妙处难与君说。

应念岭表经年,孤光自照,肝胆皆冰雪。
短发萧疏襟袖冷,稳泛沧溟空阔。
尽挹西江,细斟北斗,万象为宾客。
扣舷独啸,不知今夕何夕!

注释

洞庭青草:洞庭湖在岳阳市西南,青草湖在洞庭之南,二湖相通,统称洞庭湖。

明河:银河。

岭表:指五岭以南的两广地区。作者曾任广南西路经略安抚使,后罢官北归。

西江:指长江。长江连通洞庭湖,其中上游在洞庭以西,故称西江。

细斟北斗:把北斗星当作酒器来盛酒。

万象:宇宙间的万物。

扣舷(xián):拍打船舷。

今夕何夕:语出《诗经·唐风·绸缪》:"今夕何夕,见

此良人。”

赏析

洞庭湖位于长江中游，是古代中国第一大淡水湖。湖面辽阔，蔚为大观，自古以来就是文人们歌咏的对象。最美的洞庭景色莫过于月明波静之时，此时，水天一色，难怪李白发出如此狂想：“南湖秋水夜无烟，耐可乘流直上天？且就洞庭赊月色，将船买酒白云边。”如此光明净洁的境界极易使人忘怀世事、超然乎尘垢之外，心灵得以净化、升华。那么，宋词中的洞庭月色又如何呢？张孝祥的这首《念奴娇·过洞庭》描写得最为出色。

上片写词人秋夜泛舟洞庭湖的所见所感：时近中秋，空中万里无云，洞庭湖水波不兴，湖面像一面广阔无垠的镜子，月光充盈在天地之间，上下澄明。词人乘着一叶扁舟，飘浮在这个纤尘不染的仙境中。此时此地，天上水上同样是星月争辉，天地间一片通明。词人陶醉其间，那颗宁静恬淡的心也如同这澄澈的宇宙一样晶莹透亮。自然景象与词人心象产生了感应和共鸣，似乎在进行亲切的晤谈。此中真意，词人已“悠然心会”，却“难与君说”，真是大美无言啊！

张孝祥创作这首词的时候，正是在被谏官弹劾、自静江府（今广西桂林）罢任北归的途中。时近中秋，词人乘舟自湘江至洞庭湖。一般说来，蒙冤受屈之人情绪难免愤激抑郁，然而，上片所描绘的自然景象中所折射出的词人心境却是恬静安宁的。那么，词人是如何超越自己的身世之悲而融入自然美景的呢？

下片便从自己的心路历程说起。词人回顾岭南一年的任职生涯，尽管遭谗落职，然自觉胸襟坦荡，问心无愧，一片冰心正如这眼前的洞庭湖一样内外澄澈，可见他对自己人格操守的自信。尽管词人头发已渐渐稀疏，夜气则愈发清冷，但他在这浩淼无垠的湖上安稳泛舟，气定神闲，与天地精神悠然心会。词人还要邀请天地万物为宾客，将北斗星座当作酒器，汲尽浩浩荡荡的长江水作美酒。词人就是这天地间的主人，独与天地精神相往来。这是多么博大的气势，多么开阔的胸襟！张孝祥超越了个人的得失，从精神上与宇宙自然合而为一。于是他“扣舷独啸”，笑傲沧溟，尽情享受这明月清风，竟然忘记了尘世间的一切！

在这首词中，词人冰清玉洁的人格境界与洞庭湖晶莹澄澈之美景相映生辉，人与自然在更广阔的时空之间实现了和谐与统一，表现出对宇宙道理的深深领悟，进入到一种超越时空的自由境界。庄子所推崇的“天地与我并生，万物与我为一”的充满审美意味的人生境界，不正是如此吗？

天

贺新郎

◉ 辛弃疾

邑中园亭,仆皆为赋此词。一日,独坐停云,水声山色竞来相娱,意溪山欲援例者。遂作数语,庶几仿佛渊明思亲友之意云。

甚矣吾衰矣。
怅平生、交游零落,只今余几?
白发空垂三千丈,一笑人间万事。
问何物能令公喜?
我见青山多妩媚,料青山见我应如是。
情与貌,略相似。

一尊搔首东窗里。
想渊明停云诗就,此时风味。
江左沉酣求名者,岂识浊醪妙理?
回首叫云飞风起。
不恨古人吾不见,恨古人、不见吾狂耳。
知吾者,二三子。

注释

停云：停云堂，辛弃疾晚年在铅山修建的休憩之所。取名于陶渊明的《停云》诗序："停云，思亲友也。"

公：词人自称。

情与貌：内心与外貌。

搔首：以手搔头，表示焦急或思念。《诗·邶风·静女》："爱而不见，搔首踟蹰。"陶渊明《停云》："良朋悠邈，搔首延伫。"

江左：江东，这里指东晋南朝。

二三子：语出《论语》，原是孔子对弟子的称呼，这里指几位志同道合的朋友。

赏析

辛弃疾晚年退居江西铅山，曾写过好几首《贺新郎》来题咏当地的园林亭阁，例如小鲁亭、积翠岩、悠然阁等。本词小序中说他独坐在停云堂里，四周的水声山色争相前来，相为娱乐。词人忽发奇想：大概是溪山得知自己为其它亭阁题词之事，于是要求得到同等待遇吧！于是他提起笔来写成此词。词人不说自己受到停云堂四周的山水美景的吸引而作词，反而说是溪山主动前来索词，这固然是一种"故弄狡狯"的幽默说法，但也表达了词人对大自然的亲密态度。在他看来，溪山是有情有意的生命体，也是他的亲朋好友。难怪此词虽是题咏山水之作，却在字里行间渗透着深情厚谊，仿佛是思念亲友的作品。

辛弃疾本是一位叱咤风云的英雄，他的人生理想是抗金复国，收复失土。可惜他铁马南渡以后，适逢南宋小朝廷以偏安江南为基本国策，辛弃疾的报国宏图尽成泡影。经过了长期的沉沦下僚和罢职闲居，英雄渐老，壮志渐消，他只能退居田园，寄情山水，在大自然的怀抱里消磨岁月。此词作于宁宗庆元年间，当时与辛弃疾志同道合的友人陈亮、韩元吉等已先后去世，词人自己也渐入老境，难怪此词开篇就是一声长叹！"甚矣吾衰矣"原是孔子自嗟衰老的话，辛弃疾引用入词，就有了历史和人生的双重沧桑感。这种感慨在下片中抒发得淋漓尽致：词人悠然独酌，觉得自己就置身当年陶渊明在《停云》诗中所描绘的处境。退居乡村的辛弃疾虽然会在梦中偶尔回到金戈

铁马的战场，但总的说来，他的心境已渐趋平淡，于是陶渊明便成为他的异代知己。当然，平淡朴实的村居生活也好，孤寂无聊的处境也好，都消除不尽辛弃疾的勃勃英气，他依然豪气干云，疏狂放荡，于是在怀古中抒发满腔豪情。此词中最引人注目的警句无疑是“我见青山多妩媚，料青山见我应如是”两句。那么这两句究竟表达了何种情思呢？

让我们再回到上片的语境中来。辛弃疾抚念平生，深感自己老境颓唐，交游零落。“能令公喜”一语出自《世说新语·宠礼》，原意是指王恂、郗超二人深得桓温信任，他们的举动能让桓温或喜或怒。辛词用此典故，意指还有谁是自己的知心朋友呢？然而辛弃疾毕竟是心胸开阔的盖世英杰，他很快就找到了一位知己，那就是大自然！于是词人喜极而呼：“我见青山多妩媚，料青山见我应如是！”是啊，英雄与青山惺惺相惜，互为知己，他并不孤寂！在词人眼中，满目青山是如此妩媚，如此可亲。辛弃疾深知无论是外貌还是内心，自己都与青山非常相似，所以双方声同气应，莫逆于心。“妩媚”一词经常用来描写女性姿态美好，但是唐太宗曾评价魏征说：“人言征举动疏慢，我但见其妩媚耳。”所以也可用来形容男性风度之可爱。青山巍然屹立，雄深秀伟，重岩叠嶂，水深林茂，在辛弃疾眼中，这种状貌正是妩媚之极。辛弃疾其人相貌奇伟，英才盖世，这种堂堂正正的精神风貌，与唐太宗眼中魏征的人格之美完全一致。辛弃疾对自己的雄伟人格有着高度的自信，所以他坚信在青山眼中，自己肯定也是同样的妩媚。于是，词人与青山之间就产生了深沉的共鸣，天人之间就达成了深刻的默契。

亲爱的读者朋友，假如您在生活中处于暂时的困境，假如您的能力、品格一时无人了解，那就快到大自然中去寻找精神的慰藉吧！请像辛弃疾那样满怀信心地高唱：“我见青山多妩媚，料青山见我应如是！”

天

悟道诗

◉某　尼

尽日寻春不见春，
芒鞋踏遍陇头云。
归来笑拈梅花嗅，
春在枝头已十分。

赏析

本诗出自宋代罗大经的《鹤林玉露》，题为“某尼悟道”，但未言其时代，作者为一位不知名的比丘尼，多半是南宋人。

这是一首用寻春咏梅来比喻悟道过程的禅诗，历来为人们所称道。此诗没有直接下禅语、说禅理，而是不落言筌，绕路说禅，以鲜明的形象阐发深刻的人生哲理。首两句描绘诗人尽日寻春，踏破芒鞋，入岭穿云，却一直找不到春天的踪迹。如果把“春”理解为所要追求的“道”，那么这种追求可谓无时不在，无处不在。“芒鞋踏遍陇头云”，可用来比喻对某一理想的追求，历尽千辛万苦仍执著不舍。三、四句接着上面而来，诗人寻春不得，兴尽而

归，哪知道笑拈梅花而嗅，才发现枝头已经春意盎然了！春天竟然就在自家的庭院内！诗人转了一大圈，不是回到原地，而是回归心灵，才发现“道”原来并非远在天边，而是就在自己内心深处。“笑拈”表现出一种真切的体会和由衷的喜悦。梅花如此，春色如此，道亦如此。为什么把梅花作为盎然春意的代表呢？俗话说“梅花香自苦寒来”，可见感悟和得道的不易。

本诗的旨意和辛弃疾《青玉案》的“众里寻他千百度，蓦然回首，那人却在灯火阑珊处”相似。明写寻春见春，暗写求道悟道。意即如果没有一颗能够感知春天的心，那是到任何地方都无济于事的。世上最珍贵的事物往往就在我们的周遭，亲情、爱情、友情、清新的空气、美丽的风景……还有我们的自我，然而，这颗心却总是向外寻觅、眼睛总是往外攀缘，过度向外攫取的结果使我们丧失了享受真正幸福的能力，当幸福真的来临时，常常熟视无睹，失之交臂。让我们静下心来，细细品味梅花的芬芳，从容享受盎然的春意。在每一天平凡的生活中，珍惜我们共同拥有的大自然，发现并珍爱生命无尽的价值。

天

青羊庵

◉ 傅　山

芟苍凿翠一庵经，
不为瞿昙作客星。
既是为山平不得，
我来添尔一峰青。

注释

青羊庵：傅山的室名。

芟（shān）：铲除。

瞿昙：梵语音译，也作乔达摩，佛教创始人释迦牟尼的姓氏，后人多以为佛之代称。

客星：本指皇帝宠遇的高士，这里的意思相当于客卿，客人。

赏析

此诗为咏志诗。青羊庵是傅山的室名，作者于明亡后曾一度着道士服居此室内，大概是窑洞之类的住处。“芟苍凿翠一庵经，不为瞿昙作客星”这两句是说：铲除坡上的野草，开凿出一间土室，在室内储藏经书，因为自

己不愿像僧人那样云游四方，居无定所。以草树颜色之青苍代指草树，以崖壁之翠绿代指崖壁，修辞很巧妙。作者隐居不仕，栖身道教，既是对清朝统治者的反抗，又表现了诗人萧然物外、自得天机的心性和不慕荣利、甘于淡泊的人格。如果一、二句是以修辞巧妙而引人眼目，那么三、四句则以立意深警而发人深省。“既是为山平不得”，语义双关，因为诗人的名即为一个“山”字，既是说自然界的山不可能平，也是说自己对异族统治始终心怀不平，不会做清王朝的降臣顺民。“我来添尔一峰青”，诗人又进而对青山说：既然山都是不平的，那么就让我来为你再添一座青峰吧。称山为“尔”，既表现出诗人与大自然的亲密无间，又间接地传达了诗人对污浊人世、黑暗现实的无比憎恶。

全诗以人拟物的手法，令人耳目一新，从中更可看出诗人耿介坚贞的浩然正气。巍巍挺立的山峰向来是刚强不屈的意志的象征，傅山身化一峰的艺术想象奇特而并不险怪。这首《青羊庵》不愧是劲气内敛、蕴蓄无穷的佳作。读过此诗，我们仿佛看到一位坚持气节、遗世独立的清癯老人傲然挺立于山巅，是人是峰，已经无法分辨。亲爱的读者朋友，当您在生活中遇到困难、受到打击时，千万别失去信心，垂头丧气，看看远处的高山吧，登上山峰眺望远方的风景吧，大自然会赐予您无穷的启迪，也会赋予您无穷的力量。

戏为塞外绝句

◉ 林则徐

天山万笏耸琼瑶，
导我西行伴寂寥。
我与山灵相对笑，
满头晴雪共难消。

注释

笏(hù)：古代臣子朝见君主时手中所执的手板，其状狭长。此处借喻尖耸的山峰。

琼瑶：美玉。此处比喻洁白的积雪。

赏析

清道光二十一年(1841)，林则徐因查禁鸦片并抗击英国侵略军而受到朝中投降派的诬陷，受到革职的处分，并被发配到新疆的伊犁“效力赎罪”。同年十一月，林则徐到达新疆。横亘新疆的天山高耸入云，即使在盛夏季节，天山的绝顶博格达峰也是积雪皑皑。此时已入严冬，天山的群峰都成了银妆素裹的雪峰。生于东南海隅的林则徐初见这番奇景，作诗咏之。

林则徐是以天下为己任的爱国志士，他雷厉风行地查禁鸦片，并与以武力威胁来保护鸦片贸易的英国侵略军展开了坚决的斗争，不但维护了国家和人民的利益，而且捍卫了中华民族的尊严。可是腐朽透顶的清王朝被船坚炮利的侵略者吓破了胆，不惜以惩罚林则徐来向侵略者献媚，于是为国立功的林则徐反而受到革职、远谪的严重处罚。忠而被谤，有功而被罚，这是多么的不公正！然而林则徐不愧是刚强坚毅的大丈夫，他并未为个人的不公正遭遇而灰心丧气。谪命刚下，林则徐即刻踏上迁谪之路。他与妻子在西安诀别，写下了“苟利国家生死以，岂因祸福避趋之”的诗句自明其志。正是这样的心态下，林则徐经过长途跋涉，来到了祖国的西陲。天山是一座巨大的山脉，它自西向东绵延数千里，成为南疆与北疆的分界线。林则徐沿着河西走廊进入新疆后不久，天山就开始映入他的眼帘，从此陪伴着他一路西行。堆满积雪的诸多山峰接踵而至，在晴朗的阳光下闪闪发光，就像千万枚白玉雕成的朝笏排列成行。千万座雪峰一路伴行，对于初遭贬谪、一路寂寥的林则徐而言，真是莫大的安慰。诗人忽发奇想：天山群峰的积雪终古不融，自己的满头白发也不可能再返黑，这两者岂不是相映成趣？于是，林则徐恍若与天山的神灵相对而笑，人与自然就此达成了深深的默契。

自古以来，凡是忠而见谤的逐臣都会在贬谪之途中感到深沉的寂寞。林则徐当然也不例外。遭受诬陷的委屈感，门可罗雀的失落感，以及迁谪途中的道路艰辛，凡此种种，都会使人分外感受到人间的冷漠。此时此刻，到自然界中去寻求抚慰便成为最好的选择。林则徐虽是被流放到新疆去的，但是一旦天山的雪峰映入眼帘，他顿时感到了自然的纯朴可亲。所以这首诗中虽然也有几分牢骚，但更主要的则是诗人对大自然的热爱和皈依之情。亲爱的读者朋友，一旦您在生活中受到委屈，务请想想林则徐的这首诗，务必投入大自然的怀抱中去寻求慰藉！

附录：诗人小传

曹操(155—220)

字孟德，沛国谯郡(今安徽亳县)人。少年机警，有权术，任侠放荡，不治产业。二十岁举孝廉。在镇压黄巾起义的过程中发展势力，十数年后统一中国北方。建安二十一年(216)封魏王，四年后病死洛阳。其诗均古题乐府，气韵沉雄，古直悲凉。其文清峻通脱。有《曹操集》传世。

曹丕(187—226)

曹操次子。字子桓，世称魏文帝。建安二十五年(220)代汉建魏。在位七年。少有逸才，广泛阅读古今经传、诸子百家之书。爱好文学，并有相当高的成就。诗歌体式多样，语言通俗，抒情之作往往深婉有致。所著《典论·论文》，在中国文学批评史上占有重要地位。与其父曹操、其弟曹植并称为"三曹"。有《魏文帝集》传世。

曹植(192—232)

字子建，曹丕之弟。自幼颖慧，年十岁余，便诵读诗、文、辞赋数十万言，下笔成章。诗歌是曹植文学活动的主要领域。前期与后期内容上有很大的差异。前期诗歌可分为两大类，一类表现贵介公子的优游生活，一类则反映"生乎乱、长乎军"的时代感受。后期诗歌，主要抒发在压制之下时而愤慨时而哀怨的心情，表现不甘被弃置，希冀用世立功的愿望。曹植是建安文学的集大成者，在诗歌艺术上有很多创新发展。有《曹子建集》传世。

嵇康(223—262)

字叔夜。谯郡铚县(今安徽宿县)人。"竹林七贤"的领袖人物。三国时魏末诗人与音乐家，玄学家的代表人物之一。曾任中散大夫，世称

“嵇中散”。崇尚老庄，对司马氏采取不合作态度，颇招忌恨，终为司马氏借故杀害。嵇康诗文俱佳，散文尤为出色，诗歌以四言体为多。有《嵇中散集》传世。

成公绥(231—273)

字子安，东郡白马(今河南滑县)人。幼而聪敏，博涉经传，有俊才，辞赋甚丽。清心寡欲，不营资产，家贫如洗，处之如常。颇受张华赏识，荐之太常，征为博士，历迁中书郎。每与张华受诏并为诗赋。又与贾充等参定法律。有《成公子安集》传世。

左思(250? —305?)

字太冲，齐国临淄(今山东淄博)人。出身寒门，仕进不得意。容貌丑陋，口才拙涩，不喜交游，然而才华出众。曾以十年构思写成《三都赋》，为时人所重视，竟至“洛阳纸贵”。其《咏史》诗八首，见于《文选》，虽非一时之所作，但大都错综史实，融会古今，借咏史以咏怀。诗中常有讽喻，意气豪迈，语言简劲有力，绝少雕琢。作品收录于清人严可均所辑《全上古三代秦汉三国六朝文》和逯钦立所辑《先秦汉魏晋南北朝诗》。

谢道韫(? —?)

陈郡阳夏(今河南太康县)人。东晋女诗人，谢安的侄女，安西将军谢奕的女儿，王羲之之子王凝之的妻子。公元399年王凝之为孙恩起义军所杀，道韫遂寡居会稽。作品仅存数篇。

陶渊明(365—427)

字元亮，一说名潜，字渊明，世号靖节先生。浔阳柴桑(今江西九江西南)人。曾祖陶侃曾任东晋大司马，祖、父曾任太守一类官职。八岁丧父，家道衰落。曾几度出仕。四十一岁时弃官归隐，从此躬耕田园。以田园生活为题材进行诗歌创作，是田园诗派的开创者。诗风平淡自然，极受后人推崇，影响深远。有《陶渊明集》传世。

谢灵运(385—433)

陈郡阳夏(今河南太康县)人。出身于东晋大族,是谢玄的孙子,袭康乐公,人称“谢康乐”。刘宋代晋,降公爵为侯。宋少帝时,出为永嘉太守,不久辞官归会稽。元嘉十年(433)获罪被杀。性喜山水,是第一个大量创作山水诗的诗人,善于用富艳精工的语言记叙游赏经历、描绘自然景物。有《谢康乐诗》传世。

沈约(441—513)

字休文,吴兴武康(今浙江吴兴)人。少时笃志好学,博通群籍,擅长诗文。是齐梁时期的文坛领袖,永明体的代表诗人之一,讲究声律,首创四声八病之说,诗风清丽。钟嵘《诗品》称其“长于清怨”,主要表现在山水诗和离别哀伤诗之中。著有《宋书》、《四声谱》等,又有《沈隐侯集》传世。

江淹(444—505)

字文通,济阳考城(今河南兰考)人。出身孤寒,沉静好学,早年即以文章著名于时。历仕宋、齐、梁三朝。其诗幽丽精工,意趣深远,在齐梁诸家中尤为突出。善于拟古。其辞赋风格清丽,有较高的艺术性,《恨赋》、《别赋》尤称名作。有《江文通集》传世。

陶弘景(452—536)

字通明。丹阳秣陵(今江苏江宁)人。好道术,爱山水。梁时隐居于句容(即今茅山),自号“华阳隐居”。梁武帝遇有朝廷大事,常前往咨询,时称“山中宰相”。有《陶隐居集》辑本传世。

谢朓(464—499)

字玄晖,陈郡阳夏(今河南太康县)人。曾任宣城太守,尚书吏部郎,世称“谢宣城”。齐东昏侯时遭人诬陷,下狱死。其诗学谢灵运,风格清新秀逸,讲究声律,是永明体的代表诗人,深受时人喜爱,梁武帝称“不读谢诗三日觉口臭”。有《谢宣城集》传世。

吴均(469—520)

字叔庠,吴兴故鄣(今浙江安吉)人。家贫好学,曾任奉朝请。因私撰《齐春秋》免官,后奉诏撰《通史》,未成而卒。工于写景,文辞清拔,时人效之,号曰"吴均体",有《吴朝请诗》辑本传世。

王籍(?—?)

字文海,琅邪临沂(今山东临沂北)人。自幼好学习文,博涉经史,才气超群,为任昉、沈约所赏识。又工草书,笔势遒放。梁天监中除湘东王咨议参军,转中散大夫。作诗慕谢灵运。今存诗二首,逯钦立辑入《先秦汉魏晋南北朝诗》。

萧子云(487—549)

字景齐,南兰陵人。自幼勤学而有文采。二十六岁著《晋书》,三十岁任梁秘书郎,后迁太子舍人,著《东宫新记》。善于草隶书法,善效钟繇、王羲之,而微变字体。有诗十七首,见《先秦汉魏晋南北朝诗》。

庾肩吾(?—551)

字子慎,一作慎之。南阳新野(今属河南)人。世居江陵。初为晋安国常侍,同刘孝威、徐摛号称"高斋学士"。后任萧纲府中属官,当时盛行宫体诗,肩吾为推波助澜者之一。其诗雕琢辞采,讲究声律,有些作品已具备五言律诗的雏形。现存诗文多为应制、奉和、侍宴、谢启等应酬之作。有《庾度支集》辑本传世。

王绩(585—644)

字无功,绛州龙门(今山西河津)人。王通之弟,尝居东皋,号东皋子。一生郁郁不得志,在隋唐之际,曾三仕三已。后自知难以显达,归隐山林田园,以琴酒诗歌自娱。其诗多以酒为题材,赞美嵇康、阮籍和陶潜,表现对现实的不满。有《东皋子集》辑本传世,一名《王无功集》。

上官仪(608？—664)

字游韶，陕西陕县(今河南三门峡陕县)人，家于江都。初唐宫廷作家，齐梁余风的代表诗人。擅长五言，内容多为应制奉命之作，歌功颂德，粉饰太平，形式上追求程式化，词藻华丽，绮错婉媚。因其位显，时人多仿效，世称“上官体”。归纳六朝以后诗歌的对偶方法，提出“六对”、“八对”之说，对律诗定型有促进作用。存诗一卷，收录于《全唐诗》。

贺知章(659？—744？)

字季真，自号四明狂客，越州永兴(今浙江萧山)人。曾任秘书监。好饮酒，与李白友善。“吴中四士”之一。诗作以绝句见长，除祭神乐章、应制诗外，其写景、抒怀之作风格独特，清新潇洒。存诗十九首，收录于《全唐诗》。

张若虚(660？—720？)

扬州(今江苏扬州)人。曾任兖州兵曹。与贺知章、张旭、包融并称为“吴中四士”。其诗描写细腻，音节和谐，清丽开宕，富有情韵，在初唐诗风的转变中有重要地位。诗作大部散佚，《全唐诗》仅录二首，其一为《春江花月夜》。

张九龄(678—740)

字子寿，一名博物，韶州曲江(今广东韶关附近)人，唐代名相。诗作词采清丽，情致深婉，为诗坛前辈张说所激赏。被贬后风格转趋朴素遒劲。五言古诗以素练质朴的语言，寄托深远的人生感慨，对扫除唐初所沿习的六朝绮靡诗风，贡献尤大，被誉为“岭南第一人”。有《曲江集》传世。

王之涣(688—742)

字季凌，祖籍晋阳(今山西太原)，先世时迁至今山西绛县。豪放不羁，常击剑悲歌，其诗多被当时乐工制曲歌唱，名动一时。常与高适、王昌龄等相唱和。以善于描写边塞风光著称，用词朴实，造境深远，令人回

天

味无穷。传世之作仅六首，收录于《全唐诗》。

孟浩然(689—740)

本名浩，字浩然。襄州襄阳(今湖北襄樊)人。早年有用世之志，但终身困顿失意，以隐士终身。一生经历比较简单，诗歌大部分为五言短篇，多写山水田园和隐居逸兴以及羁旅行役之情。不事雕饰，自然浑成，以清旷冲淡为基调，但“冲淡中有壮逸之气”。与王维并称，开盛唐山水田园诗风气之先。有《孟浩然集》传世。

綦毋潜(692—749？)

字季通，江西南康人。开元十四年(726)登进士第，开元二十一年(733)冬，送诗友储光羲辞官归隐，受其影响，萌发归隐之志，弃官南返。曾在江淮一带游历，足迹遍及名山胜迹。其诗喜写方外之情和山林孤寂之境，流露出追慕隐逸之意，语言朴实。存诗一卷，收录于《全唐诗》。

王维(701？—761)

字摩诘，祖籍太原祁县(今山西太原)。开元九年(721)进士及第，上元元年(760)，转尚书右丞，世称“王右丞”。晚年居蓝田辋川，过着亦官亦隐的优游生活，专诚奉佛，故后世人称为“诗佛”。多才多艺，精于诗文、书画、音乐，尤以山水诗成就为最，与孟浩然合称“王孟”，是山水田园诗派的代表人物。常用五律和五绝的形式，描绘山水田园等自然风景，歌咏隐居生活，语言精美，表现山水的幽静和诗人心情的恬适，在盛唐诗坛独树一帜。有《王右丞集》传世。

李白(701—762)

字太白，号青莲居士。祖籍陇西成纪(今甘肃秦安东)，生于碎叶(今吉尔吉斯境内的托克马克)。少时博通经史百家，喜纵横，好任侠。开元十二年(724)，出蜀漫游江汉、洞庭、金陵、扬州等地。天宝元年(742)由玉真公主推荐，供奉翰林。三载春(744)被玄宗“赐金放还”，浪迹天下，以诗酒自适。诗歌题材丰富多样，既反映了盛唐的繁荣气象，也揭露了统治集团的荒淫和腐败,表现出蔑视权贵,反抗传统束缚,追求自由和理想的积极精神。艺术上构思奇特,意境奇伟瑰丽,气势雄浑瑰丽,风格豪迈潇洒。与杜甫在唐代诗坛上双峰并峙,世称"李杜"。有《李太白集》传世。

王湾(?—?)

洛阳(今河南洛阳)人。景云三年(712)进士及第,授荥阳县主簿。后因功授任洛阳尉。大约在开元十七年(729),曾作诗赠宰相萧嵩和裴光庭,其后行迹不详。曾往来吴、楚间。存诗十首,收录于《全唐诗》。

刘昚虚(?—?)

字全乙,江东(今南京附近)人。为人淡泊,交游多为山僧道侣。八岁能文。精通经史,诗多幽峭之趣,风格近似孟浩然、常建,尤工五言。存诗一卷,多写山水隐逸之趣,收录于《全唐诗》。

杜甫(712—770)

字子美,河南巩县(今巩义)人,自号少陵野老。曾任左拾遗、检校工部员外郎,因此后世称杜拾遗、杜工部。诗歌创作始终充溢忧国忧民之情,具有丰富的社会内容、强烈的时代色彩和鲜明的政治倾向,真实深刻地反映了安史之乱前后的政治时事和广阔的社会生活画面,被称为一代"诗史"。风格沉郁顿挫,语言和篇章结构富于变化,讲求炼字炼句,艺术手法多样,是唐诗艺术的集大成者。因其人格高尚,诗艺精湛,被后世尊为"诗圣"。有《杜工部集》传世。

常建(?—?)

开元十五年(727)进士及第,仕宦不得意,长期漫游山水名胜。后移家隐居鄂州武昌(今湖北武昌)。耿介自守,交游无显贵。诗作常以山林、寺观为题材,也有部分边塞诗。风格接近王、孟一派,善于运用凝练简洁的笔触,表达清寂幽邃的意境和淡泊襟怀。有《常建集》传世。

司空曙(720? —790?)

字文初，广平(今河北永年)人。安史之乱中避地江南，大历初登进士第。与钱起、卢纶等唱和，为“大历十才子”之一。其诗多写自然景色和乡情旅思，或表现幽寂的境界，或直抒哀愁，长于五律。诗风闲雅疏淡，语言朴素真挚，情感细腻。存诗二卷，见《全唐诗》。

顾况(? —806后)

字逋翁，自号华阳山人，苏州(今江苏苏州)人，一说海盐(今浙江海盐)人。至德二载(757)登进士第。幼年受佛经于其叔七觉和尚，出入释老二氏。善画山水。其诗平易流畅。存诗四卷，见《全唐诗》。

于良史(? —?)

约天宝末入仕，大历中任监察御史。德宗贞元年间，徐州节度使张建封辟为从事。诗多写景，构思巧妙，形象逼真，同时寄寓思乡和隐逸之情，清丽超逸，对仗工整。存诗七首，收录于《全唐诗》。

张志和(730? —810?)

初名龟龄，字子同，自号玄真子，婺州金华(今浙江金华)人。年十六举明经，唐肃宗时任翰林待诏，授左金吾卫录事参军，并赐名“志和”。后因事贬为南浦尉，未到任，还本籍，隐居江湖间，自称烟波钓徒。著有《玄真子》，后世传为神仙中人。擅长书画、音乐。词仅存《渔父》五首。

韦应物(737—792?)

京兆长安(今陕西西安)人。十五岁起以三卫郎为玄宗近侍，扈从游幸。安史之乱起，流落失职，始立志读书。曾作滁州和江州刺史、苏州刺史，世称韦江州、韦苏州。为中唐山水田园诗派代表诗人，后人每以王、孟、韦、柳并称。其山水诗清新自然。各体俱长，以五古成就最高，风格冲淡闲远，语言简洁朴素，亦有秾丽秀逸者。有《韦苏州集》传世。

韩愈(768—824)

字退之,河阳(今河南孟州)人。郡望昌黎,故世称韩昌黎。晚年任吏部侍郎,又称韩吏部。谥号文,又称韩文公。三岁而孤,受兄嫂抚育,七岁读书,十三能文,有读书经世之志,贞元八年(792)擢进士第。倡导古文运动,反对过分追求形式的骈文。其散文被列为"唐宋八大家"之首,与柳宗元并称"韩柳"。诗歌创作别开生面,笔风劲健有力,气势磅礴,色彩瑰丽,有时流于险怪,对宋诗影响很大。有《昌黎先生集》传世。

吕温(772—811)

字和叔,一字化光,河中府河东县(今山西永济)人。曾仕刑部郎中等职。贞元末年出使吐蕃,被拘经年,次年归长安。兼擅诗文,与柳宗元、刘禹锡友善。有《吕和叔文集》传世。

白居易(772—846)

字乐天,祖籍太原,后迁居下邽(今陕西渭南),生于新郑(今河南新郑)。官至太子少傅,世称白傅。晚号香山居士,世称白香山。中唐新乐府运动的主要倡导人,主张"文章合为时而著,歌诗合为事而作"。诗歌通俗易懂,"老妪能解",作品流传极广,影响很大。也是唐代较早填词且成就较高的词人,对文人词的发展起了一定的影响。常与元稹唱和,世称"元白"。有《白氏长庆集》传世。

柳宗元(773—819)

字子厚。祖籍河东解(今山西运城县),世称柳河东。少有才名,早有大志。存诗一百四十多首,绝大部分是贬官永州以后作品,题材广泛,体裁多样。诗风清峭,韵味深长。与韩愈一起倡导古文革新运动,同被列入"唐宋八大家",并称"韩柳"。有《河东先生集》传世。

王禹偁(954—1001)

字元之,济州巨野(今山东巨野)人。晚谪知黄州,世称王黄州。出身贫寒,九岁能文,入仕后直言敢谏,屡遭贬谪,文集名《小畜集》,意谓有兼济天下之志。是北宋初期致力于改革晚唐浮靡文风的先驱，以宗经复古为旗帜，提倡继承韩愈、柳宗元的古文运动精神，为欧阳修等人的诗文革新开辟了道路。作诗推崇杜甫、白居易，有《王黄州小畜集》传世。多反映社会现实，语言清新流畅，风格简雅古淡。长篇诗歌开宋诗散文化、议论化的风气。

林逋(967—1028)

字君复，谥和靖先生，杭州钱塘人，北宋初年隐逸诗人。少而好学，通经史百家，性孤高恬淡，安贫乐道，终生不仕不娶，惟喜植梅养鹤，人称"梅妻鹤子"。擅长行草，书法瘦挺劲健。诗多吟咏湖山胜景，反映隐逸生活和闲适情趣，风格澄澈淡远。有《林和靖先生诗集》传世。

柳永(987？—1053？)

初名三变，字景庄，后改名永，字耆卿，崇安(今福建武夷山)人。致力于词的革新，大力创制慢词。其词以写羁旅行役和男女之情为主，多描绘都市风光、湖山胜景。擅长白描，层层铺叙，语言通俗，世称"凡有井水饮处，即能歌柳词"。有《乐章集》传世。

张先(990—1078)

字子野，乌程(今浙江湖州)人。以词著称，在词由小令向慢词过渡的进程中起到了重要作用。其词含蓄工巧，情韵浓郁，多反映封建士大夫的闲适生活。因擅长写"影"而有"张三影"之称。词集有《张子野词》。亦擅长写诗。

晏殊(991—1055)

字同叔，抚州临川(今属江西)人。十四岁以神童召试，赐同进士出身。历任要职，累官至宰相，封临淄公，谥号元献，世称晏元献。平生爱荐举贤才，范仲淹、韩琦、欧阳修等名臣皆出其门下。诗、文、词兼擅，在北宋文坛享有很高的地位。著作丰富，有诗文集二百四十卷，多散佚，清人辑有《晏元献遗文》。其词多表现诗酒生活和悠闲情致，语言工巧婉丽，音韵和谐。有《珠玉词》传世。

曾公亮(999—1078)

字明仲,号乐正、晓窗,晋江(今福建泉州)人。北宋中期名相,一生勤政爱民,致力于革弊兴利,富国强兵,善于奖掖贤才。主持编纂《英宗实录》、《武经总要》,参与编纂《新唐书》。存诗四首,收录于《全宋诗》。

梅尧臣(1002—1060)

字圣俞,宣州宣城(今属安徽)人,宣城古称宛陵,世称宛陵先生。作诗崇尚平淡,倡导"状难写之景如在目前,含不尽之意见于言外",并强调《诗经》、《离骚》的传统。对民生疾苦有很深体会,诗歌多反映现实内容,善于从日常生活中取材,语言朴素自然,风格平淡,被称为宋诗"开山之祖"。有《宛陵先生集》传世。

欧阳修(1007—1072)

字永叔,号醉翁,晚年又号六一居士,庐陵(今江西吉安)人。宋代文学史上最早开创一代文风的文坛领袖,倡导诗文革新运动,对北宋文学进一步发展有巨大影响。诗文以韩愈为宗,反对当时文坛的浮靡风气,创作多反映现实,内容充实,语言简洁流畅。其文说理畅达,纡徐含蓄,为"唐宋八大家"之一。其诗流丽宛转,清新疏朗。其词清新明畅。有《欧阳文忠公文集》、《六一词》传世。

苏舜钦(1008—1049)

字子美,祖籍梓州铜山(今四川中江),曾祖时移居开封。政治上倾向于范仲淹为首的改革派,后因政敌诬陷削职为民,寓居苏州沧浪亭。诗文创作大体可分为前后两期,前期多淋漓痛快地反映时政,抒发政治感慨,具有批判现实的意义。后期多寄情山水之作,喜写雄奇阔大之景。与梅尧臣齐名,并称"苏梅"。有《苏学士文集》传世。

天

韩琦(1008—1075)

字稚圭,相州安阳(今属河南)人。他曾抵御西夏,与范仲淹共同防御西夏,时称“韩范”。积极参与庆历新政,为官清廉,敢于犯颜直谏,有“为相十载、赞辅三朝”之誉。参与欧阳修、梅尧臣等的诗文革新,风格简洁整饬,谨严有度,反映其勤恳谨慎的性格。有《安阳集》传世。

邵雍(1011—1077)

北宋理学家,字尧夫,谥号康节。河北范阳(今河北涿县)人。早年游学四方,后居洛阳,屡授官不赴,以教授生徒为生。一生勤于钻研易经,著有《皇极经世》、《观物内外篇》、《渔樵问对》等。曾提出诗道合一的诗歌理论,开创“邵康节体”,多表现闲逸自适的生活,有《伊川击壤集》传世。

周敦颐(1017—1073)

字茂叔,道州营道(今湖南道县)人。谥元,称元公,学者称濂溪先生。宋代理学开山之祖,其理学思想在中国哲学史上有承前启后的作用。著有《太极图说》、《通书》等。平生不慕名利,酷爱高洁的莲花,其《爱莲说》脍炙人口。诗歌多寄情风月,吟咏山水,萧散清淡。有《濂溪集》传世。

文同(1018—1079)

字与可,号笑笑居士、笑笑先生,人称石室先生。梓州梓潼郡(今四川盐亭)人。书画诗文兼善,尤擅画竹。作诗推崇梅尧臣,部分诗作反映民间疾苦。写景诗善于取景,表现出画家兼诗人的双重修养。有《丹渊集》传世。

曾巩(1019—1083)

字子固,南丰(今江西南丰)人,“唐宋八大家”之一,死后追谥“文定”,学者称南丰先生。出于欧阳修门下,为文主张接近欧阳修,强调先道德后文章,文章议论委曲周详,文字简练平正,结构严谨而舒缓,文风平正古雅,符合理学家的文章标准,因而久享盛名。诗歌多有指陈时弊的内容,风格或峻壮奇伟,或清淡深婉。一生著述甚丰,今存《南丰类稿》五十卷。

司马光(1019—1086)

字君实,号迂叟,谥文正,陕州夏县涑水乡(今山西运城安邑镇)人,世称涑水先生。政治上属保守派,反对新法,主张祖宗之法不可变。因反对王安石变法而退居洛阳十五年,精心编纂《资治通鉴》。创作上主张诗贵有益于世,意在言外,追求平淡意境,表现出优游自得、乐天安命的韵致。有《温国文正司马公文集》传世。

王安石(1021—1086)

字介甫,晚号半山,抚州临川(今江西临川)人,世称临川先生。晚年封荆国公,世称王荆公。文学创作上有多方面的成就,其散文为"唐宋八大家"之一;早期诗歌注重反映现实,长于议论,晚年诗风趋于含蓄深沉,其写景绝句最能代表其诗歌成就,雅丽精绝,脱去流俗,被称为"王荆公体";词作虽不多,却能够抒写个性怀抱,意境开阔,已经摆脱了晚唐五代以来绮靡风气的影响。有《临川先生集》传世。

刘攽(1023—1089)

字贡父,号公非。临江新喻(今江西新余)人,与兄刘敞、兄子刘世奉并称"墨庄三刘"。仕途坎坷,曾上书反对王安石变法而得罪新党,被排挤出朝廷。协助司马光编纂《资治通鉴》,专治汉史,作《东汉刊误》、《汉宫仪》、《经史新义》等。诗歌风格生动,与欧阳修同调;文章受到曾巩、朱熹等人高度评价,有《彭城集》传世。

苏轼(1037—1101)

字子瞻,号东坡居士,眉州眉山(今属四川)人。一生屡经政治挫折,其文学功业即建立于贬谪逆境中。文、诗、词创作都达到了极高的造诣,代表宋代文学的最高成就,成为继欧阳修之后的文坛盟主。苏文气势雄放，平易自然，与欧阳修并称“欧苏”，又为“唐宋八大家”之一；苏诗内容丰富，开有宋一代新风气，与黄庭坚并称“苏黄”；苏词风格多样，以诗为词，突破了词为“艳科”的传统格局，使词成为一种独立的抒情诗体，根本上改变了词史的发展方向，与辛弃疾并称“苏辛”。有《东坡集》、《东坡乐府》传世。

黄庭坚(1045—1105)

字鲁直，号山谷道人，又号涪翁，洪州分宁(今江西修水)人。与张耒、秦观、晁补之同游苏轼之门，有“苏门四学士”之称。诗歌创作取法杜甫，讲究法度，题材偏重书斋生活，文人气浓厚，形成生新廉悍的艺术风貌，自成一家，时人称为“山谷体”；是江西诗派的开创人，与苏轼并称“苏黄”，有《山谷集》传世。词作雅俗并存，与秦观齐名，号称“秦七黄九”，有《山谷词》传世。

秦观(1049—1100)

字少游，又字太虚，号淮海居士，扬州高邮(今属江苏)人。为“苏门四学士”之一，颇得苏轼赏识。诗歌内容比较贫薄，气魄亦显狭小，诗句细密纤巧，故金代元好问称为“女郎诗”。词则为北宋大家，情感真挚，语言优雅，意境深婉，音律谐美，典型地体现出婉约词的艺术特征，对周邦彦、李清照均有直接影响。有《淮海居士文集》、《淮海词》传世。

陈师道(1053—1101)

字履常，一字无己，号后山居士，彭城(今江苏徐州)人。少师曾巩，因当时朝廷用王安石的经义之学取士，遂拒绝应试。屡次拒不谒见王公，后由苏轼等人推荐为官。为“苏门六君子”之一，又属江西诗派。作诗好苦吟，诗风质朴精悍，但有艰涩寒窘之病。有《后山先生集》传世。

张耒(1054—1114)

字文潜，号柯山，祖籍亳州谯县(今安徽亳县)，后迁居楚州(今江苏清江)。神宗熙宁进士，历任临淮主簿、著作郎、史馆检讨。宋徽宗即位后蔡京专政，他名列“元祐党碑”，数遭贬谪，晚年居陈州。为“苏门四学士”之一。作品富于关怀人民的内容，诗学白居易、张籍，平易舒坦，不尚雕琢，但常失之粗疏草率，其词仅传六首，风格与柳永、秦观相近。著有《张耒集》，收诗约二千三百首，散文、史论、议论近三百篇。

周邦彦（1056—1121）

字美成，号清真居士，钱塘（今浙江杭州）人。北宋末期的重要词人。作品主要写男女之情和离愁别恨，音律严整，格调精工，多创新调，被尊为婉约派的集大成者和格律派的创始人，开南宋姜夔、吴文英格律词派先河。有《清真居士集》传世，一名《片玉集》。

洪炎（1067？—1133）

字玉父，南昌（今属江西）人。黄庭坚的外甥，与兄朋、刍，弟羽，俱以诗文知名，号四洪。累官秘书少监。诗风受江西诗派的影响，风格以潇洒落拓为主。有《西渡集》传世。

徐俯（1075—1141）

字师川，号东湖居士，洪州分宁（今江西修水）人，黄庭坚之甥。因父死于国事，授通直郎，累迁司门郎。早期诗风受黄庭坚影响，崇尚瘦硬，要求字字有来处，晚年力求创新，诗风趋向平实自然，清新淡雅，别具一格。有《东湖居士集》传世。

王庭珪（1079—1171）

字民瞻，号“卢溪真逸”，吉州安福（今属江西）人。早年即有诗名。性格耿介，主张抗战，痛恨秦桧主和。其诗关心现实，主张师法自然，风格劲健爽朗。绍兴十二年，因作诗为胡铨送行得罪秦桧，被流夜郎。至孝宗时方返朝。有《卢溪集》传世。

李清照（1084—1155？）

号易安居士，齐州章丘（今属山东济南）人，与辛弃疾（字幼安）并称“济南二安”。中国文学史上成就最高的女作家，以词闻名，提出词“别是一家”之说。其传世词作仅四十余首，但“无一首不工”，以丰富的情感内涵与独特的艺术手法而著称，被誉为“词家一大宗”。有《漱玉词》。

曾几(1084—1166)

字吉甫，自号茶山居士，其先赣州(今属江西)人，后徙河南洛阳。他学识渊博，为人正直，勤于政事。作诗以杜甫、黄庭坚为宗，多属抒情遣兴、唱酬题赠之作，风格闲雅清淡，五、七律讲究对仗自然，气韵舒畅，风格轻快，是“诚斋体”的先声。有《茶山集》传世。

岳飞(1103—1142)

字鹏举，相州汤阴人(今属河南)。家贫力学，事母至孝。靖康后金兵南侵，岳飞坚持抵抗，身经百战，屡建奇功。绍兴十年(1140)统率岳家军准备渡河收复中原失地，惜朝廷一日降十二道金牌勒令其退兵，后被赵构、秦桧以“莫须有”罪名杀害。流传作品不多，有《岳武穆集》传世。

杨万里(1124—1206)

字廷秀，号诚斋，吉州吉水(今属江西)人。著作甚丰，现存诗四千两百余首，诗师法自然，自成一家，形成“诚斋体”，内容以自然景色为主，风格流畅自然，新鲜活泼。有《诚斋集》传世。

陆游(1125—1210)

字务观，号放翁，越州山阴(今浙江绍兴)人。自幼好学不倦，年十二能诗文，好读兵书，常怀恢复中原之志，但受主和派排挤而沉沦下僚，晚年隐居山阴，临终时仍念念不忘收复中原。一生创作大量作品，今存诗近万首，词一百三十首，题材广泛，内容丰富。今存《剑南诗稿》、《放翁词》传世。

范成大(1126—1193)

字致能,号石湖居士,平江吴郡(今江苏吴县)人,与尤袤、杨万里、陆游齐名,号称“中兴四大诗人”。父母早亡,家境贫寒,发愤读书。仕至参知政事。乾道六年出使到金,抗争不屈,全节而归。淳熙九年退隐石湖。其诗题材广泛,风格平易浅显、清新妩媚。有《石湖居士诗集》、《石湖词》传世。

朱熹(1130—1200)

字元晦,一字仲晦,号晦庵,别称紫阳,徽州婺(今江西婺源)人,南宋著名理学家,宋代理学的集大成者。性喜文学,尤长于作诗,善于寓哲理于形象中,以《春日》、《观书有感》等较著名。有《晦庵先生文集》传世。

张孝祥(1132—1169)

字安国,号于湖居士,和州乌江(今安徽和县)人。二十三岁时宋高宗钦定为状元,历任重要官职,有政绩。力主收复中原,反对议和。诗文流传甚广,词名更著,词风骏发踔厉,抒发爱国热情,在南宋初期自成一家,是辛派词人先驱。诗有《于湖集》传世,词有《于湖词》传世。

辛弃疾(1140—1207)

字幼安,号稼轩,历城(今山东济南)人。乃抗金英雄,青年时代有金戈铁马的经历。南归后报国无路,却在词坛上留下辉煌业绩。在两宋词史上,以辛弃疾作品数量为最多,成就最高。其词洋溢着强烈的爱国精神与英雄气概。艺术风格多样,而以豪放为主,与苏轼并称“苏辛”。有《稼轩词》传世。

史达祖(? —?)

字邦卿,号梅溪,汴(今河南开封)人。宋末著名词人,与高观国齐名。善于咏物,工于炼句,然过于雕琢,境界不够浑成。有《梅溪词》传世。

天

翁卷(? —?)

字读古,一字灵舒,永嘉(今浙江温州)人。南宋诗人,布衣终身,与徐照(字灵晖)、徐玑(字灵渊)、赵师秀(号灵秀)并称"永嘉四灵"。作品以七言绝句见长,有《西岩集》传世。

赵师秀(1170—1219)

南宋诗人,字紫芝,号灵秀,又号天乐,永嘉(今浙江温州)人,绍熙元年(1190)进士,沉沦于州县下僚,未几辞官归乡。有《清苑斋集》传世。

刘克庄(1187—1269)

字潜夫,号后村居士,莆田(今福建莆田)人。南宋后期重要作家,属江湖派,作诗宗尚晚唐,内容多讽刺时事,反映民生疾苦,作品数量丰富,间有滑熟之作。其词风格雄肆,为辛派后劲中著名词人。有《后村先生大全集》、《后村长短句》传世。

俞安期(? —?)

初名俞策,字公临,更名安期,字羡长,吴江(今江苏吴江)人。明万历末布衣。性酣远游,有时一出十年。有《翏翏集》传世。

莫璠(? —?)

明代诗人。字仲玙,钱塘(今浙江杭州)人,隐居西湖。今存词十首,收录于《浙江通志》。

傅山(1606—1684)

字青主,初名鼎臣,一字仁仲,别号很多,有公之它、石道人、丹崖子、青羊庵主、侨黄老人、朱衣道人、酒道人等。山西阳曲西村(今山西太原北郊)人。明诸生,入清后坚持民族气节,深刻影响了其诗文创作。有《霜红龛集》传世。

余怀(1616—1695后)

字澹心、无怀、广霞,号鬘翁、鬘持老人,福建莆田(今福建莆田)人。侨居江宁(今南京)。明末清初文学家。早年在苏州参加复社虎丘集会,诗为王士祯等推许。晚年隐居吴门,徜徉支硎、灵岩间,有《味外轩文集》、《玉琴斋词》传世。

柳如是(1618—1664)

本姓杨,名爱,改姓柳,名隐,后改名是,字如是,号河东君,又号蘼芜君,盛泽镇(今江苏吴江境内)人,幼年流落青楼。与复社、几社、东林党人相交往。明崇祯十四年(1641),与钱谦益结为秦晋之好。明亡,以身殉国未遂。钱谦益卒后,为钱氏家族所逼,乃自缢而卒。有《戊寅草》、《柳如是诗》传世。

施闰章(1618—1683)

清代诗人,字尚白,号愚山。宣城(在今安徽)人。曾官江西布政司参议,有政绩。康熙十八年举博学鸿儒,授翰林院侍讲,与修《明史》。后转侍读。与宋琬齐名,号"南施北宋"。诗风高雅淡素,论诗主张言之有物,反对虚华空泛。有《学余堂诗集》传世。

申涵光(1619—1677)

明末清初直隶永年(今河北省永年县)人,字孚孟,一字和孟,号凫盟,明太仆寺丞申佳胤之长子,诗名显著,入清后不仕。有《聪山诗选》、《聪山文集》传世。

沈钦圻(?—?)

字得舆,江南长洲(今江苏苏州)人。清顺治诸生,以孙沈德潜显贵,赠内阁学士兼礼部侍郎。诗歌不受明末竟陵派"幽深孤峭"之风濡染,有"豪杰之士"之称,有《晤书堂集》传世。

朱彝尊(1629—1709)

清代著名词人、诗人、学者。号竹垞,晚号小长芦钓鱼师,又号金风亭长。秀水(今浙江嘉兴市)人。康熙十八年(1679)举博学鸿词,以布衣授翰林院检讨,入直南书房,参修《明史》。三十一年归里,专事著述。诗歌工整雅健,与王士禛齐名。有《曝书亭集》传世。

屈大均(1630—1696)

字翁山、介子,号莱圃。番禺(今广东广州)人,明末清初著名诗人,“岭南三大家”之一。为人慷慨豪迈,以游侠自命,有强烈的反清情绪。一生跋涉山川,联络志士,冀求恢复。诗作气魄雄放、笔力遒劲。有《道援堂集》、《翁山诗外》传世。

王士禛(1634—1711)

清代诗人,字贻上,号阮亭,又号渔洋山人,新城(今山东桓台)人。曾任扬州推官、礼部主事、刑部尚书。康熙四十三年(1704)罢官归里。喜交游,遇佳山胜水、名刹古迹,必登临赋诗。论诗以“神韵”为宗,注重淡远清新的境界和含蓄蕴藉的语言,追求“不着一字,尽得风流”。有《带经堂全集》传世。

宋荦(1634—1713)

字牧仲,号漫堂、西陂、绵津山人,商丘(今河南商丘)人。曾任黄州通判、刑部郎中、江西巡抚、江苏巡抚。笃学,好交游,生平瓣香苏轼,诗多酬赠、题画、咏物、记游之作。有《西陂类稿》传世。

姚淑(1638—1711?)

字仲淑,自号钟山秀才,江宁人。明末清初女诗人,善画墨竹,为爱国志士李长祥继室。清初康熙年间,吴三桂于云南起兵反清,以反清复明号召天下,暗中遣使者至常州联系李长祥。李长祥置身家性命于不顾,间关万里,前往湖南参与抗清斗争。姚淑追随长祥前往。有《海棠居诗集》传世。

查慎行(1650—1727)

字夏重,号初白,浙江海宁人,自幼聪敏,早年能诗。在王渔洋等人一味尊唐的情况下,他却以宋诗为宗,有不少反映现实、描写时事的优秀诗篇。诗作多写行旅闻见感受与地方风土,长于素描,清新隽永,以字句稳惬见称。清初诗人多学唐,查慎行崛起后,兼学唐宋,成为清初效法宋诗最有成就的诗人,对诗坛影响极大,著有《敬业堂集》等。他的诗得宋人之长,而不染其弊,连诗坛盟主王渔洋也不得不称赞他。

张实居(?—?)

别号萧亭,邹平(今山东邹平)人,清顺治末年(1661)前后在世。工诗,有《萧亭诗选》传世。

赵执信(1662—1744)

字伸符,号秋谷,晚号饴山老人,博山(今山东淄博)人,28岁因在"国恤"期间观看《长生殿》被革职,此后到处游览。有《饴山诗集》、《谈龙录》传世。

厉鹗(1692—1752)

清代文学家,字太鸿,号樊榭,钱塘(浙江杭州)人。出身寒门,早年丧父。为诗倾注毕生心血,时人呼为"诗魔"。其诗多游览名山大川之作,取法宋人,是清代"宋诗派"代表诗人。诗风清淡娴雅,尤长于五言诗。有《樊榭山房集》传世。

郑燮(1693—1766)

字克柔、行一,自称郑大、郑大郎,号理庵、板桥居士、板桥道人,兴化(今江苏兴化)人。历任山东范、潍两县知县,乾隆十八年因得罪豪绅而罢官。归里后往还扬州、兴化间。善诗,工书画,时称"郑虔三绝",与李鱓、金农、高翔、汪士慎、黄慎、李方膺、罗聘并称"扬州八怪"。有《板桥诗钞》、《板桥词钞》传世。

清

姚范(1702—1771)

字南青,号姜坞,桐城(今安徽桐城)人,性耿介。曾任翰林院庶吉士、编修,充三礼馆纂修官。乞告归,卒于家。学者称姜坞先生。有《援鹑堂诗集》传世。

袁枚(1716—1798)

字子才,号简斋、随园老人、小仓山居士,钱塘(今浙江杭州)人。曾授翰林院庶吉士,改任知县,历任溧水、江浦、沭阳、江宁四县。在江宁(今南京)购小仓山隋氏废园,略加修葺,改名随园。好奖掖后进,并教授女弟子。乾隆十三年辞官后,居于园中,度过余生。与赵翼、蒋士铨并称"乾隆三大家",提倡"性灵说",有《小仓山房诗集》传世。

纪昀(1724—1808)

字晓岚,号云石,直隶献县(今河北献县)人。学识渊博,诗赋骈文皆擅,为乾隆朝大学者。曾两为乡试考官,六为会试考官,故门下士甚众。曾任《四库全书》总纂官。有《纪文达公遗集》传世。

黎简(1748—1799)

小名桂锦,字简民,又字未裁,号二樵,顺德(今广东顺德)人。一生未仕,以卖画、卖文与教馆为生。诗作不落窠臼,风格峻拔清峭。有《五百四峰堂诗钞》传世。

阮元(1764——1849)

字伯元,号芸台,又号雷塘庵主,晚号怡性老人,仪征(今江苏仪征)人。曾官湖广、两广、云贵总督,迁体仁阁大学士。卒后谥文达。学问渊博,尤以音韵训诂之学为长。有《擘经室集》传世。

林则徐(1785—1850)

字元抚,又字少穆、石麟,晚号俟村老人、俟村退叟、七十二峰退叟、瓶泉居士、栎社散人等等,侯官(今福建闽侯)人。历任湖广总督、陕甘总督和云贵总督，两次受命为钦差大臣。曾因严禁鸦片、抗击英军侵略而远戍伊犁。有《云左山房诗钞》传世。

丘逢甲(1864—1912)

又名仓海，字仙根，台湾苗栗人。光绪十五年(1889)进士。曾组织义军抵抗日本侵略军进占台湾，兵败后内渡。辛亥革命后曾任参议院议员。诗作多慷慨悲歌，被黄遵宪称为“天下健者”。有《岭云海日楼诗钞》传世。

后记

编完全书,有必要把编写此书的缘起和过程向读者做一个交代。

本书的编选是江苏省十届政协的集体项目,从选题到撰稿,整个编写过程都是在江苏省政协领导的直接关心和领导下进行的,是由江苏省政协文史委员会集体操作的。

本书的选题出自于省政协主席张连珍的创意。张连珍主席在中共江苏省委、省人民政府工作时曾分管过农村工作和环保工作,对尊重自然和保护自然、坚持可持续发展的必要性有自己的认识和思考。张主席爱好学习中华传统文化,深感在中华传统文化中蕴藏着有关人与自然和谐相处的丰富思想资源,于是提议编选一本以人与自然的和谐关系为主题的历代诗词作品选,在取得省政协其他领导同志的一致赞同后,便把编写本书正式提到省政协工作的议事日程上来,把具体的编写任务交给省政协文史委员会,并对本书的编写提出指导性意见。全书完稿后,张主席又亲自起了书名并撰写了序言。

省政协的其他领导同志一直关心着本书的编写工作。陈宝田副主席亲自分管编写工作,多次参加文史委员会召开的编写会议,听取情况汇报,征求有关专家学者的意见,并对本书的整体框架、编写方案提出明确要求。陈宝田副主席还对初稿认真审阅,提出了许多具体的修改意见。唐立鸣副秘书长多次参与有关本书编写的研究讨论,并积极协调解决工作中的具体困难。

在整个编写过程中，江苏省政协文史委员会投入了集体的力量。为了集思广益，文史委员会多次举行会议，听取委员们对编好本书的建议。文史委员会的韩杰、俞胶东、谭跃、余海、陶思炎、徐忆农等几位副主任不但在总体的编写方针上献计献策，而且承担了一些具体工作，比如联系出版、从历代画册中为本书选配插图等。文史委员会办公室的同志也为编写工作做了大量的组织和联络工作。此外，省政协委员、南京艺术学院黄惇教授为本书题签，省政协委员、南京图书馆党委书记马宁则对我们选配插图给予热情的支持。

由于本书的主要内容是从浩如烟海的古代诗词中选择最有代表性的作品，以及对入选作品进行注释和解析，这些工作只有经过古代文学学科专业训练的人员才能胜任，所以由文史委员会主任莫砺锋教授出面邀请南京大学文学院中国古代文学专业的博士研究生宋红霞、沈章明、胡小燕、林晓娜、周小山、黄伟豪等六位同学参加撰写初稿。全部书稿最后由莫砺锋教授进行修改、润色并定稿。

虽然本书的编写是以极其认真务实的态度进行的，但由于我们水平有限，编写时间也比较仓促，全书可能存在着一些缺点和不足，敬希广大读者不吝赐教。

江苏省政协文史委员会

2009 年 8 月 30 日